rororo

rororo

BORIS MEYN, Jahrgang 1961, kennt sich als promovierter Kunst- und Bauhistoriker bestens in der Geschichte seiner Heimatstadt Hamburg aus. Sein erster historischer Roman, «Der Tote im Fleet» (rororo 22707), avancierte in kurzer Zeit zum Bestseller («spannende Krimi- und Hamburglektüre», so die taz). Auch die beiden Romane «Der eiserne Wal» (rororo 23195) und «Die rote Stadt» (rororo 23407) entführen den Leser ins 19. Jahrhundert. Daneben sind von Boris Meyn bisher zwei in der Gegenwart angesiedelte Kriminalromane erschienen, «Die Bildjäger» (rororo 23196) und «Der falsche Tod» (rororo 23893).

BORIS MEYN

Der blaue Tod

EIN HISTORISCHER
KRIMINALROMAN

Rowohlt Taschenbuch Verlag

4. Auflage Juli 2009

Originalausgabe
Veröffentlicht im Rowohlt Taschenbuch Verlag,
Reinbek bei Hamburg, April 2006

Umschlaggestaltung any.way, Cathrin Günter
(© Foto: Staatsarchiv Hamburg mit freundlicher
Unterstützung von Werner Thöle)
Satz Caslon 540 bei Pinkuin Satz
und Datentechnik, Berlin
Druck und Bindung
Druckerei C. H. Beck, Nördlingen
Printed in Germany
ISBN 978 3 499 23894 9

BORIS MEYN · Der blaue Tod

— Anlandung —

8. August

Die Zornesröte stand ihm ins Gesicht geschrieben, als er das Schiff betrat. Fünf Tage Verspätung auf der Fahrt von Riga nach Hamburg, das war einfach unakzeptabel. Schließlich hatte es schon seit Wochen weder schweres Wetter noch Flaute gegeben. Und außerdem: Warum hatte das Schiff nicht, wie üblich, am Baakenhafen festgemacht, sondern dümpelte in zweiter Reihe an der Vorsetze des Strandhafens vor sich hin? Er war gespannt, welche Erklärung der Kapitän für ihn parat hielt. Der Mann war doch sonst so verlässlich.

«Wo ist Corneelsen?», fuhr er den Matrosen, der ihn an der Reling empfing, barsch an.

«Nicht hier», antwortete der Mann knapp. «Der Steuermann erwartet Sie in der Messe.»

«Harksen?» Was hatte das jetzt zu bedeuten? Wutentbrannt stieg er zur Messe hinunter, wo der Steuermann zusammengesunken am großen Esstisch hockte. «Wo ist Corneelsen?»

Der Steuermann blickte auf und erhob sich dann in gespenstischer Langsamkeit. «Der Kapitän ist tot», erklärte er mit zitteriger Stimme. «Er hat sein Grab im Kattegatt gefunden.»

«Mein Gott, Harksen, was ist los? War er denn krank? Oder hat er sich selbst –»

Der Steuermann schüttelte den Kopf. «Wahrscheinlich Unterleibstyphus oder so etwas. Keine Ahnung. Den Ersten Maat hat es nach zwei Tagen erwischt. Dann ist Corneelsen krepiert. Zwei weitere Matrosen übergaben wir kurz vor Helgoland der See. Seit der Elbmündung dann noch drei. Sie sind noch an Bord. Unten im Laderaum.»

Der Steuermann verstummte und blickte ihn ausdruckslos an. In seinen Ohren begann es zu brausen. Das Wort *Quarantäne* schoss ihm wie eine Horrorvision durch den Kopf. Wenn man das Schiff unter Quarantäne stellte, war die Ladung verloren. Das fehlte gerade noch. Durch die Verspätung hatte er schon genug Verluste zu verzeichnen. «Erzählen Sie genauer!»

«Sie bekamen einfach Brechdurchfall. Urplötzlich und ohne Vorwarnung.» Harksen schüttelte ungläubig den Kopf. «Es folgten heftige Krämpfe und hohes Fieber. Dann wurden sie besinnungslos – kurz darauf waren sie tot.» Der Steuermann verzog sein Gesicht zu einer schmerzlichen Grimasse. «Es war furchtbar. Wir konnten nichts für sie tun, so schnell ging es.»

«Haben Sie schon mit irgendwem darüber gesprochen?»

«Nein. – Sie hätten ihre Gesichter sehen sollen! Sie waren kaum wiederzuerkennen!»

«Ja, das ist tragisch. Waren außer Corneelsen Leute von der Stammmannschaft dabei, oder hat es Angeheuerte erwischt?»

«Sowohl – als auch», erklärte Harksen betrübt.

Er versuchte, ein betroffenes Gesicht zu machen. «Schreiben Sie mir bitte alle Namen auf. Ich kümmere mich um die Familien.»

«Und die drei im Laderaum?»

Er wandte sich der Kajütentür zu. «Warten Sie bis zur Dämmerung, dann verholen Sie das Schiff zum Baakenhafen. Schaffen Sie die drei mit der letzten Ladung unauffällig von Bord.» Er warf dem Steuermann einen prüfenden Blick zu und setzte seinen Hut auf. «Ich verlasse mich auf Sie, Harksen! – Und dann vergessen Sie die Angelegenheit so schnell wie möglich. Sie hören von mir. Es ist ja nun eine Kapitänsstelle neu zu besetzen. Guten Tag.»

Natürlich war die Angelegenheit ärgerlich, dachte er, als er von Bord des Schiffes ging. Aber ein paar toter Seeleute wegen brauchte man nun nicht gleich die Pferde scheu zu machen. Und auf Harksen konnte er bauen. Harksen war ehrgeizig. Als er die Kutsche bestieg, fiel sein Blick auf die Turmuhr von St. Katharinen. Er wollte sich keinesfalls verspäten. In drei Stunden musste er in Friedrichsruh sein. Um den Rest würde er sich morgen kümmern.

«Dann wären wir also vollzählig», rief der Gastgeber und schloss hinter dem letzten Ankömmling die Tür zum Salon. Um den großen Tisch in der Mitte des Raumes saßen die anderen – genau wie beim letzten Treffen. Niemand wagte, das Wort zu ergreifen, bis sich der Gastgeber schwerfällig auf dem großen Eichenstuhl an der Kopfseite des Tisches niedergelassen hatte. Er trug einen einfachen Rock aus grünem Leinen. Sein Gehstock lehnte an der Tischkante. Allein der weiße Bart erinnerte an längst vergangene Zeiten, als er noch den hellen Waffenrock der Kürassiere getragen hatte, aber den alten Mann mit den wässrigen Augen umgab immer noch die Aura des soldatisch Unerbittlichen. «Meine Herren, wie Sie wissen, haben wir noch knapp zwei Wochen.» Er blickte fragend in die Runde. «Sind wir uns nach wie vor einig?»

Die Anwesenden blieben stumm. Niemand wagte, den Anfang zu machen.

«Es muss jedenfalls etwas geschehen», meinte einer schließlich. «Seit Ihrer Entlassung regiert in Berlin die Unberechenbarkeit. So forsch sein Auftreten, so markig seine Worte auch sein mögen: Wilhelm ist zu jung und selbstgewiss. Er kann das Staatsschiff nicht ohne Mannschaft lenken – und sein Stab besteht aus Dilettanten, der neue Reichskanzler inklusive!»

Ein anderer nickte. «Engstirnige Ministerialbeamte und ein diplomatisches Korps voller aristokratischer Nichtskönner.»

«So wird das Reich jedenfalls keine Rolle auf der weltpolitischen Bühne spielen», erklärte ein Dritter.

«Wo bleibt die erhoffte Kolonialpolitik? Wo bleibt die Flotte, die dem Handel auf den Weltmeeren entsprechenden Schutz bietet?»

Der Gastgeber nickte zufrieden. «Das Gaukelspiel des Hohenzollern muss ein Ende finden. Seine hochfahrende Unbeherrschtheit wird den Staat in den Ruin führen. Am liebsten wäre es mir, wir könnten einen seiner Günstlinge, einen dieser süßlichen Herren, gleich mit zur Strecke bringen. – Herr Senator, was meinen Sie?»

Der Angesprochene nestelte nervös am Revers seines Gehrocks. «Verdammtes Gottesgnadentum. An die Stelle preußischer Tugenden sind heimliche Schwärmereien getreten.»

«Der Monarch ist ein Träumer», fügte ein anderer hinzu. «Während er in seinen Phantasien schwelgt, formieren sich immer mehr seiner geliebten Untertanen. Aber nicht in die von ihm gewünschte Richtung.» Er blickte den Gastgeber um Bestätigung heischend an. «Die Sozialdemokraten haben Zulauf wie nie zuvor. Und das Krebsgeschwür gedeiht allerbestens, solange sich in Berlin nichts ändert.»

Der Gastgeber lächelte gequält. «Solange ich das Sagen hatte, bin ich eisern gegen Pfaffen und Sozialdemokraten vorgegangen. Nun wagen sich die Ratten aus ihren Löchern.»

«Ein Haufen raub- und mordsüchtiger Gesellen, die nur darauf warten, den Bürgern den Hals umzudrehen», meldete sich ein Herr mit Knebelbart und stattlichem Embonpoint. «Herrschaften, wie Sie wissen, vertrete ich ein ganzes Konsortium. Natürlich weiß niemand, was wir im Schilde führen. Aber man wird es gutheißen, wenn das Ergebnis sichtbar wird. – Herr Reeder, Sie dürften meiner Meinung sein.» Er blickte einen anderen an. «Die Sozialdemokraten schüren Unruhe in der ganzen Arbeiterschaft und gefährden den wirtschaftlichen Aufschwung.»

«Richtig, richtig! Nach Aufhebung der Sozialistengesetze vor zwei Jahren nimmt das stetig zu», erwiderte der. «Erst die Maifeiertage, dann der Streik der Tabakarbeiter. Seit dem Gewerkschaftskartell vom letzten Jahr ist es nur noch eine Frage der Zeit, bis sich die Arbeitsverweigerungen auch auf die Hafenbetriebe ausdehnen. Wir sitzen förmlich auf einem Pulverfass!»

«Ich glaube, wir sind uns einig», meinte der Gastgeber und erhob sein Glas, während ein Lächeln über seine Lippen huschte. «Wir sollten nicht nur etwas gegen Berlin, sondern zugleich gegen die Sozialdemokraten unternehmen. Ein befreiender Doppelschlag, sozusagen. Meine Herren, ich habe da eine Idee …»

— In der Kanzlei —

13. August

Die Hitze war unerträglich. Sören Bischop stand am geöffneten Fenster seines Arbeitszimmers und fächerte sich mit der Zeitung ein wenig Luft zu. Fast zwei Wochen ging das jetzt schon, und ein Ende war nicht in Sicht. Ganz im Gegenteil, es wurde immer noch heißer. Als vor zwei Tagen leichter Westwind aufgekommen war, hatte Sören schon auf einen Wetterumschwung gehofft, ein paar Schauer oder zumindest eine Brise frischer Meeresluft. Aber die Hoffnung hatte getrogen. Das Einzige, was der Wind vor sich hertrieb, war der trockene Staub und der Schmutz auf den Straßen sowie der brackige und moderige Geruch aus den Fleeten, die so wenig Wasser führten, dass der innerstädtische Schiffsverkehr bis auf die wenigen Stunden des Hochwassers zum Erliegen gekommen war. An vielen Stellen glichen die städtischen Wasserstraßen einer morastigen Kloake.

Sören blickte auf seinen Terminkalender. Soweit dies möglich war, hatte er alle aushäusigen Angelegenheiten auf den Vormittag und die Abendstunden verlegen können. Die nächste Gerichtsverhandlung stand erst nächste Woche an. Bis dahin hatte sich das Wetter hoffentlich normalisiert, denn die Strafjustizordnung zwang ihn zum Tragen von Robe und Amtstracht, worauf Sören bei diesen Temperaturen gerne verzichten konnte, auch wenn die Säle des neuen Strafjustizgebäudes als gut belüftet galten.

Was den Prozess und das zu erwartende Urteil anging,

brauchte sich Sören allerdings nichts vorzumachen. Er hatte sein Bestes getan, aber eine, wenn auch kurze Arreststrafe seiner Mandantin schien diesmal unabwendbar, schließlich war sie wegen ähnlicher Vergehen bereits zweimal ermahnt worden. Eine Geldstrafe konnte Minna Storck ohnehin nicht bezahlen, und vielleicht war das in diesem Fall auch gut so, denn ohne einen empfindlichen Denkzettel konnte man davon ausgehen, dass sie sich in absehbarer Zeit des gleichen Vergehens erneut schuldig machen würde. Drei Wochen Arrest – mit mehr war nicht zu rechnen – mochten da schon Wunder wirken. Kinder hatte sie keine; von daher musste kein Unbeteiligter unter dem Urteil leiden. Die Opfer ihres Handelns waren Gott sei Dank glimpflich davongekommen, wenn man bedenkt, dass Senator Lehmann oder ein Familienangehöriger an der Fischvergiftung genauso gut hätte sterben können. Natürlich war es ein starkes Stück, alten Fisch mittels Ochsenblut in den Kiemen zu frischer Ware zu machen, andererseits wäre doch eigentlich zu erwarten gewesen, dass in der Küche eines Senators spätestens die Köchin die verfaulte Ware hätte erkennen müssen. Das Mädchen, das den Fisch entgegen der Anweisung nicht am Hafen, sondern auf einem Gassenmarkt im Gängeviertel gekauft hatte, um so etwas vom Einkaufsgeld abzuzweigen, hatte seine Anstellung natürlich umgehend verloren.

Die Sünden der kleinen Leute, die Gaunereien der Besitzlosen. Sören machte einen tiefen Atemzug. Es war das eigentlich Tragische an diesen Fällen, dass die Vergehen meist durch die eigene Not begründet waren. Spätestens wenn er die Wohnstätten solcher Klienten näher inspizierte, überkam ihn häufig genug das kalte Grausen. Es war wirklich unvorstellbar, in welcher Armut ein Großteil der Bevölkerung dieser doch so wohlhabenden Stadt lebte.

Den Besitzlosen regelmäßig als Pflichtverteidiger bei Strafsachen zur Seite zu stehen war das Mindeste, was er tun konnte, auch wenn es dem Grundübel, der sozialen Frage, kaum Abhilfe schuf. Ein bisschen tat er es auch, um sein schlechtes Gewissen zu beruhigen, schließlich hatte er als Advokat inzwischen ein stattliches Einkommen. Sören hatte es nie bereut, die Medizin endgültig an den Nagel gehängt zu haben, auch wenn ihm seine fachlichen Kenntnisse bei manchen Fällen ausgesprochen nützlich waren. Seit fünf Jahren arbeitete er nun schon mit Albrecht Johns zusammen, und vor zwei Jahren, nachdem sich dessen ehemaliger Seniorpartner, Matthias Daniel, endgültig zur Ruhe gesetzt hatte, hatte Johns ihn zum Partner gemacht. Johns & Bischop – Rechtsanwälte. Jeden Morgen blickte Sören mit ein wenig Stolz auf das polierte Messingschild am Eingang des alten Hauses an der Schauenburger Straße.

Die Zusammenarbeit hatte sich schnell als fruchtbar erwiesen, und auch wenn jeder von ihnen seinen eigenen, klar abgegrenzten Tätigkeitsbereich hatte, waren sie inzwischen so etwas wie ein eingespieltes Team. Albrecht Johns hatte Sören schon aufgrund seines Alters einiges an Berufserfahrung voraus, und Sören bewunderte die eloquenten Plädoyers seines Kompagnons, obwohl er sich insgeheim über Johns mokierte, da dieser auch im privaten Gespräch immer redete, als stünde er im Gerichtssaal. Jedes Wort war wohl überlegt, jeder Satz klang genau einstudiert, und es war für Sören undenkbar, dass sein Sozius vor anderen Menschen je die Beherrschung verlieren könnte. Johns hingegen blickte verwundert auf Sörens soziales Engagement. Es wäre ihm selbst nie in den Sinn gekommen, seine beruflichen Qualifikationen jemandem ohne angemessenes Honorar zur Verfügung zu stellen. Den wenigen Aufforderungen, als Pflichtverteidiger zu agieren, war Johns zwar ohne Murren nachgekommen, aber Sören hatte ihm diese Aufgabe schnell abgenommen, als er merkte, dass Johns an den Fällen wenig interessiert war und entsprechend nachlässig recherchierte.

Inzwischen war es jedoch so weit, dass Sören einen Großteil seiner Arbeitszeit mit Pflichtmandaten verbrachte. Seit einigen Jahren gelangten deutlich mehr Straftaten innerhalb der unteren Bevölkerungsschichten vor Gericht als zuvor. Vorrangig waren es Vergehen kleiner Ganoven und Gelegenheitsgauner, Trickbetrügereien und Prostitution, die zur Anklage kamen. Alles Vergehen, die niemandem Reichtum bescherten, sondern dem Angeklagten meist nur das Überleben sicherten. Sören überschlug im Geiste die Verhandlungen der letzten Monate und überlegte, ob die Zahl der Straftaten tatsächlich zugenommen haben mochte. Seiner eigenen Überzeugung nach war die gestiegene Kriminalitätsrate eher darauf zurückzuführen, dass die Obrigkeit nunmehr auch Bagatelldelikte verfolgte. Häufig genug Vorfälle, bei denen früher schon mal ein Auge zugedrückt wurde, wenn niemand wirklich zu Schaden gekommen war. Aber jetzt? Seitdem das städtische Polizeikorps umstrukturiert worden war, observierte man gezielt die arme Bevölkerung und die Arbeiterschaft. Vor allem die Sozialdemokraten waren der Obrigkeit ein Dorn im Auge. Ganze Trupps in Zivil gekleideter Polizeispitzel beobachteten Kaschemmen und Spelunken zu jeder Tages- und Nachtzeit. Die zunehmende Streikbereitschaft der organisierten Arbeiterschaft tat ihr Übriges. Seit dem

Meldezwang, den man im Mai letzten Jahres eingeführt hatte, war alles noch viel schlimmer geworden. Kein Wunder also, dass jede Kleinigkeit zur Anzeige gelangte. Sören war davon überzeugt, dass diese Entwicklung auch in Zukunft anhalten würde. Wahrscheinlich würden eher noch mehr Verbrechen in den Statistiken auftauchen, denn zum Ende des Jahres sollte die Polizeibehörde vollständig neu organisiert werden. Die Stadt würde damit endlich auch eine selbständige Kriminalpolizei erhalten, was längst überfällig war. Sörens Vater, Hendrik Bischop, hatte sein Leben lang für die Einrichtung dieser Institution gekämpft. Ergebnislos. Jetzt sollte es also Wirklichkeit werden.

Sören nickte still in sich hinein. Nein, er benötigte keine weitere Bedenkzeit. Das Angebot, das Senator Hachmann ihm vor zwei Monaten gemacht hatte, klang zwar verlockend, aber sein Entschluss stand fest. Noch in dieser Woche würde er den Senator davon unterrichten, dass er für die Leitung der neuen Kriminalpolizei nicht zur Verfügung stand. Er konnte sich bis heute nicht erklären, wie Hachmann gerade auf ihn gekommen war. Gut, er hatte vor sechs Jahren als ermittelnder Staatsanwalt mit Sonderbefugnis des Senats einige Erfolge verbuchen und einen sehr komplizierten Fall lösen können. Aber seither hatte er ausschließlich als Advokat gearbeitet. Sein Entschluss war vor allem dadurch begründet, dass er als Leiter der Kriminalpolizei gleichzeitig auch Chef der Politischen Polizei hätte sein müssen. Und die Zielrichtung dieser Institution erschien Sören äußerst fragwürdig. Die Spitzel und Vigilanten der Politischen, deren Personal in letzter Zeit stark ausgebaut wurde, sollten gezielt gegen sozialdemokratische Umtriebe eingesetzt werden. Aber Sören war sich sicher, dass damit die Unzufriedenheit in der Arbeiterschaft nur noch geschürt wurde. In den Gassen der Gängeviertel gärte es bereits bedrohlich. Sören seufzte und dachte an seinen Vater. Vielleicht war es gut, dass der diese Entwicklung nicht mehr miterlebte. Hendrik Bischop war vor fünf Jahren im biblischen Alter von 85 gestorben. Er war friedlich eingeschlafen.

Eine lautstarke Auseinandersetzung im Vorzimmer riss ihn aus seinen Gedanken. Es kam selten vor, dass Mandanten bereits im Vorzimmer die Nerven verloren, aber bei dieser Hitze lagen bei allen die Nerven blank. Bislang war Fräulein Paulina, die schon seit mehr als einem Jahr für die Anmeldung und einen großen Teil der Korrespondenz im Hause zuständig war, mit solchen Situationen noch stets alleine zurechtgekommen. Diesmal gelang es ihr anscheinend nicht; aufgebracht stürmte sie in Sörens Arbeitszimmer.

«Herr Dr. Bischop, wenn Sie vielleicht einmal nach vorne kommen könnten?» Ihre Stimme klang hilflos. «Ich fürchte, die beiden Damen kratzen sich gleich die Augen aus …!»

Eiligen Schrittes begab Sören sich zur Tür. «Nun, meine Damen», sagte er. «Worum geht es denn hier?» Vor ihm standen sich zwei Frauen in unmanierlichem Abstand gegenüber und warfen sich giftige Blicke zu. Eine von ihnen hielt drohend einen Sonnenschirm in der erhobenen Hand und schnaufte aufgebracht vor sich hin. Sie mochte einige Jahre älter sein als ihre Kontrahentin, obwohl man beide Frauen noch als jung bezeichnen konnte. «Also?»

«Diese respektlose Person …!», keifte die Ältere der beiden und deutete auf die andere, die ihr sogleich ins Wort fiel.

«Was heißt hier respektlos? Ich habe Ihnen sogar freundlich die Tür aufgehalten!» Sie blickte zu Sören. «Und nun behauptet sie, vor mir an der Reihe zu sein! So geht das ja wohl nicht!»

«Eine Unverschämtheit ist das!» Die andere stampfte mit dem Fuß auf. «Sie wissen wohl nicht, mit wem sie es zu tun haben? Dieses unmanierliche Benehmen können Sie unter Ihresgleichen …»

«Aber meine Damen», unterbrach Sören. Eine solche Situation hatte er in der Kanzlei noch nicht erlebt. «Sind Ihre Anliegen wirklich so dringend, dass es zu einer solchen Szene kommen muss?» Er warf Fräulein Paulina, die hinter ihm Schutz gesucht hatte, einen fragenden Blick zu. «Hat eine der Damen einen Termin?»

Fräulein Paulina schüttelte energisch den Kopf.

«Gut, gut.» Er blickte auf die große Standuhr hinter dem Empfangstisch. «Sie haben durchaus Glück, meine Damen», verkündete er, «dass ich heute die Zeit aufbringen kann, mich um Ihrer beider Anliegen zu kümmern. Eigentlich ist es unumgänglich, vorher einen Termin zu vereinbaren.» Er blickte den beiden Frauen nacheinander streng in die Augen. «Schauen wir also, wie ich Ihnen beiden weiterhelfen kann. Vorausgesetzt, Sie begraben jetzt sofort Ihre Streitigkeiten um den besten Startplatz. Andernfalls sehe ich mich genötigt, Ihnen eine Unterredung zu einem anderen Zeitpunkt anzubieten.»

Die beiden Frauen blickten sich etwas hilflos an, nickten aber schließlich zustimmend.

«Ich schlage vor», meinte Sören, wobei er die jüngere Frau – sie mochte knapp zwanzig sein und stammte der einfachen Kleidung nach zu urteilen aus dem Arbeitermilieu – freundlich anlächelte, «wir lassen dem Alter den Vortritt?» Natürlich war es taktlos, eines der

Frauenzimmer als alt zu bezeichnen, aber einen uneingeschränkten Triumph wollte er der anderen Besucherin dann doch nicht gönnen. Der Vorschlag verfehlte seine Wirkung nicht. Fast zeitgleich nickten die beiden ihm zu. Die Jüngere grinste, die Ältere hatte die Spitze offenbar nicht bemerkt und marschierte an Sören vorbei in sein Büro.

«Wenn Sie der Dame in der Zwischenzeit einen Tee und einige Biskuits anbieten würden?» Sören zwinkerte Fräulein Paulina zu und schloss die Tür. «Nun», sagte er, nachdem er der Frau einen Sitzplatz angeboten hatte, «wie kann ich Ihnen behilflich sein?»

«Kann ich voraussetzen», begann seine Besucherin, während sie sich umschaute, als wenn sie kontrollieren wollte, ob die Tür auch wirklich geschlossen sei, «ich meine, kann ich mich wirklich darauf verlassen, dass Sie unser Gespräch absolut vertraulich behandeln?» Sie fingerte nervös einen Fächer aus ihrer bestickten Tasche und wedelte sich Luft zu.

Erst jetzt betrachtete Sören die Frau genauer. Sie mochte Mitte dreißig sein, war gertenschlank und trug ihre rotbraunen Haare zu einer aufwändigen Frisur hochgesteckt. Irgendwie kam sie Sören bekannt vor, und obwohl er sich sicher war, sie schon einmal gesehen zu haben, wusste er sie nicht einzuordnen. Sie hatte auffallend schmale Lippen, ein markantes, kantiges Kinn, und ihre Mundwinkel zuckten nervös. Unter der fast porzellanweißen Haut schimmerten blaue Äderchen hindurch. Nur auf der spitzen Nase zeichneten sich einige Sommersprossen ab. Um die Augen hatte sie bereits einige Fältchen, sonst hätte man sie durchaus zehn Jahre jünger schätzen können. Dass sie aus gutem Hause war, ließ sich nicht übersehen. Ihre schlanken Finger waren mit teuren Ringen besetzt. Sie trug eine aufwändig bestickte Bluse und einen langen, dunkelgrauen Rock mit passender Jacke.

«Die Angelegenheit ist sehr delikat, sie ist mehr als delikat … Ich muss wirklich auf absolutem Stillschweigen Ihrerseits bestehen.»

Sören versuchte, ihre Augenfarbe zu bestimmen, aber ihre Iris war fast farblos. Nur ein zaghaftes, helles Grau zeichnete sich um die winzigen Pupillen ab. «Wenn Sie mir erst einmal darlegen würden, worum es überhaupt geht, kann ich Ihnen sicher erläutern, inwieweit ich meiner Arbeit diskret nachgehen kann.» Er blickte sie fragend an.

«Um es kurz zu machen: Es geht um ein Kind. Ein Kind, das vor einundzwanzig Jahren geboren wurde. Ein Kind, das nicht sein durfte. Ein vorehelicher Fehltritt … meiner Schwester. Das Kind wurde von meinem … von unserem Vater weggegeben. Er hat dafür bezahlt.» Sie begann wieder heftiger mit dem Fächer zu wedeln.

Sören nickte langsam und schob einige Stifte auf der Schreibunterlage hin und her. «Ein Kostkind also», meinte er schließlich. «Und in welcher Beziehung benötigen Sie einen Advokaten? Stellt das Kind irgendwelche Ansprüche gegenüber … Ihrer Familie?»

Die Frau schüttelte den Kopf und versteckte ihr Gesicht nun fast ganz hinter dem Fächer. «Nein. Wie soll ich es erklären? Mein Anliegen hat keinerlei juristische Relevanz …»

«Dann weiß ich nicht, warum Sie zu einem Advokaten kommen.»

«Es ist die Besorgnis. Die Besorgnis meiner Schwester», schob sie schnell nach. «Sie hätte das Kind ja nie aus eigenen Stücken fortgegeben. Aber sie war noch sehr jung, und die Familie … unser Vater meinte, es gäbe keine andere Möglichkeit, als das Kind zu einer Landamme zu geben. Mein … unser Vater ist kürzlich verstorben.»

«Und mit welchem Anliegen kommen Sie zu mir?»

«Ich möchte, dass Sie das Kind ausfindig machen.»

«Nach einundzwanzig Jahren?» Sören schürzte die Lippen. «Entschuldigen Sie die Nachfrage, aber aus welchem Grund?»

«Die Ehe meiner Schwester ist kinderlos geblieben. Ihr Mann, der auf keinen Fall von dieser Sache erfahren darf, ist sehr krank. Er liegt im Sterben. Und es ist doch ihr Kind.»

«Sie erwarten also von mir, dass ich ein Kind, das längst kein Kind mehr ist, suchen soll. Was haben Sie für Informationen über das Kind? Wenn ich mich der Sache annehmen soll, benötige ich zumindest einen Hinweis, wo ich mit der Suche beginnen muss. Einen Namen …»

Die Frau zog einige Papiere aus der Tasche. «Es ist nicht viel, was wir haben. Ich … wir wissen ja nicht einmal, ob es ein Junge oder ein Mädchen war. Meine Schwester hat es nie zu Gesicht bekommen. Mein Vater hat sich um alles gekümmert. Er hat das Geheimnis um sein Enkelkind mit ins Grab genommen. Für ihn durfte es nie existieren. Aber er hat bezahlt.» Sie hielt Sören ein Stück Papier hin. «Die Empfangsquittung einer gewissen Inge Bartels über 100 Mark. Das muss die Landamme sein, die für das Kind gesorgt hat. Sie erhielt die Summe wohl jährlich.» Die Frau reichte Sören einen weiteren Zettel. «Letztmalig vor acht Jahren. Hier ist ein Arztbesuch aufgeführt, für den mein … unser Vater extra bezahlt hat.»

Sören studierte die Zettel. Die Signatur war unleserlich. «Das ist nicht gerade viel.»

«Ich weiß, aber …» Sie stockte und reichte Sören ein Couvert. «Ich werde Sie großzügig entlohnen. Dies ist ein Vorschuss für Ihre Mühen. Es soll Ihr Geld sein, unabhängig vom Erfolg. Wir wissen ja nicht einmal, ob das Kind noch am Leben ist. – Das Einzige, worauf ich bestehen muss, ist, dass niemand etwas davon erfahren darf. Bei Erfolg biete ich Ihnen zusätzlich die vierfache Summe.»

Sören warf einen Blick in das Couvert. 400 Mark – das war sehr viel für einen Vorschuss. «Wenn ich die Person tatsächlich ausfindig machen sollte, werden Sie die Sache jedoch kaum länger geheim halten können», gab er zu bedenken. Einen solchen Fall hatte man ihm noch nie angeboten, und die Aufgabe reizte ihn. Zudem schien der Aufwand überschaubar. Der Name der Amme, das Alter des Kindes. Es gab nicht viele Möglichkeiten, an Informationen und Auskünfte zu gelangen. Entweder er wurde schnell fündig, oder die Sache war aussichtslos. «Ich mache meine Zusage davon abhängig, ob die Person, so ich sie denn finde, ihre wirkliche Herkunft erfahren wird.» Er schloss das Couvert und legte es vor sich auf den Tisch.

Die Frau nickte zaghaft. «Nach dem zu erwartenden Ableben meines … Schwagers.»

«Mit erbrechtlicher Berücksichtigung?»

Sie nickte erneut.

Sören nahm das Couvert an sich. «Wie kann ich Sie erreichen?»

«Meinen Namen und meine Anschrift finden Sie auf einer Karte im Couvert. – Ich bitte nochmals um absolute Diskretion.»

Nachdem Sören die Frau zur Tür geleitet hatte, öffnete er den Umschlag. Er warf einen Blick auf die Karte und pfiff leise. Jetzt wusste er auch, woher er die Frau kannte. Verständlich, dass sie auf Diskretion bestand, schließlich stammte sie aus einer der einflussreichsten Familien der Stadt.

Die junge Frau, die im Vorzimmer gewartet hatte, blickte sich neugierig um, als sie Sörens Arbeitszimmer betrat. Die Umgebung schien ihr nicht ganz geheuer zu sein, und erst nachdem Sören sie zweimal aufgefordert hatte, sich zu setzen, nahm sie ihm gegenüber Platz. Sie mochte höchstens zwanzig sein, aber ihr Blick verriet, dass sie bereits mehr vom Leben gesehen hatte, als es in diesem Alter üblich war. Ihre Jacke war an mehreren Stellen geflickt, dennoch sah man, dass sie sich Mühe gegeben hatte, sich dem Anlass entsprechend zu kleiden. Die roten Haare hatte sie zu zwei Zöpfen geflochten, die ihr bis auf die Schultern herabhingen. Die dunklen Ränder um die Augen zeugten von wenig Schlaf und viel Arbeit. Ihre Hände wirkten jedoch gepflegt, und auch ihre Zähne waren auffallend schön.

«Ich danke Ihnen für Ihre Nachsicht», begann Sören und lächelte die Frau freundlich an.

Ein verschmitztes Lächeln war die Antwort.

«Was führt Sie zu mir?», fragte Sören.

«Es geht um Marten Steen», erwiderte die Frau.

«Marten Steen, Marten Steen? Helfen Sie mir auf die Sprünge!»

«Die ganze Hamburger Polizei ist ihm doch auf den Fersen. Er soll den Wirt von der ‹Möwe› erstochen haben. Aber er war's nicht, ganz bestimmt nicht.»

Sören erinnerte sich. Dass der Wirt einer Hafenschänke erstochen worden war, hatte er in der Zeitung gelesen. Der Name des mutmaßlichen Täters war ihm natürlich nicht geläufig. «Und warum sind Sie sich da so sicher?»

«Er würde so etwas nie tun», antwortete die Frau und schüttelte energisch den Kopf, dass ihre Zöpfe hin und her flogen. «Der kann doch keiner Fliege was zuleide tun.»

«Sie kennen diesen Steen also näher?»

Sie nickte. «Wir sind verlobt.»

«Hat er Ihnen gesagt, dass er es nicht war?»

Die Frau schüttelte den Kopf.

«Wie können Sie sich dann so sicher sein?»

«Marten war sternhagelvoll in der Nacht, als es geschah. Sie haben ihn nach Hause gebracht. Er konnte nicht mal mehr laufen. Er erinnert sich an gar nix mehr.»

«Wer sind *sie*?»

«Zwei Kumpane von Marten. Er sagt, sie waren angeblich dabei, und sie sagen nix. Aber er soll etwas für sie tun.»

«Augenblick mal, ganz langsam. Alles der Reihe nach. Wer sind die beiden Zeugen? Kennen Sie ihre Namen?»

«Der eine heißt Gustav», erwiderte die Frau. «Ich habe sie kurz gesehen, als sie bei Marten waren. Zwei üble Vögel. Ganz gemeine Sorte. Ich kenne mich da aus. Die wollen ihn zu irgendwas anstiften. Irgendein krummes Ding.»

Sören rieb sich nachdenklich das Kinn. «Also wenn ich das jetzt richtig verstanden habe, dann klingt es ja mehr danach, als wenn die beiden Kumpane die angebliche Tat beobachtet hätten und ihren Verlobten mit ihrem Stillschweigen erpressen wollten.»

«Ja.»

«Aber somit wäre er ja doch der Täter?» Sören fixierte die Frau.

«Das sagen die beiden ja nur. Sie sagen, er hätte dem Wirt im Streit sein Messer in die Brust gerammt.»

«*Sein* Messer?»

Die Frau machte ein unglückliches Gesicht. «... ist seither verschwunden. – Ich weiß, ich weiß, was Sie jetzt glauben», schob sie rasch nach, «aber so war's nicht. Er konnte sich doch nicht mal mehr auf den Beinen halten. Wie soll man denn da einen erstechen können?»

«Ich verstehe ...» Sören erhob sich und reichte der Frau ein Taschentuch. Die Tränen, die ihr über die Wangen liefen, waren nicht zu übersehen. «Ich würde gerne mit Ihrem Verlobten sprechen», meinte Sören, nachdem sie sich das Gesicht abgetupft hatte.

Sie blickte zu Boden. «Ich hab aber nur zwanzig Mark», sagte sie leise.

«Über Geld machen Sie sich augenblicklich mal keine Sorgen», entgegnete Sören beruhigend. «Am gescheitesten wäre es, er würde sich selbst der Polizei stellen. Ich begleite ihn als Anwalt ... Und ich verspreche Ihnen», fügte er hinzu, «dass ich ihn auch vor Gericht vertreten werde, sollte es zu einer Anklage kommen.»

«Das ist sehr nett von Ihnen, aber es wird kaum möglich sein.» Sie zuckte hilflos mit den Schultern. «Marten ist untergetaucht. Ich weiß nicht, wo er sich versteckt hält.»

Sören presste die Lippen aufeinander. «Ärgerlich», meinte er schließlich. «Wo arbeitet Ihr Verlobter? Wenn er gerade nicht untergetaucht ist?»

«Er arbeitet als Stauer im Hafen. Aber seit drei Tagen ist er nicht zur Arbeit erschienen, dabei ist er in einer Gang. Ich habe schon bei de Lüd vonne Eck gefragt.

Keiner weiß, wo er steckt. Ich mach mir solche Sorgen.»

«Ich komme nochmal zu den beiden Zeugen. Hat Ihr Verlobter gesagt, was er für die beiden tun soll?»

«Das ist ja das Furchtbare», entgegnete die Frau. «Er hat nur Andeutungen gemacht und gesagt, es käme ja nun nicht mehr drauf an.»

«Genaues wissen Sie nicht?»

«Nur einen Tag hat er genannt. Am 22. August hätte der Spuk ein Ende. Mehr weiß ich nicht, und ich hab so Angst, dass der Spuk dann vielleicht erst richtig anfängt.»

«Und so lange will er sich versteckt halten? Wovon lebt er in der Zwischenzeit?» Sören schlug im Kalendarium die entsprechende Seite auf. Bis zum 22. August waren es noch neun Tage. «Ich weiß nicht, wie ich Ihnen helfen kann. Die einzige Möglichkeit, die ich sehe, ist, ein Mandat zu übernehmen. Wie gesagt, das mache ich gerne. Aber es setzt voraus, dass Ihr Verlobter sich der Polizei stellt. Ich muss mit ihm reden.»

Die Frau ließ den Kopf hängen. «So etwas habe ich mir schon gedacht.»

«Wenn Ihnen etwas anderes einfällt?»

Sie machte Anstalten, etwas zu sagen, hielt aber inne und schüttelte den Kopf.

«Wie kann ich Sie denn erreichen?», fragte Sören. Die Frau tat ihm Leid. Wenn er sich schon auf die Suche nach dem Verbleib eines verschollenen Kostkindes machte, dann konnte er auf dem gleichen Wege seine Beziehungen spielen lassen und sich nach diesem Steen erkundigen. Er hatte genug Kontakte zum Gaunermilieu, und der eine oder andere war ihm noch einen Dienst schuldig.

In ihren Augen flackerte ein Hoffnungsschimmer auf. «Ich arbeite bis zur Mittagszeit bei der Firma Beiersdorf und abends in einer Kaffeeklappe im Hafen. Warten Sie, ich schreibe Ihnen die Adressen auf …»

Sören reichte ihr ein Blatt Papier und einen Graphitstift. «Ich meinte Ihre Adresse. Wo wohnen Sie?»

«Im Falkenried. Ich teile mir ein Zimmer zum Trockenwohnen in der Olgapassage. Ich schreib Ihnen alles auf. Auch das, was Sie über Marten wissen sollten.»

«Und Ihr Name?»

Sie lächelte ihn an. «Altena. Altena Weissgerber.»

— Besuche —

13. August

Sören betrat den Paternoster des Dovenhofs und ließ sich ein Stockwerk höher tragen. Wenn er schon einmal hier war, dann konnte er auch bei Martin im Kontor vorbeischauen. Vielleicht hatte sein Freund genug Zeit, sodass sie gemeinsam auf eine Weinschorle in der Restauration im Parterre einkehren konnten. Es gab einiges zu berichten. Zumindest die gestrigen Ereignisse wollte Sören Martin nicht vorenthalten. Zufrieden rieb er sich die Hände. Nach dem überaus erfreulichen Gespräch, das er gerade mit Ernst Schocke geführt hatte, gab es bis zum Wochenanfang keine weiteren Termine, die ihm die Laune hätten verderben können, und er wollte sich nun ganz auf den morgigen Tag konzentrieren.

Während er den langen Korridor zu Martins Kontor entlangging, rekapitulierte Sören in Gedanken noch einmal alle Fakten. Hatte er etwas übersehen? Nein, sie hielten alle Trümpfe in der Hand. Es konnte nichts mehr schief gehen. Das Material vom Patentamt gab endgültig Aufschluss darüber, dass die Sicherheitsventile der in England ansässigen Firma Perth nicht nur billige Kopien der Erzeugnisse von Schocke waren, sondern dass mit der Produktion ganz offensichtlich das Patentrecht verletzt worden war. Auch wenn man der Firma von hier aus den Vertrieb der Armaturen nicht verbieten konnte, so waren sie zumindest für die Submissionsausschreibung aus dem Rennen. Und das war alles, was für Schocke Bedeutung hatte, denn es gab keinen anderen ernst zu nehmenden Konkurrenten.

Seit im Vorjahr die Gasfabrik auf dem Grasbrook von der Stadt übernommen worden war, glaubte man dort, durch die Übernahme nun nicht mehr an die laufenden Lieferverträge gebunden zu sein, und hatte eine Neuausschreibung ins Leben gerufen. Für Schocke ging es um die Abnahme von viertausend Regelventilen für Straßenbeleuchtungskörper; viertausend Ventile zu einem Stückpreis von achtzig Mark. Nach dem aktuellen Stand der Dinge blieb der Stadt gar nichts anderes mehr übrig, als die Sicherheitsventile, wie ursprünglich verabredet, von Schocke zu beziehen. Wahrscheinlich würde man sich sogar außergerichtlich einigen. Sören grinste. Die Arbeit hatte sich gelohnt. Auch für die Kanzlei. Er war gespannt, was Johns dazu sagen würde.

Martin sah immer noch schlecht aus. Sein Gesicht wirkte eingefallen, und er hatte dunkle Ränder unter den Augen. Zwei Wochen hatte er aufgrund eines Mageninfektes das Bett hüten müssen, dann war er entgegen dem ärztlichen Ratschlag doch zur Arbeit gekommen, mit dem Ergebnis, dass er am nächsten Tag von Magenkrämpfen und Durchfall heimgesucht worden war. Zuerst hatte man geglaubt, er wäre an Typhus erkrankt, aber dieser Verdacht hatte sich Gott sei Dank als falsch erwiesen. Nachdem er die Sache auskuriert hatte, war er im Anschluss für zehn Tage zur Erholung ans Meer gefahren. Seit einer Woche war Martin nun wieder in Hamburg, aber richtig erholt sah er nicht aus. Eher so, als hätte er versucht, die liegen gebliebene Arbeit der letzten Wochen in den wenigen Tagen aufzuholen. Zu einem Glas Weinschorle konnte ihn Sören dennoch überreden.

«Ich habe übrigens das Gut meiner Eltern in Volksdorf verkauft.» Martin schenkte ihm aus der Karaffe ein und rückte seinen Stuhl vom Fenster weg.

Sören tat es ihm gleich. Die tief stehende Sonne über den Dächern der Hafenspeicher blendete. «Das hattest du doch schon lange vor.» Er prostete seinem Freund zu. «Hat sich also ein Käufer gefunden.»

«Hundertfünfzig Hektar sind kein Pappenstiel. Das Landhaus, die Stallungen, die Felder ... Das will erst einmal bewirtschaftet werden. Wie du weißt, verbringe ich die wenigen freien Tage im Sommer lieber am Meer, und im Winter ist es in Volksdorf ungemütlich. Ich habe nie so recht an der Anlage gehangen. Außerdem erinnerte sie mich immer an das lange Dahinsiechen meiner Mutter. Die letzten Jahre waren fürchterlich. Für den Verwalter und das Personal ist gesorgt. Ich habe vertraglich vereinbaren können, dass der Käufer, ein Herr von Wittenberg aus dem Mecklenburgischen, das Personal übernimmt.»

«Ich könnte mich nicht so einfach vom Haus meiner Eltern trennen», entgegnete Sören. «Der Abriss des Hauses am Brook damals ist mir schon recht nah gegangen, immerhin habe ich meine gesamte Kindheit dort verbracht.» Natürlich waren die Besitztümer der Bischops recht bescheiden im Vergleich zu denen der Hellweges, aber im Prinzip machte das keinen Unterschied.

«Ich erinnere mich kaum mehr an unser Haus am Wandrahm.» Martins Elternhaus hatte im selben Viertel gestanden. Gemeinsam hatten die beiden dort ihre Jugend verbracht. Die gesamten Straßenzüge waren allerdings schon vor mehr als zehn Jahren abgerissen worden, als das Wohngebiet für den Bau der Speicher im Freihafen enteignet worden war. Die Speicherbauten hatten sich inzwischen immer weiter Richtung Osten ausgebreitet. Für Wohnraum war im Hafengebiet bald kein Platz mehr.

Martins Eltern waren damals nach Volksdorf gezogen, und Sörens Mutter, Clara, war nach dem Tod von Hendrik Bischop in ihr Elternhaus in der Gertrudenstraße zurückgekehrt. Sören selbst hatte sich von der Entschädigungszahlung für das Haus am Brook eine schmale Reihenvilla in der Feldbrunnenstraße kaufen können. Unweit von Martin, der in einer deutlich größeren Villa in der Alten Rabenstraße wohnte.

«Wie geht es übrigens deiner Mutter?», fragte Martin.

«Unkraut vergeht nicht. Nur die Hitze macht ihr natürlich zu schaffen. Wie uns allen. Sie verlässt das Haus nur am Vormittag und in den Abendstunden. Gestern habe ich sie zu Pollini begleitet.»

«Ins Stadttheater? Was gab es?»

«Eine Komposition von diesem neumodischen Dirigenten, Mahler ist sein Name. Mutter war ganz begeistert.»

«Gustav Mahler? Man hört, seine Stücke seien sehr eigenwillig.» Martin leerte sein Glas und schenkte nach.

Sören nickte. «Ja, es war recht anstrengend. Seine Kompositionen sind einerseits sehr aufwühlend, andererseits ... wie soll ich sagen? Ich verstehe wohl zu wenig von der Materie ... Zumindest kann man sie nicht gerade als gefällig bezeichnen.» Er grinste. «Aber es war trotzdem ein sehr schöner Abend. Ich habe eine Bekanntschaft gemacht ...»

«Soso.» Martin musterte seinen Freund spöttisch.

Sören merkte, wie ihm das Blut in den Kopf schoss. Er öffnete den obersten Knopf seines Hemdes und tupfte sich mit einer Serviette die Stirn ab. «Im Anschluss an das Konzert gab es eine kleine Soiree für die Freunde des Hauses. Nun, Mutter ist ja Mitglied im Förderkreis ...»

Martin trommelte mit den Fingern auf der Tischkante und grinste seinen Freund an. «Mach es nicht so spannend. Wie heißt sie?»

«Fräulein Mathilda Eschenbach. Sie spielt Violine im Ensemble des Stadtorchesters.»

«Du sprichst ihren Namen aus, als könntest du an nichts anderes mehr denken, mein Freund.»

«Na ja, sie ist eben ... sie ist bezaubernd. Du musst sie unbedingt kennen lernen.»

«Nun mal ruhig Blut, mein Lieber. Du hast sie doch selbst gerade erst kennen gelernt. Oder habt ihr euch gleich vor Ort verlobt?»

«Nur kein Neid.» Sören knuffte Martin freundschaftlich gegen die Schulter. «Ich habe mir erlaubt, sie morgen zu einem Bummel durch die Kunsthalle einzuladen.»

«Und?»

Ein siegesgewisses Lächeln huschte über Sörens Lippen. «Sie hat zugesagt.»

«Du führst dich auf, als wärst du zwanzig und nicht vierundvierzig.»

«Glaub mir, ich fühle mich auch, als wäre ich nur halb so alt.»

«Wie alt ist denn das Fräulein Eschenbach, wenn ich fragen darf?»

«Sechsundzwanzig. Sag mal ...», begann Sören schnell, bevor Martin Zeit hatte, den Altersunterschied mit einer spöttischen Bemerkung zu kommentieren, «erwähntest du nicht irgendwann, dass du den Direktor der Kunsthalle ein bisschen kennen würdest?»

Martin nickte. «Alfred Lichtwark, ja. Wir hatten ihn von der ‹Harmonie› aus gebeten, uns einige Empfehlungen zu geben. Es ging darum, dass ein Kunstmaler Porträts altverdienter Mitglieder der Gesellschaft fertigen sollte, welche die ‹Harmonie› dann ankaufen wollte. Ich hatte den Vorsitz des Ausschusses inne und habe mich mehrfach mit ihm getroffen. Wieso fragst du?»

«Ich dachte ...» Sören zögerte. «Ob du ihn fragen könntest ... vielleicht ... Also, wenn es die Gelegenheit zulässt, ob er nicht zufällig zu uns stoßen könnte. Ich kann mir vorstellen, dass Fräulein Eschenbach sehr beeindruckt wäre.» Sören schaute Martin erwartungsvoll an. «Was ich damit sagen will: Ich habe doch keinen Schimmer von Malerei.»

«Hättest du ihr dann nicht besser vorgeschlagen, in den Hansa-Concert-Saal, auf die neue Rennbahn nach Groß-Borstel oder irgendwo anders hinzugehen?»

Sören schüttelte den Kopf. «Ein abendlicher Konzertbesuch schickt sich nicht beim ersten Rendezvous. Außerdem ist sie ja selbst Musikerin. Sie freut sich bestimmt über ein wenig Abwechslung. Und Rennbahn ... ich weiß nicht. Bei der Hitze und dem Staub?»

«Ich hätte Badeanstalt vorgeschlagen», feixte Martin.

«Sehr komisch.» Sören zog eine Grimasse. «Und? Arrangierst du was?»

«Wenn er da ist und Zeit hat.» Martin nickte. «Ich verabrede mich mit ihm, wir treffen uns dort zufällig, ich stelle euch einander vor, und dann mache ich mich aus dem Staub. So hast du dir das doch in etwa gedacht, oder?»

«Dann würdest du sie auch gleich kennen lernen.»

«Abgemacht. Aber gib nachher nicht mir die Schuld, wenn sich das Fräulein Eschenbach in mich verliebt.»

Der Kutscher blickte Sören entgeistert an. Nicht dass es ungewöhnlich gewesen wäre, sich von der Schauenburger Straße zu den Vorsetzen fahren zu lassen, aber in seiner Aufmachung entsprach Sören nicht im Geringsten der Klientel, die für solche Wegstrecken eine Droschke in Anspruch nahm. Er lächelte in sich hinein, während er dem Kutscher ein Markstück reichte. Es erstaunte ihn immer wieder aufs Neue, mit welch geringem Aufwand sich aus Dr. Sören Bischop der Hafenarbeiter Sören machen ließ. Ein zerschlissener schwarzer Rock, ein staubiger Hut mit lädierter Krempe, ein Paar alte Schuhe und dazu noch ein wenig mit Kohle geschwärzte Wagenschmiere auf der Stirn sowie unter den Fingernägeln reichten aus. Fräulein Paulina hatte die Nase gekräuselt, als er wieder einmal in dieser Aufmachung die Kanzlei verlassen hatte. Dabei kam von ihr der entscheidende Hinweis, auf den hin Sören beschlossen hatte, sich noch heute am Nachmittag ein wenig in der «Möwe» umzuhören. Auch wenn Fräulein Paulina keine Details zu dem Verbrechen kannte, der Name des verstorbenen Wirtes war ihr aus unerfindlichen Gründen geläufig: Wilhelm Mader, genannt Willy. Wahrscheinlich hatte sie in der Zeitung über den Mord gelesen. Sören blickte auf seine Uhr, dann verstaute er das kostbare Erbstück wieder in der Hosentasche. Viertel nach vier. Er kam genau richtig zum Schichtwechsel. An der Ecke Baumwall ließ er sich absetzen. Wenn er seine Rolle glaubhaft spielen wollte, konnte er nicht mit einem Wagen bei der «Möwe» vorfahren.

Kurz vor dem Anleger Baumwall traf er auf die ersten Lüd von de Eck, wie die Arbeit suchenden Hafenarbeiter im Volksmund genannt wurden. Es gab bestimmte Ecken, an denen sie herumlungerten. Wer zu keiner festen Gang gehörte, dem blieb nichts anderes übrig, als sich dieser Form der Arbeitsvermittlung zu bedienen. Die Vorarbeiter suchten sich natürlich mit Vorliebe nur die kräftigsten Kerle aus, weshalb die Kleinwüchsigen und Schmächtigen an diesen Ecken kaum zu finden waren. Die mussten sich ihren Arbeitsplatz *ertrinken*, wie man es nannte. Das hieß, sie waren auf die Vermittlung durch die Schankwirte der hafennahen Arbeiterspelunken angewiesen. Wer am meisten konsumierte, wurde natürlich auch schneller vermittelt.

An den Vorsetzen hatten unzählige Schuten und Ruderboote festgemacht, von denen die Arbeiter der am anderen Elbufer liegenden Schiffswerften in die Kneipen strömten. Im Gegensatz zu den Festmachern, Schauerleuten, Stauern und Tallymännern arbeiteten die Nieter, Schlosser und Schiffszimmerer der Werften größtenteils im Schichtdienst. Zum Schichtwechsel hin waren die Kellerwirtschaften und Schänken dementsprechend bis zum Bersten gefüllt. So auch die «Möwe». Am Ende der Kellertreppe roch es trotz der Temperaturen feucht und muffig. Sören versuchte, nicht daran zu denken, wie viele betrunkene Seeleute und Hafenarbeiter hier in den letzten Stunden gegen das Geländer und auf die Stufen uriniert hatten, dann wurde er von einer nachrückenden Gruppe durch die Tür geschoben.

Der Geruch von Schweiß und Fusel verschlug ihm den Atem. Sören benötigte einige Augenblicke, bis er in dem rauchgeschwängerten Kellerraum überhaupt etwas erkennen konnte, so schummrig war die Beleuchtung. Die Räume der «Möwe» verzweigten sich in schmale, niedrige Gänge, die nach hinten führten. Irgendwo in der Ferne lärmte ein verstimmtes Akkordeon. Sören versuchte, einen Platz am Tresen zu ergattern, wo hektisches Gedränge herrschte. Langsam kämpfte er sich durch die Menge nach vorne.

«Na, Sie hab ich hier ja wo noch nie geseh'n! Neu

hier, wa?», schrie ihm die rotwangige Bedienung hinter dem Tresen entgegen, als er endlich an der Reihe war. Die Frau hatte eine üppige Figur. Genau genommen war sie fast so breit wie hoch.

Sören stützte sich mit beiden Händen auf den Tresen, der mit einer klebrigen Dreckschicht besudelt war. «Nein, eigentlich nicht. Komme nur nicht jeden Tag. Ein Bier für mich.»

Sie musterte ihn. «Auf Suche?», fragte sie, während sie das Bier abzapfte.

«Kann man so sagen, ja.»

Die Frau schüttelte nachdenklich den Kopf und ging zum vertraulichen Du über. «Wie 'n Festmacher siehste nich gerade aus! Was kannste denn?!»

Ein glatzköpfiger Riese tauchte hinter dem Tresen auf, wischte die Hände an seiner dreckigen Schürze ab und schob sich die Hemdsärmel hoch. «Elsa, du sollst nich so bannich am Tresen schnacken!», schrie er der Frau zu. «Da hinten will einer 'ne Lage. Nu mach hinne!»

Die Bedienung kuschte augenblicklich, reichte Sören stumm sein Bier herüber und schob sich am Tresen vorbei zum Schankraum.

«Wo is'n der Willy?», fragte Sören, als ihm der Riese einen finsteren Blick zuwarf.

«Willst du mich veräppeln?», brummte der Mann zurück. «Weiß doch jeder hier. Den hamm se abgestochen.»

Sören kippte sein Bier herunter, schluckte zweimal nach Luft und gab einen lauten Rülpser von sich. Es war doch ein komisches Gefühl, sich in der Öffentlichkeit so richtig gehen zu lassen. «War 'ne Zeit weg», meinte er. «Sind Sie der neue Wirt?»

«Hab die Schänke letzte Woche übernommen!»

«Und?» Sören reichte dem Mann auffordernd das leere Glas. «Stimmt der Umsatz?»

«Kann nich klagen! – Noch ’n Bier?»

Sören nickte.

«Musst dich ranhalten, mien Jung, wenn du für Montag noch was abhaben willst!»

Es war Sören bekannt, wie das mit der Arbeitsvermittlung funktionierte, aber mit so deutlichen Worten hatte er nicht gerechnet. Wenn er in dem Tempo weitertrank, war er spätestens in einer Stunde abgefüllt. Er nahm das volle Glas entgegen und reichte dem Wirt drei Groschen. «Danke, aber bis nächste Woche bin ich versorgt.» Dann drängelte er sich durch die Menge zurück zum Schankraum. Auf einer der Bänke war noch Platz. «Rück mal!», forderte er den ersten Mann am Tisch auf und schob sich auf die Bank.

«Bist du Stauer?», fragte der Mann rabiat. Dann musterte er Sören, der mindesten einen Kopf größer war, und wechselte in eine freundlichere Stimmlage. «Hier sitzen nur Stauer!»

Sören nickte und stellte sein Glas ab.

«Das ist Tom, der da is Heiner, und ich bin Paule!», stellte er die anderen am Tisch der Reihe nach vor. «Und wie heißt du?»

«Sören.»

«Prost, Sören!»

«Prost! – War ’ne Zeit weg. Hab gerade erfahren, dass einer den Willy abgemurkst hat. Unschöne Sache …»

«Mir egal!», rief Paule. «Hauptsache die Elsa is noch dor! Nich, mien Deern?» Er grapschte nach dem ausladenden Hintern der Bedienung, die sich mit einem Tablett gerade ihren Weg zwischen den Bänken hindurchbahnte.

«Finger wech! Sonst gib's gleich was anne Backen, du Spacken!», rief Elsa, die allerdings keine Hand frei hatte, um sich zu wehren.

Die Männer lachten dreckig. Auch die Tischnachbarn grölten. Es stank erbärmlich nach Tabak und Schweiß. Der Qualm war auf einmal so dicht, dass man kaum weiter als bis zur nächsten Tischkante gucken konnte. An der Decke hing ein Fischernetz, in dem allerlei ausgetrocknetes Meeresgetier in den merkwürdigsten Formen hing. Es sah aus, als zappelten die Fische; das Gewölbe war nämlich so niedrig, dass man kaum aufrecht darunter stehen konnte, und jeder, der aufstand, stieß unweigerlich mit dem Kopf gegen das Netz. Irgendwo fiel ein Krug auf den Boden, woraufhin schallendes Gelächter ausbrach. Am Tresen kabbelten sich zwei Betrunkene, die der riesige Wirt sogleich am Schlafittchen packte und mit einem Fußtritt an die frische Luft beförderte.

Paule stellte einen Knobelbecher vor Sören auf den Tisch. «Machst du mit, Schüttler?»

Sören legte einen Groschen zu den Würfeln. «Klar – ein Torfstich!»

«Gut, zwei Runden, ein Stich!», rief Tom und warf seinen Groschen dazu. Die anderen taten es ihm gleich.

«Dann geht die erste Runde auf mich», sagte Sören und orderte für sich und die Stauer eine Runde Lütt un Lütt. «Hat man den schon, der's gewesen ist?», fragte er, als die Biere und Schnäpse verteilt waren.

«Man munkelt da was», meinte Heiner mit gedämpfter Stimme, woraufhin ihm Tom einen Stoß in die Rippen versetzte.

«Schnauze!», fauchte er.

«Wenn der Willy was einbehalten hat ...»

«Ich sag's nich noch einmal!» Tom knallte die Faust

auf den Tisch und blickte Heiner zornig an. Seine Augen funkelten.

«Is schon gut. Hab ja verstanden», murmelte Heiner kleinlaut und schob den Becher weiter.

Sören hakte nicht weiter nach. Auch wenn das hier nur Gerüchteküche war, hatte Toms Reaktion ausgereicht, ihm den Ernst der Lage zu verdeutlichen. Warum hatte Tom so heftig reagiert? Weil man Sören nicht kannte? Was hätte Wilhelm Mader einbehalten können? War es nur Zufall, dass er gleich beim ersten Gespräch in ein Wespennest gestochen hatte, oder wusste jeder der Stammgäste hier mehr?

Für heute reichte es. Sören spielte die zwei Runden zu Ende, warf noch einen Groschen zu den Würfeln und verließ die Wirtschaft. Er blickte zur Uhr. Vielleicht traf er im Stadthaus noch Ernst Hartmann an. Ohne detaillierte Informationen über den Tathergang und darüber, was die Polizei über Täter und Opfer wusste, kam er nicht weiter. Normalerweise gab es Auskünfte darüber nur vom zuständigen Staatsanwalt. Normalerweise – es sei denn, man kannte dessen Lieferanten.

Die Droschke hielt wenige Minuten später an der Stadthausbrücke. Sörens Blick fiel auf die neue Kaiser-Wilhelm-Straße, die sich wie ein breiter Flur in Richtung Holstenthor öffnete. Sörens Standpunkt markierte genau die Grenze zwischen Alt- und Neustadt. Für den Bau dieser Straße war vor zwei Jahren das dichte Gängeviertel zwischen Bäckerbreiter- und Specksgang niedergelegt worden. Vereinzelt säumten schon hohe Etagenmietshäuser den neuen Straßenzug.

Für die Hamburger Polizei hatte man vor vier Jahren ein großes Verwaltungsgebäude an der Ecke zum

Neuen Wall gebaut – das neue Stadthaus. Der Bau war vor kurzem eingeweiht worden. Wie viele städtische Verwaltungsbauten war die Fassade in Renaissanceformen gehalten. Entworfen hatte das prachtvolle Gebäude Baudirektor Zimmermann. Er zeichnete für fast alle Bauvorhaben des städtischen Gemeinwesens verantwortlich. Neben den neuen Verwaltungsbauten waren das in letzter Zeit vor allem Schulhäuser, die neuerdings in der ganzen Stadt wie Pilze aus dem Boden schossen. Die Gebäude ähnelten sich alle irgendwie, obwohl man ihren Zweck trotzdem auf den ersten Blick zuordnen konnte. Sören mochte diese Formensprache. Sie erinnerte ihn an Paris, ein wenig auch an Berlin. In diesem Fall war besonders auffällig, dass sich das Stadthaus an der Geschosshöhe des barocken Palais orientierte, in dem der Präsident der Polizei bisher gesessen hatte und das in direkter Nachbarschaft am Neuen Wall stand. Der Neubau war aber nicht nur viel größer, sondern auch moderner. Das Erdgeschoss schien aus dicken Quadern zu bestehen. Es wirkte uneinnehmbar wie eine Festung.

Ernst Hartmann runzelte die Stirn, als Sören sein Amtszimmer betrat. «Du meine Güte, Sören, wie siehst du denn aus? Fehlt nicht viel, und du gehst als Vigilant der Politischen durch.»

Polizeisekretär Ernst Hartmann war seit zwei Jahren Leiter der Criminalen Polizeiabteilung. Wie fast alle leitenden Verwaltungsbeamten der Stadt war er promovierter Jurist. Sören kannte Hartmann, der etwa zehn Jahre jünger war, schon seit der Studienzeit. Wie der Zufall es wollte, waren beide Mitglieder in der Gesellschaft «Harmonie».

Sören blickte grinsend an sich herab. «Entschuldige

meinen Aufzug, aber du weißt ja, es gibt Situationen, wo es ratsam ist, seinen gesellschaftlichen Stand nicht nach außen zu tragen. Ich kam nicht dazu, mich umzuziehen, ich wollte dich nicht verpassen.»

«Dann lag ich mit der Vigilanz ja gar nicht so verkehrt. Wie kann ich dir helfen?»

«Ich benötige dringend einige Informationen über einen Wilhelm Mader.»

Hartmann spitzte die Lippen und nahm sein Monokel vom Auge. «Willy Mader? Der tote Schankwirt? – Hast du etwa vor, der Polizei ins Handwerk zu pfuschen, oder wie erklärt sich dein Interesse?»

Sören schüttelte den Kopf. Da er nicht wusste, wie weit die Polizei bei diesem Fall war, und er den Namen Steen nicht voreilig erwähnen wollte, hatte er sich etwas zurechtgelegt.

«Es ist so: Ein Mandant von mir erwähnte den Namen im Zusammenhang mit einer Sache, die vielleicht auch für dich von Interesse ist.»

Hartmann runzelte die Stirn. «Der Name deines Mandanten?»

«Er kommt als Täter nicht infrage», erklärte Sören unbeirrt, «da er zur Zeit der Tat in Untersuchungshaft saß. Nur so viel: Es geht möglicherweise um krumme Geschäfte, in die Mader verwickelt gewesen sein könnte.»

«Über so etwas haben wir auch schon nachgedacht.» Hartmann klemmte sich sein Monokel wieder ins Auge, strich sich den Schnauzer glatt und schlug einen Aktenordner auf. «Zumindest legt sein bisheriger Werdegang so etwas nahe. Wilhelm Mader war kein unbeschriebenes Blatt. In den letzten fünf Jahren gab es eine Anzeige wegen Körperverletzung, drei wegen Betruges, diverse Bezichtigungen der Hehlerei, Zuhälterei und eine Anklage wegen versuchten Totschlags, von der er aber, wie in den anderen Fällen auch, freigesprochen wurde. Weiß der Teufel, warum man ihm nicht längst die Schankkonzession entzogen hat.»

Sören stieß einen Pfiff aus. «Donnerlittchen. Um den Fall beneide ich dich nicht. Gibt es denn schon einen Tatverdächtigen?»

«Wir gehen einigen Hinweisen aus dem Milieu nach …»

«Also noch nichts Konkretes?»

«Leider. – Wie du schon richtig bemerktest, gibt es mehr als eine Richtung, in die wir unsere Fühler ausstrecken müssen.» Er blickte Sören fragend an. «Was hat denn dein … Mandant so verlauten lassen?»

Sören setzte eine neutrale Miene auf. Was konnte Wilhelm Mader *einbehalten* haben? Abgesehen von dem, was die Stauer in der «Möwe» angedeutet hatten, war er ja nicht wirklich im Besitz verwertbarer Hinweise, wenn man einmal davon absah, was Altena Weissgerber ihm berichtet hatte. Und das wollte er erst einmal für sich behalten. Wie es aussah, war der Polizei der Name Steen in diesem Zusammenhang noch kein Begriff, und die beiden Trinkkumpane von Marten Steen spielten mit einiger Wahrscheinlichkeit ein falsches Spiel. Er musste unbedingt herausfinden, welchen Auftrag Steen für die beiden erledigen sollte. «Er sagte, Willy Mader würde ihm noch etwas schulden. Nun, wie es aussieht, wird er sich mit dem Verlust abfinden müssen.»

Hartmann nickte grimmig. «Es wäre nicht das erste Mal, dass Mader Lohnauszahlungen verweigert hätte. Die Betrugsvorwürfe gegen ihn betrafen genau diesen Punkt. Mader konnte jedoch in allen Fällen glaubhaft nachweisen, dass die Kläger hohe Zechschulden bei ihm hatten. Na, nun muss er sich ja um Ausreden keine Sorgen mehr machen ...»

«Ist es eigentlich üblich, dass die Schankwirte neben der Arbeitsvermittlung auch für die Lohnauszahlung zuständig sind?», fragte Sören, dem diese Praxis bisher nicht bekannt gewesen war. Das warf natürlich ein ganz anderes Licht auf die Sache.

«In einigen Fällen schon», antwortete Hartmann. «Aber es wird höchste Zeit, dass man dem einen Riegel vorschiebt. Es kann nicht angehen, dass eine erfolgreiche Arbeitsvermittlung vom in den Schänken getätigten Alkoholkonsum abhängt. Aber den Firmen, die sich auf diese Weise ihre Arbeitskräfte organisieren, kann diese Praxis natürlich nur recht sein. Man bezahlt einen Agenten, vielleicht noch eine Hand voll Vorarbeiter, dafür benötigt man kein Lohnbüro, und auch die Buchhaltung ist, was die Belegschaft angeht, kaum zu überprüfen. Klar, dass denen das recht ist.» Hartmann lächelte verschmitzt. «Du glaubst gar nicht, was da geschachert wird.»

«Ich kann es mir vorstellen», antwortete Sören. «Ist es da vielleicht denkbar, dass ein verschuldeter Hafenarbeiter die Nerven verloren hat und dem Wirt ...» War es vielleicht möglich, dass Marten Steen die Nerven verloren hatte?

«Im Streit ein Messer in die Brust gerammt hat?», ergänzte Hartmann die Frage und beantwortete sie sogleich selbst: «Wenn es so war, dann ist es wohl nicht vor Zeugen geschehen ... Wir haben die Stammkundschaft bereits ausführlich vernommen. Mehrmals. Keiner will was gesehen haben. Aber die halten natürlich alle zusammen.» Hartmann schien den Begriff Sozialdemokraten in diesem Zusammenhang bewusst vermeiden zu wollen. Auch ihm war das Vorgehen der Politischen Polizei suspekt, wie er Sören vor einiger Zeit in der «Harmonie» unter vier Augen anvertraut hatte, als es um die zu erwartende Neuorganisation der Hamburger Polizei gegangen war. Sören hatte ihn aus gutem Grund nicht davon unterrichtet, dass Senator Hachmann ihm selbst die Leitung angeboten hatte, denn was die Erfahrung betraf, war Hartmann bestimmt befähigter als Sören. Aber Hartmann machte sich keine wirklichen Hoffnungen auf den Posten; zwischen ihm und seinem Dienstherrn herrschte eine nicht gerade entspannte Atmosphäre. Senator Hachmann hielt Hartmann für fachlich unfähig, da ihm die Fälle nicht zügig genug aufgeklärt wurden, und Hartmann wiederum sprach dem Senator jegliche Führungskompetenz ab, da Hachmann seiner Meinung nach allein Wert auf schöne Statistiken legte.

«Wir gehen jedenfalls bislang davon aus, dass es sich um einen Einzeltäter handelt, der bis zur Sperrstunde gewartet hat. Wahrscheinlich war wirklich kein anderer Gast mehr in der Kaschemme. Die einzige Person, die die Tat beobachtet haben könnte, ist dummerweise verschwunden.»

«Und das wäre?»

«Seine Frau. Ilse Mader. Sie ist seit der Tat spurlos verschwunden. Wahrscheinlich ist sie im Rotlichtmilieu untergetaucht. Sie hat früher schon als Prostituierte gearbeitet.» Hartmann beugte sich zu Sören vor. «Ihr Spitzname war Stiefel-Elli.»

Stiefel-Elli. Sören hob die Augenbrauen. «Könnte sie die Tat begangen haben?», fragte er.

«Eher unwahrscheinlich», entgegnete Hartmann. «Taubmann, unser Polizeiarzt, meint zwar, theoretisch sei es denkbar, allerdings ist mir kein Fall bekannt, wo eine Frau ihrem Mann ein Messer bis zum Heft in die Brust gerammt hat. Genau ins Herz. So eine Tat wirkt nicht gerade weiblich. Außerdem sind am Ledergriff der Tatwaffe so etwas wie Initialen eingeritzt.»

Sören blickte Hartmann fragend an.

«Ein M und ein S», erklärte Hartmann. «Ist natürlich genauso möglich, dass es sich dabei um einen Schiffsnamen handelt. Einige Dampfer tragen neuerdings diese Kennung vor ihrem eigentlichen Namen, und das Leder am Griff wurde an einigen Stellen erneuert. – Wie es auch sei, die Fahndung nach Ilse Mader läuft jedenfalls auf vollen Touren.»

Ein M und ein S. Sören verzog keine Miene. Es war also Marten Steens Messer. Fraglich blieb hingegen, ob er auch die Tat begangen hatte. Sören bedankte sich bei Hartmann für die Informationen, versprach, sich sofort zu melden, falls ihm irgendetwas Relevantes über den Fall zu Ohren käme, und verabschiedete sich. Es war spät genug. Seine Mutter erwartete ihn um acht zum Essen, und zuvor musste er sich noch umziehen.

— Mathilda —

14. August

Mit schmerzverzerrtem Gesicht saß Sören auf der Bettkante und starrte ungläubig auf seinen rechten Fuß. Vorsichtig versuchte er, ihn in alle Richtungen zu drehen, soweit es die Schwellung über dem Knöchel zuließ. Die Zehen ließen sich noch bewegen. Es war also zumindest nichts gebrochen. Trotzdem kam er sich hilflos vor wie ein kleiner Junge. Und das ausgerechnet heute. Als er am Abend vor der Haustür seiner Mutter über die Bordsteinkante gestolpert und umgeknickt war, hatte er zwar einen ziemlichen Schmerz verspürt, das Missgeschick dann aber auf die leichte Schulter genommen. Zumindest hatte er die Heimfahrt über nichts mehr gemerkt. Das mochte am Wein gelegen haben. Er fluchte still vor sich hin. Die Schwellung war beachtlich, und er konnte kaum auftreten. Außerdem war der Fuß zum Außenriss hin hässlich blau verfärbt. Es war wohl besser, wenn sich ein Arzt die Sache anschaute. Auf einem Bein hinkte er zum Schrank und suchte nach den dicken Wintergaloschen. Mit diesem Fuß kam er nie und nimmer in seine Schuhe.

Die Pferdebahnstation an der Rothenbaumchaussee lag zwar um die Ecke, aber in seinem Zustand kam Sören der Weg endlos vor. Wenigstens waren noch genügend Sitzplätze frei. Anfangs hatte er noch mit dem Gedanken gespielt, selbst zu fahren, aber die ersten Schritte auf der Straße hatten ihn von dieser Idee sofort Abstand nehmen lassen. Nach dem Fußweg zur Chaussee bildete sich Sören zwar ein, der Schmerz habe etwas nachgelassen, trotzdem war er dankbar, dass er die Fahrt über im rumpelnden Pferdewagen nicht zu stehen brauchte. Eine knappe Stunde Fahrzeit bis nach Altona musste man auch an einem Sonntagmorgen einplanen.

Hugo Simon empfing Sören mit einem spöttischen Gruß. Das Erhebende am Arztberuf sei ja, dass man als Medicus nicht einmal am Sonntag von seinen Verpflichtungen entbunden sei. Zu ihm kämen am Wochenende fast noch mehr Hilfesuchende als wochentags – wohl wissend, dass Dr. Simon niemanden vor der Tür stehen ließ. Dann griff er dem Freund unter die Schulter und führte ihn in sein kleines Behandlungszimmer.

Sören hatte Hugo Simon vor etwa zwei Jahren bei einer Gerichtsverhandlung um ein Notzuchtverbrechen kennen gelernt, und sie hatten sich schnell angefreundet. Ein hoch angesehener, jedoch reichlich betagter Hamburger Medicus hatte wider Erwarten in einem Gutachten die Unberührtheit einer zuvor von zwei preußischen Offizieren vergewaltigten Obsthändlerin aus den Elbmarschen erklärt. Es kam selten genug vor, dass solche Verbrechen überhaupt zur Anklage gelangten, und Sören hatte seine Mandantin eindringlich vor der gesellschaftlichen Schmach, die auch sie als Opfer treffen würde, gewarnt. Aber die mutige Frau hatte darauf bestanden, und so hatte Sören ein weiteres Gutachten eines unabhängigen Mediziners eingefordert. Dr. Hugo Simon hatte die junge Frau daraufhin untersucht, wobei der Tatbestand einer Notzucht eindeutig und zweifelsfrei nachgewiesen wurde.

Was letztendlich aus den zwei adeligen Offizieren geworden war, entzog sich Sörens Kenntnis. Die Familien zahlten zur Rehabilitierung des Mädchens eine hübsche Summe, und das Verfahren wurde auf Antrag der Beschuldigten selbst an die Militärgerichtsbarkeit weitergeleitet, wo sich die Ehrbarkeit wahrscheinlich mit einer entsprechenden Spende wiederherstellen ließ. Hugo Simon hatte aus seiner antipreußischen Gesinnung während des Verfahrens keinen Hehl gemacht. Sowohl dieser Umstand als auch die Tatsache, dass Simon gegen das auch unter Medizinern ungeschriebene Gesetz verstoßen hatte, dass eine Krähe der anderen niemals ein Auge auskratzt, hatten wohl bewirkt, dass Dr. Simon nach dem Prozess die Mitgliedschaft im Hamburger Ärztlichen Verein verwehrt wurde. Nach eigener Aussage konnte er es verschmerzen, schließlich habe er im zu Preußen gehörigen Altona genug Patienten zu versorgen. Aber die Wirklichkeit, das wusste Sören, sah anders aus. Kein niedergelassener Arzt konnte es sich erlauben, auf die Klientel der benachbarten Großstadt zu verzichten. Zumal Hugo Simon, was sein soziales Engagement betraf, Sören nicht unähnlich war. Auch er behandelte Patienten aus der unteren Bevölkerungsschicht häufig ohne Honorar. Der Ruf eines Samariters eilte ihm dementsprechend vor allem in der Arbeiterklasse voraus. Satt wurde man davon nicht. Sören wollte die Gelegenheit beim Schopfe packen und den Arzt gleich auch über die Praxis bei der medizinischen Versorgung von Kostkindern ausfragen. Aber sein Fuß hatte natürlich Priorität – schließlich wollte er am Nachmittag mit Fräulein Eschenbach durch die Hamburger Kunsthalle schlendern.

«Autsch!» Sören zog das Bein ruckartig zurück, als Hugo Simon den Strumpf über das Gelenk zog.

«Entschuldige meine Unkonzentriertheit. Ich habe seit mehr als dreißig Stunden nicht geschlafen.» Der Arzt inspizierte das geschwollene Gelenk. «Gleich mehrere

Fälle von plötzlichem Brechdurchfall.» Vorsichtig bog er den Fuß in alle Richtungen. «Tut das weh?»

Sören bejahte die Frage. «Üblich bei der Hitze, oder?»

«Und in diese Richtung?» Hugo Simon bog den Fuß auf die Innenseite.

«Aua! – Willst du mir den Fuß abbrechen?»

«Stell dich nicht so an», raunzte der Arzt und drückte vorsichtig auf mehrere Partien der Schwellung. «Du hast Glück gehabt. Sehnen und Bänder sind intakt. – Was sagst du? Ob das üblich ist? Der Häufung nach zu urteilen liegt da was im Busch, wenn du mich fragst. Aus den Krankenhäusern hört man bislang nichts, aber gewöhnlicher Brechdurchfall ist das bestimmt nicht. Und Typhus-Symptome sehen anders aus. Ich muss dringend mit Sanitätsrat Wallichs sprechen. Sollte sich mein Verdacht bestätigen, dann …»

«Dann? Was meinst du?»

«Ich möchte gar nicht daran denken.»

«Woran?», fragte Sören.

«Cholera», entgegnete der Arzt und sah plötzlich sehr erschöpft aus. «Einer ist mir innerhalb weniger Stunden unter den Händen weggestorben.»

«Das meinst du nicht im Ernst?»

«Wie gesagt, es ist nur eine Vermutung. Ich besitze hier gar nicht die Ausstattung, den Erreger zu isolieren und den Nachweis zu erbringen. Ich bin nur ein einfacher Arzt …»

«Ein guter Arzt.»

Hugo Simon ignorierte Sörens Worte, ging zu einem Regal und nahm ein größeres Glasgefäß herunter. «Ich streiche dir das Gelenk mit einer Arnikatinktur ein. Sollte die Schwellung nach zwei, drei Tagen nicht nachlassen, wirst du noch einmal vorbeikommen müssen.»

Er strich mit einem Spatel eine dicke Paste auf den Fuß, die er vorsichtig mit dem Finger auf der geschwollenen Hautpartie verrieb. Dann nahm er ein langes Mullband und wickelte das Gelenk ein. «Nimm dir einen Stock und belaste das Bein möglichst wenig. Zu wenig Bewegung ist allerdings auch nicht von Vorteil. Wenn du dich setzt, versuche, das Bein hochzulagern. Aber was erzähle ich dir? Du kennst dich ja bestens aus. So, ich muss zu Wallichs und dann dringend ins Bett. Mir fallen die Augen zu.» Er reichte Sören einen Zettel. «Lass dir das in der Apotheke anrühren und reib das Gelenk zweimal täglich damit ein.» Er blickte Sören an. «Neues Leinen wirst du ja wohl im Hause haben. Ist noch was?»

«Wie viel, Hugo?», fragte Sören.

Hugo Simon lächelte ihn an. «Das verrechnen wir mit ein paar Flaschen Wein. Akzeptiert?»

Sören nickte. «Ich will dir nicht deine kostbare Zeit stehlen, aber kannst du mir ein paar Auskünfte zur Behandlung von Kostkindern geben?»

«Ein trauriges Kapitel», entgegnete der Arzt und wiegte den Kopf. «Wo drückt der Schuh?»

«Ich bin auf der Suche nach einem Kostkind, das vor acht Jahren medizinisch versorgt worden ist. Der Name der Amme ist Inge Bartels. Mehr weiß ich nicht.»

«Hier in Altona?»

«Keine Ahnung», sagte Sören und steckte die Rezeptur in die Rocktasche. Dann schlüpfte er mit dem rechten Fuß in die Galosche.

«Landammen gibt's wie Sand am Meer», meinte der Mediziner. «Den Namen habe ich noch nie gehört. – Wenn das mal ihr richtiger Name ist.»

«Aber du versorgst doch bestimmt einige von den Kostkindern?»

Simon nickte. «Ganz arme Würmer. Ich werde immer erst dann gerufen, wenn's gar nicht mehr anders geht. Die Ammen leben ja von der Beherbergung und wollen möglichst keine zusätzlichen Unkosten haben. Schwindsucht, Tuberkulose, Unterernährung … Geschichten könnte ich dir erzählen … Was glaubst du, wie viele der toten Kinder, die in der Gosse gefunden werden, den Leihmüttern die Arztkosten nicht wert waren?»

Sören erhob sich, dankte dem Freund mit einem kräftigen Händedruck und verabschiedete sich. Die ganze Rückfahrt über schwirrten ihm unschöne Bilder vom Elend der unzähligen Kostkinder durch den Kopf. Vielleicht lebte das gesuchte Kind schon längst nicht mehr. Dann musste er an Hugo Simons Befürchtungen denken, seine letzten Patienten könnten an Cholera erkrankt sein. Wenn das wahr sein sollte, dann … Der Fuß schmerzte indes schon bedeutend weniger.

Mathilda Eschenbach sah umwerfend aus. Sie trug ein hellblaues tailliertes Kleid, das ihre mädchenhafte Figur besonders zur Geltung brachte. Schon am Abend des Konzerts war Sören ihre zierliche Statur aufgefallen. Heute erschien sie ihm noch feingliedriger. Ihre Hände und Finger waren so schmal, wie sie nur eine Violinistin haben konnte. Sie trug ihre Haare heute offen, und die hellbraunen Locken tanzten lustig auf ihren Schultern hin und her, wenn sie den Kopf bewegte. Ihre Stupsnase wurde von einer kleinen Ansammlung Sommersprossen eingerahmt. Sören bemerkte, dass ihre Augen bei Tageslicht noch intensiver leuchteten. Schon bei der ersten Begegnung war ihm die goldgelbe Farbe aufgefallen. Ihr Blick war voller Wärme. Zwischenzeitlich hatte er schon gemeint, er habe es sich nur eingebildet, aber jetzt, wo sie ihm gegenüberstand und in die Augen blickte, durchfuhr ihn wieder diese unsagbare Wärme in der Brust. Mathilda Eschenbach war etwa einen Kopf kleiner als Sören. Ihre Pupillen waren auffällig geweitet, als sie zu ihm aufblickte.

Obwohl sich Sören alle Mühe gab, seine Behinderung, so gut es ging, zu verstecken, war es Fräulein Eschenbach natürlich nicht entgangen, dass er sein rechtes Bein nachzog. «Ein kleines Missgeschick», beteuerte er auf ihre Frage und biss die Zähne zusammen, als sie die Droschke bestiegen. Am liebsten hätte er seinen rechten Fuß in einen Bottich mit Eiswasser gestellt. Aber die Bewegung tat ihm gut. Die Fahrt mit der Droschke dauerte nur wenige Minuten; zu wenig für ein Gespräch, allein lange genug für unauffällige begehrliche Blicke. Den kurzen Weg vom Ferdinandstor hinauf zur Kunsthalle, die wie ein Tempel auf der ehemaligen Bastion Vincent über Alster und Vorstadt thronte, legten sie zu Fuß zurück, und Sören war froh, dass Fräulein Eschenbach den ihr angebotenen Arm mit einem Hinweis auf Sörens körperliche Verfassung ausgeschlagen hatte. So näherten sie sich betont langsamen Schrittes dem imposanten Gebäude aus rotem Backstein, das mit seinem prächtigen Bauschmuck aus Sandstein und Terrakotta an einen Palast der Renaissance erinnerte.

«Ich muss zugeben», meinte seine Begleiterin, nachdem Sören zwei Billetts gelöst hatte, «dass ich bislang noch nicht die Zeit gefunden habe, in die Kunsthalle zu gehen, obwohl ich mich sehr für die bildenden Künste begeistern kann. Man sagt ja, ihr Direktor habe ein besonderes Auge auf die zeitgenössische Malerei. Das gefällt mir. Man tut sich doch im Allgemeinen sehr schwer mit zeitgenössischer Kunst. Das ist in der Musik nicht anders. Ich hoffe sehr, sein Engagement findet Zustimmung beim Publikum.»

Sören wusste nicht, was er darauf hätte erwidern können. Er war ja selbst noch nie in der Kunsthalle gewesen, und seine Meinung über moderne Musikkompositionen behielt er in diesem Moment besser für sich. Er konnte nur hoffen, dass Martin ihr *zufälliges* Zusammentreffen nicht vergessen hatte.

Sie deutete auf das prächtige Treppenhaus vor ihnen. «Man könnte meinen, man stünde in Stülers Neuem Museum in Berlin», sagte sie, und Sören nickte, auch wenn er das Berliner Museum nicht kannte. Zumindest wusste er, dass die Kunsthalle von zwei Berliner Architekten gebaut worden war.

«Sie waren zuvor in Berlin?», fragte er.

Sie nickte. «Vier Jahre lang. Im Herbst letzten Jahres bekam ich dann die Stelle hier in Hamburg. Es ist schon ein glücklicher Zufall, dass Mahler auch hier weilt. Er ist ein phantastischer Dirigent, einfühlsam und behutsam. Als Komponist vielleicht etwas melancholisch.»

«Melancholie ist sehr treffend», entgegnete Sören. «Genau das empfand ich auch an dem Abend, als ich Ihr Violinspiel hörte.» Ihr Spiel hatte tatsächlich etwas in ihm berührt – ganz im Gegensatz zum eigentlichen Stück, das er als unruhiges und konfuses Getöse empfunden hatte.

«Wir kommen gut miteinander aus», meinte sie. «Nur Pollini scheint leider von Mahlers Kompositionen nicht viel zu halten, was aber wohl mehr dadurch begründet ist, dass die Konzerte so schlecht besucht sind. Schade, dass das Hamburger Publikum so … so konservativ ist.»

Sören lächelte. «Das ist nicht allein bei der Musik so. In dieser Stadt hält man sehr an Traditionen fest. Auf den ersten Blick scheint es so gut wie unmöglich, je etwas verändern zu können.»

«Diesen Eindruck habe ich auch. Ich bin zwar erst ein knappes Jahr in der Stadt, aber ich kann jetzt schon mit Sicherheit sagen, dass Pollini bloß eine Wagner-Oper anzukündigen braucht, um ein volles Haus zu haben. Es scheint geradezu, als kenne man in dieser Stadt nur Wagner. Wagner oder Barock. Steht Wagner auf dem Programm, dann stehen die Bürger Schlange. Leider hat das zur Folge, dass die Gesangssolisten von Pollini auch viel besser bezahlt werden als die Orchestermitglieder. Hätte ich eine schöne Stimme, dann müsste ich tagsüber wahrscheinlich nicht am Conservatorium unterrichten. Es gibt nichts Ermüdenderes, als unbegabten Kindern das Spielen eines Instrumentes zu vermitteln, für das sie nie das nötige Gespür entwickeln werden. – Aber ich langweile Sie mit meinen Geschichten ...»

«Durchaus nicht. Sie haben völlig Recht. Solange es zum guten Ton bürgerlicher Weltanschauung gehört, dass zumindest die Töchter des Hauses ein Instrument zu spielen haben, obwohl man die künstlerischen Beschäftigungen in den meisten Fällen doch besser aufs Häkeln und Sticken hätte beschränken sollen, so lange hat Musik nur etwas mit Wohlerzogenheit und wenig mit Kunst zu tun.»

«Richtig», bekräftigte Fräulein Eschenbach. «Andererseits: Gäbe es dieses Bedürfnis in den bürgerlichen Kreisen nicht, stünden wir Musiker noch ärmer da als ohnehin schon. Viele leben vom Unterricht.»

«Wie sind Sie zu Ihrem Instrument gelangt?»

«Genau so, obwohl mir mein Werdegang im Nachhinein wie ein Märchen vorkommt. Ich stamme aus einer Familie, die sich niemals einen Musiklehrer hätte leisten können. Ganz im Gegenteil: Normalerweise wäre ich der Musik in dem für mich vorgezeichneten Leben nicht einmal begegnet.»

«Sie machen mich neugierig.»

«Meine Familie stammt aus dem Westfälischen», erklärte sie. «Mein Vater, ein einfacher Bergmann, kam bei einer Explosion unter Tage ums Leben, als ich vier Jahre alt war. Der Grubenbesitzer, ein für seinen Stand beachtenswert verantwortlicher Mensch, hat meine Mutter daraufhin als Köchin in sein Haus genommen. So habe ich einen Teil meiner Kindheit in diesem sehr vornehmen Haus verbracht – in einer Dachkammer, versteht sich. Die Kinder der Familie erhielten natürlich Musikunterricht. Klavier und Violine, wie es sich gehört.» Sie lachte auf. «Die beiden waren ungefähr so begabt, wie eben von Ihnen geschildert. Ja, wirklich. – Eines Tages habe ich, unerlaubt, versteht sich, das Instrument in die Hand genommen und einfach zu spielen begonnen. Ich hatte ja schon häufiger beobachtet, wie man es hält und wie man mit dem Bogen darüber streicht. Es war ganz einfach. Es war, als wenn ich nie etwas anderes gemacht hätte. Die Töne, die ich mit dem Mund trällern konnte, kamen wie von selbst. Nach wenigen Malen schon schien mir das Instrument zu gehorchen. Irgendwann erzählten es die Kinder dem Musiklehrer, dem ich daraufhin vorspielen musste und der danach sofort mit dem Hausherrn sprach. Er hat alles bezahlt. Ich werde dem Mann für den Rest meines Lebens dankbar sein müssen. So weit meine Geschichte.» Sie lächelte Sören auf eine merkwürdig unbekümmerte Weise an.

«Dann verbindet uns vielleicht so etwas wie eine Seelenverwandtschaft», erklärte Sören. «Auch ich habe meine Karriere mehreren glücklichen Zufällen zu verdanken. Mein Vater, ein einfacher Polizist, heiratete in zweiter Ehe die Tochter seines besten Freundes, eines Amtsmedicus, der in seinem Testament verfügte, dass man mir mit seinem bescheidenen Erbe das Studium der Medizin ermöglichen solle.» Sören versuchte, sich an Conrad Roever zu erinnern, dem er eigentlich seinen ganzen Werdegang zu verdanken hatte. Aber das Gesicht seines Großvaters war ihm nur noch von einer ererbten Daguerreotypie präsent. «Eigentlich hatte ich Schiffbauer werden wollen, aber natürlich fügte ich mich dem Wunsch meiner Eltern und studierte Medizin, auch wenn ich letztendlich kein Arzt, sondern Jurist geworden bin. Das Studium der Jurisdiktion ermöglichte mir unter anderem ein wohlwollender Freund, der, wie es den Anschein hat, der Hitze des heutigen Tages auch hierher in die Kunsthalle entflohen ist ...»

Keine Planung hätte das Zusammentreffen besser arrangieren können. Martin stand zusammen mit Lichtwark vor einem großen Gemälde, und wie es aussah, war eine lebhafte Diskussion zwischen ihnen im Gange. Lichtwark hielt Martin am Arm, seine andere Hand kreiste wild gestikulierend umher, als versuche er, irgendwelche Linien des Bildes vor ihnen nachzuzeichnen. Die beiden standen sehr dicht beisammen, ein merkwürdiger Eindruck persönlicher Vertrautheit lag zwischen ihnen in der Luft. Sören machte mit einem Räuspern auf sich aufmerksam, und beide drehten sich abrupt um, wobei Lichtwark seinen Arm von Martins Schulter nahm, als wäre es nur eine flüchtige Berührung gewesen. «Das nenne ich einen Zufall!», sagte Sören mit gedämpfter Stimme. «Gerade war die Rede von dir.»

«Sören.» Martins Überraschung wirkte echt und nicht einstudiert. Mit einer vornehmen Verbeugung wandte er sich Sörens Begleitung zu. Es war nicht zu übersehen, dass er Mathilda Eschenbach dabei interessiert musterte. Dann stellte er Lichtwark vor. Sören war dem Kunsthallendirektor ein- oder zweimal flüchtig begegnet, aber es hatte sich nie die Möglichkeit eines Gesprächs ergeben. Er fühlte sich sofort an seinen Sozius erinnert. Auch Johns hatte diesen scharfen Blick, dem man sich kaum zu entziehen vermochte. Lichtwarks Gesichtszüge waren ausgesprochen fleischig, mit etwas hängenden Wangen und einem ausgeprägt großen Kinn. Obwohl er etwa in Sörens Alter sein musste, war sein Haupthaar schon stark gelichtet. Die Oberlippe zierte ein etwas zu knapp gestutzter Schnauzbart.

Lichtwark wandte sich Sören zu, nachdem er dessen Begleitung seine Aufwartung gemacht hatte. «Dann sind Sie der Advokat, von dem mir Herr Hellwege erzählt hat?»

Sören blickte Martin fragend an.

«Es geht um einen juristischen Rat, den Herr Lichtwark gerne zu einem äußerst delikaten Vorfall haben möchte. Ich sagte ihm, da wäre er bei dir an der richtigen Adresse.»

«Es geht um das Bild eines Malers. Max Liebermann ist sein Name», erklärte Lichtwark und deutete auf das große Gemälde vor ihnen an der Wand. «Er hat dieses Werk geschaffen, das ich dank einer Schenkung vor zwei Jahren erwerben konnte. Es heißt ‹Die Netzflickerinnen›.»

Sören betrachtete das mannshohe und mehr als zwei Meter breite Gemälde, das von einem patinierten Goldrahmen eingefasst war. Vor ihm breitete sich bis zum Horizont eine Wiesenlandschaft aus, auf der mehrere Frauen vor ausgebreiteten Fischernetzen knieten oder hockten. Im Vordergrund schleppte ein lebensgroß dargestelltes, junges Fischermädchen ein weiteres, sichtbar schweres Netz heran. Über der Szenerie lag grauer, sturmbewegter Wolkenhimmel.

«Man hört förmlich, wie der Wind über das Feld pfeift», meldete sich Fräulein Eschenbach. «Ich mag diese großen Genrebilder. Sie wirken wie aus dem Leben gegriffen, dabei sind sie doch bestimmt nicht vor der Natur entstanden.»

«Sie haben Recht.» Lichtwark lächelte erfreut. «Liebermann hat viele Skizzen und Studien dazu angefertigt, bis er die endgültige Komposition auf die Leinwand brachte. Ich kenne einige davon.»

«Und doch wirkt es, als hätte sich die Szene genau so zugetragen. Am liebsten möchte man der jungen Frau im Vordergrund beim Tragen des schweren Netzes helfen. Nur die Gesichter der Frauen sind ihm etwas zu schön geraten. Es sind Arbeiterinnen, deren Kleidung ärmlicher, deren Gesichter von der Seeluft bestimmt zerfurcht und deren Hände spröde und rissig sein müssten.» Alle blickten auf Fräulein Eschenbach, die angesichts der Wirkung ihres kleinen Vortrags aufs zauberhafteste errötete.

«Sie sind nicht zufällig Malerin?», fragte Lichtwark erstaunt.

Sie lächelte bescheiden. «Nein, Musikerin – ich spiele Violine.»

«Der Wunsch nach mehr Realismus in der Malerei ist ungewöhnlich für eine so junge Dame», erklärte Lichtwark, und seine Lippen kräuselten sich amüsiert. «Aber tatsächlich haben Sie mit Ihrer Feststellung den Nagel auf den Kopf getroffen. Liebermann kann sehr wohl realistischer malen. Jedoch fehlt die Akzeptanz des Publikums.» Er breitete die Arme zu einer hilflosen Geste aus. «Ich tue schon mein Möglichstes, das Publikum zu erziehen. Man muss den Menschen eine Anleitung geben, wie Kunst zu verstehen ist; man muss sie auffordern, sich auf das Wesentliche zu konzentrieren. Dennoch stoße ich immer wieder an eine Mauer, denn die große Menge will sich nicht von der überholten Ansicht befreien lassen, allein das Schöne sei das Gute. Die Realität ist aber nicht immer schön.»

«Man strebt nach einem Wunschbild, nicht nach einem Abbild», meinte Martin.

«Genau», erwiderte Lichtwark. «Kommen Sie! Ich möchte Ihnen etwas zeigen.» Während er die Gruppe aus dem Raum führte, wandte er sich Sören zu. «Es handelt sich um das vorhin von Herrn Hellwege angedeutete Problem, zu dem ich gerne Ihren Rat einholen möchte. Wie Sie vielleicht wissen, habe ich vor einigen Jahren für die Kunsthalle die *Sammlung von Bildern aus Hamburg* ins Leben gerufen. Ich versuche seither, zeitgenössischen Malern, wie etwa Corinth, Slevogt, Kalckreuth und eben auch Liebermann, Porträtaufträge in der Stadt zu vermitteln. Nebenbei hoffe ich natürlich, dass eben auch Landschafts- und Genrebildnisse dieser Künstler, von Gönnern und wohlwollenden Spendern finanziert, für die Galerie der Kunsthalle erworben werden können. Nun, ich konnte unseren geschätzten Bürgermeister Petersen gewinnen, den Anfang für diese Reihe von Bildnissen zu machen. Max Liebermann hat also ein Porträt von ihm angefertigt. – Am besten zeige ich es Ihnen, damit Sie sich, nun ja, ein Bild machen können.» Lichtwark geleitete sie zu einer Tür, die etwas abseits an einem Korridor lag. Er schloss sie auf und ließ die Gruppe eintreten. Am Ende des Raumes stand eine große Staffelei, über der ein Leinentuch hing, das der Direktor nach hinten zurückschlug. «Voilà! – Unser Bürgermeister, Carl Friedrich Petersen!» Er ging einige Schritte zurück und stellte sich zu den anderen. «Was sagen Sie?»

«Der Gute liegt ja seit einiger Zeit unpässlich danieder», bemerkte Sören. Liebermann hatte den Bürgermeister im Ornat eines Hamburger Senators vor einem schlichten grauen Vorhang porträtiert, in dessen oberster rechter Ecke das Hamburger Stadtwappen zu erkennen war. In der rechten Hand hielt er ein Paar weiße Handschuhe, in der Armbeuge trug er den großen schwarzen Senatorenhut. Das Bildnis war lebensgroß – und durchaus realistisch. Liebermann zeigte kein Idealbild, sondern einen Greis, dessen Haar so weiß war wie die Halskrause des Habits und dessen gebeugter Körper seinem hohen Alter entsprach. «Ich kenne seinen Gesundheitszustand nicht, aber er ist eben schon recht betagt.» Sören lachte. «Lassen Sie mich raten: Es gefällt ihm nicht sonderlich?»

Lichtwark seufzte. «Schlimmer noch! Seine Familie verbietet, dass das Bildnis in die Galerie gehängt und der Öffentlichkeit gezeigt wird. Man ist empört.»

«Petersen ist fast neunzig», ließ Martin sich vernehmen. «Was erwartet man denn, wenn man sich in dem Alter porträtieren lässt? Das Bildnis eines vor Kraft und Tatendrang strotzenden Jünglings?»

«Auch wenn ich den Bürgermeister persönlich nicht kenne, finde ich das Bild überaus gelungen», erklärte Fräulein Eschenbach. «Es zeigt einen alten Mann in seiner ganzen Würde.»

Einen Augenblick lang betrachteten alle schweigend das Porträt.

«Ich kann mir denken», meinte Sören dann, «welchen

Rat Sie von mir wollen. Allerdings möchte ich bezweifeln, dass Ihr Problem mit juristischen Mitteln zu lösen ist. Selbst wenn es einen Vertrag zwischen Künstler und Modell geben sollte, kann Ihnen nicht daran gelegen sein, gegen den Wunsch des Auftraggebers zu entscheiden.»

«Richtig», sagte Lichtwark. «Zumal Petersen eben gleichzeitig die Rolle des Spenders zufällt. Der eigentliche Auftraggeber bin ja ich – und ich sitze jetzt ganz gehörig in der Patsche. Breche ich einen juristischen Streit vom Zaun, verschrecke ich natürlich alle möglichen weiteren Gönner für den Ausbau der Sammlung. Andererseits will Liebermann natürlich bezahlt werden.»

«Es wäre vor allem schade, wenn niemand das Bild sehen dürfte», sagte Fräulein Eschenbach. «Aber ich verstehe natürlich Ihr Problem. Irgendwie müssen Sie sich mit beiden Parteien arrangieren.»

«Ich würde den Vorschlag unterbreiten», sagte Sören, «dass Petersen die Kosten trägt und das Bild bis auf weiteres im Magazin aufbewahrt wird. Unzugänglich für die Öffentlichkeit.» Lichtwark wollte schon etwas einwenden, aber Sören kam ihm mit einer beschwichtigenden Handbewegung zuvor. «Es geht Ihnen doch darum, eine Sammlung aufzubauen? Dafür brauchen Sie möglichst viele Kontrakte. Anders als bei diesem Auftrag können Sie dann jedoch schon etwas vorweisen. Das heißt, der Auftraggeber kann sich ein Bild davon machen, was ihn erwartet. Glauben Sie mir, das Problem wird sich nicht wiederholen.»

«Sie meinen also, ich soll auf die Hängung dieses Bildes zugunsten neuer Aufträge verzichten und das Bildnis von Petersen gleichzeitig dafür nutzen, zukünftigen Auftraggebern eine unschöne Überraschung zu ersparen?» Lichtwark runzelte die Stirn. «Wahrhaft diplomatisch.»

Sören nickte. «Ich verstehe ja nicht viel von Kunst, aber ich kann mir durchaus vorstellen, dass man in ein, zwei Jahren vielleicht auch aus dem Blickwinkel der Petersens anders über die Sache denken wird, wenn andere Auftraggeber trotz, oder vielleicht sogar wegen der realistischen Darstellung ihre Zustimmung für solche Porträts gegeben haben. Wenn erst vier oder fünf andere prominente Persönlichkeiten in der Galerie hängen, wird man sicher eitel genug sein, dazugehören zu wollen – dazugehören zu dürfen.»

Alfred Lichtwark zwinkerte Sören zu, während er das Leinentuch wieder über das Gemälde drapierte. «Ich danke Ihnen für Ihren weisen Rat. – Da werde ich wohl noch viel Aufklärungsarbeit leisten müssen.» Er wandte sich Fräulein Eschenbach zu. «Ich würde mich gerne revanchieren. Wie wäre es, wenn ich Sie ein wenig durch die Galerie führe und Ihnen das eine oder andere Geheimnis zu den ausgestellten Exponaten verrate?»

Das war mehr, als Sören erhofft hatte. Dankend nahmen sie die Einladung an. Nach einem mehrstündigen Rundgang verabschiedeten sie sich schließlich von Lichtwark, nicht ohne ihm zu versprechen, das Haus zukünftig regelmäßiger zu besuchen und auch an den Vortragsreihen zu unterschiedlichen Themen der Kunst teilzunehmen, die der Direktor hier im Hause häufiger veranstaltete.

Der Tag neigte sich bereits seinem Ende entgegen, als Sören seiner Begleitung vor deren Haustür aus der Droschke half. Fräulein Eschenbach bewohnte eine kleine Wohnung in den Colonnaden, nur einen Katzensprung von ihrer Arbeitsstätte entfernt. Sören deutete formvollendet einen Handkuss an und machte den Vorschlag, einen solchen Ausflug doch beizeiten zu wiederholen.

«Gerne», antwortete Fräulein Eschenbach und strahlte ihn an. «Vielleicht, wenn es Ihrem Fuß wieder besser geht?»

Sören lächelte. «Der Arzt sagte etwas von zwei bis drei Tagen.» Das war natürlich gelogen. Hugo Simon hatte von Wochen gesprochen, nicht von Tagen. Aber Sören fühlte sich in diesem Moment schon völlig kuriert.

— Fäulnis —

16. August

Der Vorteil der Anfang vergangenen Jahres eingeführten Meldepflicht war, dass es nun vergleichsweise leicht fiel, den Wohnort bestimmter Personen zu erfahren. Vor allem, wenn man über gute Beziehungen verfügte – und die hatte Sören Bischop. Natürlich hätte «Inge Bartels» ein falscher Name sein können, und bei einer Landamme war die Wahrscheinlichkeit, dass sie außerhalb des Hamburger Stadtgebietes lebte, nicht gering. Aber Sören hatte Glück. Das Melderegister vom Juni des Vorjahres wies tatsächlich eine Inge Bartels aus. Wohnhaft in Hamm, Borstelmannsweg Nummer 137.

Das Fußgelenk war inzwischen etwas abgeschwollen, sodass Sören sich mit der eigenen Droschke auf den Weg machen konnte. Eine Linie der Pferdebahn gab es nach Hamm bislang ja auch noch nicht. Obwohl Sören das Verdeck des offenen Zweisitzers aufgestellt hatte, brannte die Sonne erbärmlich. Heute Vormittag war auch noch der Wind eingeschlafen, der in den Tagen zuvor für ein wenig Erfrischung gesorgt hatte. Als er kurz nach Mittag die Alsterbrücke überquerte, konnte er die schlaff herabhängenden Segel der kleinen Dinghis erkennen, die rund um die Alsterlust vor sich hin dümpelten. Die Luft war unangenehm staubig, und Sören drosselte das Tempo, als er die kleine Steigung des Glockengießerwalls hinter sich hatte. Der Blick auf die Kunsthalle erinnerte ihn an sein Vorhaben, Fräulein Eschenbach am nächsten Tag nach der Abendvorstellung vom Stadttheater abzuholen und in das neu eröffnete Gartenlocal am Botanischen Garten auszuführen. Eine ausgezeichnete Idee, wie er fand, aber die süßen Gedanken, die ihm durch den Kopf gingen, hätten fast zu einem Unfall geführt.

Der große Planwagen, der ihm vor der neuen Gewerbeschule vor das Gefährt preschte, zwang Sören zu einer Vollbremsung. Nachdem sich das Pferd wieder beruhigt hatte, bog er in die Norderstraße ein und fuhr an der Münze vorbei bis zum Lübecker Bahnhof. Hier hielt er kurz an und überlegte, auf welcher Höhe der Straße in Hamm sich Hausnummer 137 wohl befinden mochte. Der Borstelmannsweg führte vom Hang des Geestrückens, der den ganzen Stadtteil einem hohen Wall gleich in zwei Teile schnitt, bis hinunter zum Billwärder Ausschlag. Sören entschloss sich, den Weg an der Bille entlang zu nehmen. Er unterquerte die Gleise des Bahnhofs und setzte die Fahrt über die Spaldingstraße in Richtung Heidenkampsweg fort.

Die hohen Mauern der Etagenhäuser am Heidenkampsweg warfen ihre Schatten bereits weit auf die Straße. Nirgendwo in der Stadt ragten die Fassaden der Zinshäuser so hoch wie hier im Hammerbrook. Obwohl Sören den Schatten in diesem Moment genoss, mochte er das Quartier mit seinen großen Baublöcken nicht. Während seiner Kindheit hatte man damit begonnen, das hier vor den Toren der Stadt gelegene Marschland konsequent zu entwässern und aufzuschütten, um ein neues Wohngebiet zu schaffen. Am Anfang war nicht absehbar gewesen, wie es hier einmal aussehen würde, aber nachdem in der Innenstadt das Kehrwieder- und das Wandrahmviertel für die Zollanschlussbauten niedergelegt worden waren, hatte sich ein großer Teil der dort lebenden Menschen hier im hafennah gelegenen Hammerbrook niedergelassen. Innerhalb weniger Jahre war das ganze Gebiet bis auf den letzten Quadratmeter erschlossen worden. Die riesigen Baublöcke hatten bis zu sechs Etagen. Sören blickte im Vorbeifahren in eine der großen Tordurchfahrten, durch die man in die dahinter gelegenen Höfe gelangte, die teilweise nur noch wenige Meter breite Gassen waren, da man den Raum mit quer zur Straße angeordneten Terrassenzeilen lückenlos verbaut hatte. Wenn man die Höhe der Gebäude berücksichtigte, herrschte hier im Hammerbrook inzwischen die gleiche Enge wie in den Gängevierteln der Altstadt. Nur für wenige Minuten am Tag kam das Sonnenlicht in die Höfe, an einigen Stellen nie.

Auf der anderen Straßenseite erstreckte sich ein Hochwasserbassin parallel zum Heidenkampsweg. Dahinter lagen die riesigen Steinlager der Baudeputation. Aus der Ferne wirkten die gestapelten Baustoffe wie eine Miniaturausgabe der diesseitigen Bebauung. Sören fuhr weiter bis zum Bullerdeich, wo sich die enge Bebauung schlagartig auflöste. Am Brackdamm endete das Straßenpflaster. Ab hier war die Umgebung ländlich geprägt, und außer vereinzelten Betrieben und den im Schlick der Bille festsitzenden Lastkähnen und Schuten erinnerte nichts an die Nähe zur Stadt. Bis auf ein kleines Rinnsal war das Flussbett ausgetrocknet. Anders als im unweit gelegenen Hammerbrook, wo alles von rechtwinklig angeordneten Kanälen durchzogen war, deren Wasserstand mit Schleusen und Toren reguliert werden konnte, regelte hier allein die Natur die Schiffbarkeit der Wasserstraßen. Und die anhaltende Hitze hatte den Verkehr gänzlich zum Stillstand gebracht.

Sören lenkte den Wagen zu einer Pferdetränke. Während er dem Tier mit einem feuchten Lappen den

Schweiß vom Hals rieb, beobachtete er die Kinder, die vor der Badeanstalt lärmend im brackigen Schlick des Flusses herumtobten und sich gegenseitig mit Matsch bewarfen. Nachdem das Pferd getrunken hatte, lenkte er den Wagen über den Hammer Deich bis zum Borstelmannsweg. Das Bild, das sich ihm bot, nachdem er in die Straße eingelenkt hatte, passte ganz und gar nicht in die ländliche Umgebung. Die Straße wirkte so, als hätte man einfach zwei Häuserzeilen aus dem Hammerbrook hierher verfrachtet. In der Stadt hatte man sich an den Anblick der hohen Zinshäuser ja gewöhnt, aber hier auf dem Land wirkten die Bauten sehr befremdlich. Rechnete man etwa damit, dass sich die städtische Bebauung bis hierher ausbreiten und an die vorhandenen Bauten anschließen würde? Kein Zweifel, hier hatte ein gewiefter Bauherr die Bodenspekulation auf die Spitze getrieben. Wenn man bei den großen Blöcken des Hammerbrook noch versucht hatte, mit etwas Bauschmuck an den straßenseitigen Fassaden darüber hinwegzutäuschen, dass die Höfe dahinter nur aus grau verputzten, kargen Wänden bestanden, so hatte man sich hier nicht einmal diese Mühe gemacht. Auffällig war, dass die Häuser anscheinend keine Keller hatten. Wahrscheinlich lag der Straßenzug so tief, dass bereits ein starker Regenguss oder ein Gewitter ausreichte, um das gesamte Areal unter Wasser zu setzen. Zumindest deutete der Zustand der unbefestigten Straße darauf hin. Sören dirigierte den Wagen vorsichtig an den tiefen Kuhlen, die wohl ausgetrocknete Matschlöcher waren, vorbei. Am Straßenrand hatte man breite Holzbretter ausgelegt, die anscheinend dazu dienten, den Weg bei Regen für Fußgänger überhaupt passierbar zu machen. Ein unangenehmer Geruch stieg ihm in die Nase. Sören blickte sich um. Nirgends war eine Fabrik oder Produktionsstätte auszumachen, die den Gestank erklärt hätte. Er fuhr im Schritttempo weiter. Das gesuchte Haus war schnell gefunden. Man hatte die Hausnummern einfach mit weißer Farbe an die Fassaden gemalt. Sören zählte fünf Stockwerke.

Die Frau im Erdgeschoss, die Sören nach Inge Bartels gefragt hatte, blickte ihn nur verständnislos an, murmelte etwas in einer fremden Sprache, die er noch nie zuvor gehört hatte, und schloss die Tür mit einem Knall. Was er durch den Türspalt gesehen hatte, reichte aus, um sich die Zustände in den anderen Wohnungen vorstellen zu können. Sören hatte sich schon gefragt, wohin all die Türen auf den Absätzen des Treppenhauses führen mochten. Jetzt ahnte er es. Das riesige Gebäude bestand anscheinend aus einer großen Anzahl kleinster Wohnungen. Zur Seite zweigten je zwei Türen ab, die Längsseite des Treppenabsatzes hatte fünf Türen. Die mittlere davon stand offen. Ein kleiner Junge mit zotteligem Haar blickte Sören aus großen Augen an. Er saß auf einem völlig verunreinigten Closet und zog ununterbrochen an der langen Kordel des Spülkastens. Das Wasser strömte auf halber Höhe des gebrochenen Fallrohres heraus, lief die Wand herunter und vermengte sich mit auf dem Boden liegenden Kotresten. Sören wandte sich angeekelt ab. Nirgends gab es Namensschilder. An einigen Türen hatte man die Namen der Bewohner ans Holz des Rahmens geschrieben – vier, fünf oder sechs auf einmal. Viele davon waren durchgestrichen. Inge Bartels war nicht darunter. Es tropfte vor ihm auf den Boden. Sören blickte nach oben: Über ihm an der Decke breitete sich ein brauner Fleck aus. Als er den nächsten Stock erreicht hatte, sah er den Grund dafür. Das Closet war hier ganz zerbrochen, aus dem Knie der Schüssel lief unaufhörlich eine bräunliche Flüssigkeit, die sich auf den Holzdielen des Treppenabsatzes zu einer kleinen Pfütze gesammelt hatte. Es stank bestialisch nach Jauche und Moder.

«Kommen Sie vom Amt?», fragte die ältere Frau, die auf Sörens Klopfen hin die Tür geöffnet hatte.

Er schüttelte den Kopf. «Nein, gute Frau. Ich suche eine gewisse Inge Bartels. Sie soll hier im Haus wohnen.»

Die Frau machte ein fragendes Gesicht.

«Eine Frau, die wahrscheinlich mehrere Kostkinder behütet hat», erklärte Sören.

«Ach die.» Sie machte eine abfällige Handbewegung. «Behütet ist aber übertrieben. Keine Ahnung, wie die hieß. Gab nur Ärger mit der …» Sie schüttelte den Kopf. «Dritter Stock, zweite Tür. Wohnt aber nicht mehr da. Im letzten Winter ist sie abgehauen.»

«Sie wissen nicht vielleicht, wo die Frau hingezogen ist?»

«Gott bewahre. Mit solchen will ich nix zu tun haben.» Die Frau blickte auf die Pfütze neben Sörens Schuhen.

«Das Closet nebenan», sagte Sören. «Es ist defekt. Was war die Frau Bartels denn für eine?»

«Na, defekt ist hübsch gesagt. Hin ist das. Alles nur Schrott hier», fluchte die Frau. «Warten schon seit dem Märzen, dass jemand kommt. Kommt aber keiner. Aber die Miete, die wird pünktlich kassiert.» Irgendwie schien sie sich nicht von der Idee abbringen zu lassen, dass Sören in Wahrheit doch vom Amt kam und möglicherweise für Abhilfe sorgen konnte. «Woll'n Se mal sehn, was das hier für 'ne Bruchbude is?» Sie öffnete die

Tür und machte eine einladende Handbewegung. Aber treten Se mir nicht den Schiet rein. Ich habe gerade gefeudelt!»

Sören putzte sich die Schuhe auf einem Lappen hinter der Tür ab und betrat die Wohnung. Sie bestand aus zwei winzigen, höchstens zehn Quadratmeter messenden Zimmern sowie einer kleinen Küche, die dem Anschein nach auch als Aufenthaltsraum und Esszimmer diente. Es war der einzige Raum mit einem Fenster. Über der Herdstelle waren mehrere Drähte durchs Zimmer gespannt, an denen Wäsche zum Trocknen hing. Sören trat einen Schritt zurück, als er in einer Ecke des Raumes einen Mann auf einer Matratze liegen sah.

«Das is Otto, der merkt nix», erklärte die Frau. «Mal wieder voll wie eine Haubitze!» Sie deutete an die Decke, wo sich ein armdicker Spalt quer durch den Raum zog. «Ich warte nur darauf, dass die ganze Schose runterkommt. Nur Bruch hier. Da oben wohnen sechs Leute im Zimmer. Mir rieselt jeden Tag der Putz in die Töpfe.»

«Sechs Leute?» Sören blickte sich um und versuchte sich das Gedränge vorzustellen, wenn sechs Menschen auf so engem Raum lebten.

«Einlogierer, versteht sich», erklärte die Frau. «Arbeiter aus dem Osten. Ich war einmal oben, weil mir zu viel Radau war. Was da für Zustände herrschen. Sie machen sich keine Vorstellungen. Alles voller Fliegen und Brummer! Aber irgendwie muss man die 300 Mark Jahresmiete ja zusammenbringen. Die meisten hier im Haus nehmen zusätzlich Untermieter auf.»

Sören schüttelte den Kopf. Er überschlug die Anzahl der Zimmer je Stockwerk. Wenn in jeder Wohnung nur vier Personen lebten, dann waren das bereits mehr als 30

Menschen je Stockwerk. «Und das mit nur einem Abort auf der Etage?»

«Die meisten benutzen ja schon wieder die Abtritte hinten auf dem Hof», sagte die Frau. «Der Gestank war eh kaum zu ertragen. Der Inhalt der Wasserclosets wird ja in die Gräben hinter dem Haus geleitet. Schauen Sie!» Die Frau öffnete das kleine Küchenfenster und deutete auf die Wiese hinter dem Haus. «Keine zwanzig Meter hinter dem Hof läuft der Graben lang. Die Güllerinne. Die alten Abtritte sind zwar dunkel und voller Fliegen, aber zumindest stinkt's in der Straße nicht mehr so.»

Sören erinnerte sich an den stechenden Geruch, der ihm sofort aufgefallen war, als er in den Borstelmannsweg eingebogen war. Unglaublich, dass diese Häuser von der Baupolizei genehmigt worden waren. Nicht nur der Zustand der sanitären Anlagen war katastrophal. Das ganze Gebäude wirkte unsolide konstruiert und äußerst schlampig gebaut. Die Stärke der Decken war viel zu schwach für die Vielzahl der Menschen, die hier lebten, und Sören hatte schon länger keine Wohnung mehr betreten, deren Räume so wenig Tageslicht abbekamen. Nicht einmal eine Luke zum Hofschacht gab es hier. «Sie wollten mir etwas über Frau Bartels erzählen.»

«Ich sag doch, ich weiß nicht, wie das Weib hieß», brummte die Frau. «Aber die war schon schlimm. Hat sich gar nicht gekümmert. Fünf Mädchen hatte die. Eine davon war wohl ihre eigene. Die Kleinen haben immer geklopft und um was zu essen gebettelt, und die Größeren, na ja … Kam schon des Öfteren vor, dass die Udls hier auftauchten. Sind wohl häufiger erwischt worden.»

«Erwischt wobei?», fragte Sören nach. «Beim Stehlen?»

«Beim Stehlen?» Die Frau lachte auf. «Na, schön wär's. Nee, auf den Strich sind die gegangen. Aber die Udls haben wohl ein Auge zugedrückt ...»

«Weil sie noch so jung waren?»

«Das wohl weniger.» Die Frau schüttelte den Kopf. «Alle ham doch gewusst, was die ... Wie sagten Sie, wie die hieß?»

«Bartels. Inge Bartels.»

«Dass die Bartels nach Sonnenuntergang als Verschickse gearbeitet hat. Ohne Anmeldung und Taxe, versteht sich. Die Kleinen waren ja immer alleine nachts und haben gejammert. Klar, dass die dann auch mal für nischt die Röcke gelupft hat.»

Eigentlich reichte Sören schon, was er erfahren hatte. Die Schilderungen der Frau und das ganze Umfeld hier waren so bedrückend, dass er seine Suche am liebsten sofort abgebrochen hätte. «Sie wissen nicht zufällig, wer die medizinische Versorgung der Kinder übernommen hat, wenn sie mal krank waren?», fragte er dennoch.

«Das hat der Doktor Rieder gemacht. Der kommt ja aus Oben-Hamm. Ich weiß das, weil er auch meinem Otto das Bein versorgt hat, als es gebrochen war. Ein ganz Netter is das, wenn Sie wissen, was ich meine. Aber der war schon lange nicht mehr da. Ich glaube, der ist jetzt am Städtischen in St. Georg.»

Sören war geradezu froh, als er den staubigen Fahrtwind einatmen konnte, der ihm auf der Hammer Landstraße entgegenwehte. Dennoch wurde er das Gefühl nicht los, seine Kleidung hätte den Geruch aus dem schrecklichen Haus am Borstelmannsweg angenommen. Er hatte das dringende Bedürfnis, sich zu waschen. Zuvor aber wollte er nach diesem Dr. Rieder fragen. Die Fahrt zum städtischen Krankenhaus bedeutete nur einen kleinen Umweg.

«Dr. Bischop! Ein Kollege?» Doktor Rieder ging auf das kleine Handwaschbecken neben der Zimmertür zu und wusch sich gründlich, bevor er Sören die Hand zur Begrüßung entgegenstreckte. Wie es aussah, kam er gerade von einer Visite. Rieder war etwa im gleichen Alter wie Sören.

«Nicht wirklich», meinte Sören. «Ich habe zwar vor geraumer Zeit meinen Asklepiadenschwur geleistet, praktiziere aber schon seit langem nicht mehr.»

«Nun, wer einmal den Eid des Hippokrates abgelegt hat, bleibt der heilenden Zunft auf Lebenszeit verbunden. Womit kann ich dienen, Dr. Bischop?»

«Ich versuche, die ethischen Leitsätze des Handelns auch bei meiner jetzigen Tätigkeit stets zu berücksichtigen. Auch wenn das natürlich nur bedingt möglich ist. Nein, ich bin Advokat, und eine Mandantin beauftragte mich mit der Suche nach einem ehemaligen Kostkind. Ein Mädchen wahrscheinlich, wie ich inzwischen in Erfahrung gebracht habe, dessen Werdegang und Aufenthaltsort mir aber nicht bekannt sind. Allerdings besteht die Möglichkeit, dass Sie das Kind vor etwa acht Jahren behandelt haben.» Sören reichte dem Arzt die alte Quittung.

Rieder betrachtete den Zettel. «Das ist in der Tat meine Handschrift. – Vor acht Jahren, sagten Sie?»

Sören nickte. «Der Name der Landamme ist Inge Bartels. Bis vor einem halben Jahr hat sie mit fünf Kindern in einer kleinen Wohnung im Borstelmannsweg gelebt. Eine Nachbarin nannte Ihren Namen.»

Der Arzt fuhr sich nachdenklich mit der Hand durch den Bart. «Inge Bartels, Inge Bartels ... Ich erinnere mich schwach; und ungerne, wenn es die ist, die ich meine. Die hatte einen ganzen Haufen Mädchen; wohnte aber hinter den Höfen in einem alten Landarbeiterhaus.»

«Das ist gut möglich», meinte Sören. «Die Häuser am Borstelmannsweg sind noch nicht so alt.»

Rieder nickte. «Ich hatte zu der Zeit einen Großteil der ärztlichen Versorgung in Hamm. Vor allem bei der ärmeren Bevölkerung. Viele von ihnen sind in den Borstelmannsweg gezogen. Jetzt steuern ja die Armenpfleger die Versorgung. Entsprechend viele Einweisungen gibt es. Ich bin seit drei Jahren hier am städtischen Krankenhaus. Seit Anfang des Jahres haben sich die Einlieferungszahlen nahezu verdoppelt.» Er machte ein besorgtes Gesicht. «Und seit zwei Tagen müssen wir vorzeitig entlassen, um Betten freizubekommen. Es werden auffällig viele Fälle von Brechdurchfall und akutem Darmkatarrh eingeliefert – zu viele, selbst für diese Sommerhitze. Irgendetwas stimmt da nicht. Ich mache mir ernsthaft Sorgen, wenn das so weitergeht.»

«Flecktyphus?»

«Keine Flecken. Weder im Gesicht noch in den Handinnenflächen oder auf den Fußsohlen. Auch keine Darmblutungen. Einfach nur Erbrechen und wässriger Durchfall. Cyanose, die Haut blau verfärbt und wellig. Totale Dehydrierung, Anurie, Extremitäten eiskalt ...» Doktor Rieder blickte Sören an. «Na, woran erinnert Sie das Krankheitsbild?»

Sören dachte an die Worte von Hugo Simon, die ähnlich sorgenvoll geklungen hatten. Er selbst hatte während seiner Zeit als Arzt keinerlei Erfahrungen mit Choleraerkrankungen sammeln können, und über den neuesten Stand der medizinischen Forschung war er auch nicht informiert. Während seines Studiums war der Kommabazillus, den Robert Koch nachgewiesen hatte, noch nicht bekannt gewesen. Damals hatten alle an Pettenkofer und dessen Miasmalehre geglaubt. Viele Ärzte waren ja immer noch der Meinung, die Cholera entstehe ähnlich wie ein Pilz aus ungesunder Luft und Ausdünstungen des Bodens. Die Symptome der Krankheit waren Sören hingegen bekannt. «Vibrio Cholerae», murmelte er undeutlich. «Cholera asiatica.»

Man konnte durch den Vollbart hindurch erkennen, wie Rieder die Lippen aufeinander presste. «Wir wollen es nicht hoffen», sagte er schließlich. «Vor allem, weil unsere neue Krankenhausleitung immer noch ein begeisterter Anhänger von Pettenkofers antikontagionistischer Theorie ist. Seit Hauptmann Weibezahn hier die Leitung übernommen hat, ist preußische Ordnung ins Haus eingezogen. Man merkt, dass der Mann vorher für ein Militärlazarett zuständig war ... Und wo Sauberkeit und militärische Ordnung vorherrschen, da gibt's keine Cholera!» Der Arzt schlug übertrieben laut die Hacken seiner Schuhe zusammen. «Aber ich schweife ab. Sie kamen ja mit einem ganz konkreten Anliegen zu mir. Bedauerlicherweise erinnere ich mich an die Frau sogar ganz genau. Die hatte immer einen ganzen Haufen Mädchen im Haus. Sie selbst arbeitete wohl bei einem Beherberger. Ich musste mehrfach Meldung an den Kreisphysikus machen ... Schwere Misshandlungen, ein stümperhaft ausgeführter Schwangerschaftsabbruch – das Mädchen war erst dreizehn und wäre fast verblutet ...»

«Erinnern Sie sich an die Namen der Kinder?»

«Nein, tut mir Leid. Ich bin mir nicht einmal sicher, ob mir die Namen überhaupt genannt wurden. Wenn ich gerufen wurde, dann ging es den armen Kreaturen meist so schlecht ... Immer nur solche Sachen. Furchtbar. Wie kann man einer solchen Frau nur Kinder anvertrauen?»

Es klopfte an der Tür. Im gleichen Augenblick wurde sie geöffnet, und eine Krankenschwester steckte den Kopf herein. «Herr Doktor! Es ist dringend. Schon wieder zwei!»

Doktor Rieder reichte Sören die Hand. «Sie entschuldigen, aber Sie sehen ja, ich werde gebraucht. Ich hoffe, ich konnte Ihnen ein wenig behilflich sein ...» Sörens Antwort bekam er schon nicht mehr mit, so schnell war er zur Tür hinaus.

Bei der Sittenpolizei, der 3. Abteilung der Hamburger Polizei, gab es sogar eine Akte zu Inge Bartels. Allerdings konnte man Sören auch dort nicht weiterhelfen, was den momentanen Aufenthaltsort der Frau betraf. Die Einträge und Protokolle reichten zurück bis zur Reichsgründung. Dem Anschein nach war es jedoch nie zu einer Anklage gekommen. Zumindest gab es keine entsprechenden Vermerke. Bei den Einträgen handelte es sich anfangs um den Verdacht der Gelegenheitshurerei sowie der gewerbsmäßigen Prostitution, später tauchte auch der Vorwurf der Koberei und Zuhälterei auf. Seit etwa zehn Jahren stand der Name Bartels dann nur noch im Zusammenhang mit verschiedenen Vergnügungslocalitäten, wo sie als Bedienung angetroffen worden war. Der letzte Eintrag lag zwei Jahre zurück. Zu der Zeit war Inge Bartels Wirtin in einem Local namens «Rote Rose» gewesen. Vergnügungslocale mit derartigen Namen waren in Hamburg meist nichts anderes als Bordelle. Die waren zwar seit der Reichsgründung und dem neuen Strafgesetzbuch nach verboten, aber anders als in den meisten deutschen Städten ging man mit einschlägigen

Betrieben in Hamburg sehr nachsichtig um, da es einfacher war, feste Etablissements unter Kontrolle zu halten als die versteckte Hurerei in den Gassen und Gängevierteln. Ganz unterbinden konnte man das Gewerbe so oder so nicht. Seit zwei Jahren gab es keine Einträge mehr in der Akte, und die «Rote Rose» existierte auch nicht mehr. Sören machte sich ein paar Notizen, dann fuhr er nach Hause, nahm ein kühles Vollbad und machte sich auf den Weg zu Martin. Es war an der Zeit, die Last des Tages abzuschütteln. Außerdem war er neugierig, was sein Freund von Mathilda Eschenbach hielt.

Martin Hellwege war sichtlich enttäuscht, als Sören es entgegen ihrer Gewohnheit ablehnte, eine Partie Schach mit ihm zu spielen. «Aber einen Wein trinkst du doch mit?», fragte er und stellte wie selbstverständlich zwei Gläser auf den Tisch. «Ich habe einen ganz vorzüglichen weißen Burgunder offen. Genau das Richtige für diese Temperaturen.»

Es war in der Tat immer noch sehr warm, obwohl die Sonne bereits untergegangen war. «Da kann ich kaum nein sagen», antwortete Sören und folgte Martin auf die große Veranda zum Garten.

«Gratulation übrigens zu deinem Auftritt neulich.» Martin entzündete zwei Kerzen auf dem Tisch und setzte sich. «Der gute Lichtwark war sehr angetan von dir. Was ist übrigens mit deinem Fuß? Du humpelst.»

«Zu viel Alkohol.» Sören griente seinen Freund an. «Hab's erst gar nicht gemerkt. Bin unglücklich gestolpert und umgeknickt.» Er hob das Glas und prostete Martin zu. «Ich werde mich also in Zukunft ein wenig zurückhalten. Außerdem habe ich morgen Vormittag einen Gerichtstermin.»

«Ich fand den Vorschlag, den du Lichtwark gemacht hast, übrigens auch sehr gelungen. Eine elegante Lösung. Ich wusste gar nicht, dass du solch ein diplomatisches Geschick besitzt.»

«Vielen Dank nochmals, dass du das arrangiert hast. Fräulein Eschenbach war natürlich schwer beeindruckt. Was hältst du denn im Übrigen von ihr?»

Martin spitzte die Lippen. «Recht apart», meinte er nach einigen Sekunden.

«Apart. Hmm.» Sören zog die Augenbrauen zusammen. «Das ist sehr knapp gehalten.»

Martin zuckte mit den Schultern. «Was erwartest du von mir für ein Urteil? Wir haben ein paar Stunden Konversation getrieben. Sie schien mir recht gebildet.»

«Und sonst? Ich meine ihre Erscheinung. Sieht sie nicht bezaubernd aus?»

Martin nickte. «Doch, doch. In der Tat.» Er fixierte Sören. «Du hast ernsthafte Absichten?», fragte er schließlich.

«Nun tu nicht so erstaunt. Ich bin vierundvierzig. Da darf man sich doch wohl schon mal Gedanken machen ...»

«Spät genug», entgegnete Martin schwach lächelnd und nippte an seinem Weinglas. «Du meinst also, es wäre an der Zeit, an die Gründung einer Familie zu denken.»

«Warum nicht? Ich spiele schon seit längerem mit dem Gedanken. Nur ist mir eben noch nicht die Richtige begegnet. Bis jetzt. Mein Herz bebt förmlich, wenn ich in ihrer Nähe bin. Ihre Blicke berühren etwas in mir, das mir bislang unbekannt gewesen ist. Ich komme mir zwanzig Jahre jünger vor. Wenn also nicht jetzt, wann dann?» Sören blickte seinen Freund an, aber Martin wich seinem Blick aus. «Was ist mit *dir*?», fragte er. «Du lebst hier in einer riesigen Villa mit zehn Zimmern, von denen die Hälfte leer steht. Soll das ewig so bleiben?»

Martin sagte nichts. Stattdessen zog er ein silbernes Etui aus seiner Jacke und steckte sich eine Zigarette an.

«Seit wann rauchst du?», fragte Sören.

«Gelegentlich.» Martins Blick streifte durch das Dunkel des Gartens.

«Ich habe dich noch nie rauchen gesehen.»

«Weißt du, es gibt vermutlich so einiges, das du nicht von mir weißt, Sören. Das Rauchen zum Beispiel. Ich tue es nicht regelmäßig.» Martins Blick war immer noch in die Dunkelheit gerichtet, als suche er in den nächtlichen Schatten der Bäume und Sträucher etwas, das man nur in der Finsternis erkennen könne. Irgendetwas in seiner Stimme verriet Sören, dass es Martin Überwindung kostete weiterzusprechen. «Wie lange kennen wir uns jetzt? – Seit unserer Kindheit, wirst du sagen. Richtig. Wir sind durch dick und dünn zusammen gegangen. Wir haben so mancherlei zusammen ausgeheckt und durchgestanden. Waren immer füreinander da.» Martin inhalierte den Rauch der Zigarette mit einem tiefen Atemzug. Immer noch starrte er wie gebannt in die Nacht. «Und dennoch! Was wissen wir wirklich voneinander? Ich meine, was tief in uns ist. Was in unserer Seele schlummert. Du wirst dich erinnern, dass ich dich nie danach gefragt habe, warum du dir keine Frau nimmst. Vielleicht – vielleicht war es die Hoffnung, dass man nicht darüber sprechen muss, weil du genau das fühlst, was ich fühle. Ich dachte, es geht dir vielleicht wie mir. Aber so war es nicht. Mit dir darüber zu sprechen war mir nicht möglich, und auch jetzt fällt es mir schwer. Und nun willst du einen Rat, den ich dir als bester Freund nicht geben kann. Verlang nicht von mir, dass ich dir weitere Rechenschaft darüber ablege. Nur so viel: Ich umgebe mich gerne mit Frauenzimmern, aber ich fühle mich nicht zu ihnen hingezogen. Es hat viele Jahre gedauert, bis ich feststellte, dass ich nicht allein damit bin. Viele Menschen fühlen wie ich.»

Endlich trafen sich ihre Blicke, und Sören sah, dass die Augen seines Freundes feucht schimmerten. «Ja … also …» Sören wollte etwas entgegnen, aber sein Kopf war leer. Eigentlich hätte er seinen Freund jetzt gerne in den Arm genommen, ihm zumindest eine Hand auf die Schulter gelegt. Aber irgendetwas sperrte sich in ihm. Er hatte Angst, dass diese Geste der Vertrautheit, die körperliche Nähe, bei der er sich nie zuvor etwas gedacht hatte, genau in diesem Moment missverstanden werden könne. Im gleichen Moment wurde Sören bewusst, wie albern das war. Hatte er seinem Freund nicht gerade eben seine Gefühle für Mathilda Eschenbach gestanden? Und nun hatte Martin sich ihm nach all den Jahren offenbart, hatte ihm ebenfalls etwas gestanden, was ihm selbst viel peinlicher sein musste. Wie lange musste er sich damit schon herumgequält haben? Sie kannten sich doch so lange. War er selbst so blind gewesen, oder hatte er die Wahrheit nur nicht sehen wollen? Verschämt senkte er den Blick.

«Ich kann dir nicht erklären, warum. Nimm es so, wie es ist.» Sörens Verstörtheit wich ein wenig, als er erkannte, dass sich ein zaghaftes Lächeln um Martins Lippen abzeichnete.

Stumm begann auch er zu lächeln.

Als Sören weit nach Mitternacht heimkehrte, fiel er todmüde ins Bett. Trotz seiner Vorsätze hatte er zu viel Wein getrunken, und eigentlich hätte er sofort in einen Tiefschlaf fallen müssen, aber das merkwürdige Geständnis seines Freundes ging ihm nicht aus dem Kopf. Als er an Mathilda dachte, fühlte er sich irgendwie schuldig, auch wenn er wusste, dass das absurd war.

— Im Viertel —

17. August

Die Sache mit Martin ging Sören selbst während der Gerichtsverhandlung nicht aus dem Kopf. Zudem war er unausgeschlafen, sein Kopf brummte unaufhörlich. Nachdem er sich kurz mit Minna Storck beraten hatte, suchte Sören in der Verhandlungspause den Staatsanwalt auf, um sich ein Bild davon zu machen, welches Strafmaß man dort für seine Klientin wohl beantragen würde. Er kannte Dr. Gustav Roscher aus dem Landgericht, wo er zuvor tätig gewesen war. Der Mann war recht umgänglich und hatte ein gutes Gespür für Verhältnismäßigkeiten. Seit Anfang des Monats vertrat Roscher den Oberstaatsanwalt, und Sören war erstaunt gewesen, als er seinen Namen unter der Anklageschrift gelesen hatte.

Dr. Roscher nickte nur kurz, als Sören ihm mitteilte, dass man ein Strafmaß unter 200 Mark respektive eine Haft von nicht mehr als 20 Tagen ohne Revisionsantrag akzeptieren würde. Sie brauchten nicht viele Worte zu verlieren. Beiden war klar, dass Minna Storck ein, wenn auch fauler, so doch kleiner Fisch war. Roscher lachte über Sörens Wortspielerei. Der Richter folgte dem Antrag der Staatsanwaltschaft, nicht ohne darauf hinzuweisen, dass das Strafmaß im Wiederholungsfalle deutlich höher ausfallen würde. Die Angeklagte wurde zu einer Geldstrafe von 180 Mark verurteilt. Minna Storck nahm das Urteil mit Armesündermiene an, und da sie natürlich kein Geld besaß, fügte sie sich dem Schicksal der Inhaftierung. Die Blicke, die sie Sören zuwarf, als sie abgeführt wurde, verrieten ihm, dass er richtig gelegen hatte mit seiner Vermutung. In Zukunft würde Minna Storck wahrscheinlich nicht so schnell mit dem Gesetz in Konflikt geraten.

Sören quittierte den Erhalt seines mageren Beihilfe-Honorars an der Gerichtskasse, zwinkerte bei Verlassen des Gebäudes wie üblich der steinernen Justitia zu und bestieg seine Droschke. Es war genau zwölf Uhr. Altena Weissgerber arbeitete bis zur Mittagszeit in dieser Fabrik. Mit etwas Glück traf er sie vielleicht schon zu Hause an.

Sören wählte den Weg über die Carolinenstraße, ließ den Zoologischen Garten rechter Hand liegen und fuhr den zweiten Durchschnitt bis zur Grindelallee, wo er sich in den dichten Verkehr der stark befahrenen Allee einreihte. Es war immer noch heiß und staubig. Nachdem er den Grindelberg hinter sich gelassen hatte, kreuzte er den Canal der Isebek. Das wenige Wasser im Canal blühte, und ein moderiger Gestank lag über dem ganzen Viertel. Sören lenkte rechts in den Lehmweg und fuhr weiter bis zur neuen Wagenbauanstalt der Straßen-Eisenbahn-Gesellschaft, deren Terrain sich inzwischen fast bis zu den Abendroth'schen Besitzungen hin ausdehnte. Vor drei Jahren hatte man hier begonnen, Produktions- und Reparaturwerkstätten für Pferdefuhrwerke zu errichten. Der Betrieb war rasch gewachsen. Allein die Pferdestallungen hätten jedem Dragonerregiment zur Ehre gereicht.

Für die vielen Arbeiter dieses großen Betriebes musste natürlich Wohnraum geschaffen werden, also hatte man vor zwei Jahren damit begonnen, auf dem benachbarten Gelände zwischen den Straßen Falkenried, Lehmweg und Löwenstraße ein Ensemble aus Wohnterrassen und Passagen zu errichten. Diese Bauweise, mit Hinterhauszeilen durchzogene Straßenblöcke, war für moderne Arbeiterquartiere durchaus nicht unüblich, aber im Unterschied zu den großen Durchgangshöfen, etwa des Hammerbrook, gab es hier keine geschlossene Straßenrandbebauung und keine Torwege. Außerdem wirkten die nur dreigeschossigen Terrassen mit ihrer großzügigen Anlage fast wie Wohnhöfe. Einige hatte man sogar begrünt, so breit waren die Abstände zwischen den Häuserzeilen. Alles wirkte hell und freundlich. Die Olgapassage führte vom Falkenried zur Löwenstraße. Sören konnte den Wagen bequem zwischen den Kopfbauten hindurch in die Passage lenken. Die Fassaden in der Passage bestanden aus roten Verblendziegeln, und das Sockelgeschoss war deutlich mit einer starken Gesimszone abgesetzt. Durch den Wechsel von horizontalen Ziegel- und Stuckbändern wirkte das Ensemble wie eine aufgeschichtete Torte.

«Gibt es Neuigkeiten?», fragte Altena Weissgerber hoffnungsvoll, nachdem sie ihren Gast begrüßt hatte.

Sören wiegte den Kopf hin und her. «Wie man es nimmt. Ich habe mich ein wenig umgehört.» Er wollte sie nicht unnötig beunruhigen, daher vermied er zu erwähnen, dass man Steens Messer in der Brust des Toten gefunden hatte. «Ich benötige noch einige Angaben von Ihnen.»

Sie schloss die Tür hinter Sören und bat ihn, in der Küche Platz zu nehmen. «Sie haben Glück, dass Sie mich angetroffen haben. Die Zeit zwischen der Arbeit reicht gerade aus, um mich umzukleiden und noch ein paar Einkäufe zu erledigen», erklärte sie. «Dann muss ich mich auf den Weg zum Hafen machen. Den Pferdewagen kann ich mir nicht täglich leisten. Um vier beginnt mein Dienst.»

«Wenn es Ihnen recht ist, kann ich Sie ein Stück mit der Droschke mitnehmen.»

«Ich stehe so oder so schon in Ihrer Schuld.» Sie schüttelte den Kopf, während sie ihre Schürze abwickelte. «Sie entschuldigen mich einen Augenblick?» Sie verließ die Küche, um sich im Nachbarzimmer umzuziehen. Durch die halb geöffnete Tür konnte Sören ihren Schatten an der Wand sehen. Verschämt wandte er seinen Blick ab. «Fragen Sie ruhig!», rief sie ihm aus dem Nebenraum zu. «Ich bin gleich fertig!»

Sören schaute sich in der Küche um. Alles wirkte sauber und aufgeräumt. «Wie lange kennen Sie Marten Steen schon?»

«Im Oktober ist es ein Jahr», antwortete sie.

«Wissen Sie etwas über Schulden, die er haben könnte?»

«Davon hätte er mir bestimmt erzählt!»

«Zechschulden vielleicht? Ist es möglich, dass der Wirt der ‹Möwe› seinen Lohn nicht auszahlen wollte?»

Altena Weissgerber kam in die Küche zurück. «Marten ist kein Trunkenbold, wenn Sie das meinen.» Sie nahm zwei Bänder von einem Regal und wickelte damit ihre roten Haare hoch. «Ich habe ihn bis zu diesem Tag nie betrunken erlebt.»

«Haben Sie Freunde von ihm kennen gelernt? Ich meine, was pflegt er für einen Umgang?»

«Marten ist eigentlich ein richtiger Einzelgänger», erklärte sie. «Die Leute von seiner Gang – gut, mit denen geht er nach Arbeitsende wohl mal einen trinken, aber richtig befreundet ist er mit ihnen nicht.» Sie überlegte einen Augenblick. «Er hat mal etwas von einem Freund in Melnik oben im Böhmischen erzählt. Der fährt auf einem der Kettenschiffe auf der Elbe, und wenn er bis nach Hamburg kommt, dann treffen sie sich. Ich glaube, er heißt Alwin oder Albin, aber ich habe ihn nie kennen gelernt.»

«Und die beiden Kumpane, die ihn in der besagten Nacht nach Hause brachten? Sie sagten, der Name des einen wäre Gustav ...»

«Es ist mir ein Rätsel, wie Marten an die geraten ist.»

«Sie erwähnten auch, dass das ziemlich schräge Vögel gewesen wären ...»

«Ich habe mit solchen Kerlen eben meine Erfahrungen. Richtige Scheißkerle sind das.»

«Vorher gesehen haben Sie die beiden aber noch nie?»

Sie schüttelte den Kopf.

«Eine Beschreibung wäre hilfreich. Wirkten sie wie Hafenarbeiter? Versuchen Sie sich zu erinnern. Jede Kleinigkeit kann wichtig sein.»

Altena Weissgerber setzte sich zu Sören an den Küchentisch, stützte die Arme auf und vergrub den Kopf zwischen ihren Händen. «Nein, Hafenarbeiter waren das bestimmt nicht. Das waren Ganoven, glauben Sie mir. Der Kleinere von den beiden hatte zwei hässliche Narben auf der Wange. Ich glaube, auf der rechten. Eine richtig fiese Visage hatte der. Und eine Fistelstimme. Der andere, also der Gustav, hat kaum gesprochen. Riesengroß war der. Stand da einfach nur mit verschränkten Armen. Glupschaugen hatte er – an mehr kann ich mich beim besten Willen nicht erinnern.»

«Aber wiedererkennen würden Sie die zwei?»

«Ganz bestimmt.» Sie blickte auf. «Wie spät ist es jetzt?»

Sören zog seine Taschenuhr heraus. «Gleich zwei Uhr. Mein Angebot, Sie mitzunehmen, gilt noch.»

Sie lächelte. «Das wäre wirklich sehr freundlich. Ich muss noch schnell zu einer Nachbarin. Zum Markt schaffe ich es nach der Arbeit nicht. Sie bringt mir immer ein Bund Gemüse und Suppengrün mit. Milch gibt es in der Nachbarpassage. Da ist ein kleiner Laden.»

«Eine Frage hätte ich noch: Sie besitzen nicht zufällig einen Schlüssel zur Wohnung Ihres Verlobten? Sie sagten, Sie waren dort, als die beiden ihn nach Hause gebracht haben.»

Altena Weissgerber presste die Lippen aufeinander. «Das darf aber niemand wissen», meinte sie schließlich. «Der Vermieter schmeißt Marten raus, wenn er erfährt, dass er einen Nachschlüssel hat machen lassen.»

Sören nickte. «Ich glaube, das ist im Moment das geringste Problem. Geben Sie ihn mir bitte.» Er lächelte sie an. «Ich habe wenig Lust, von meinem Dietrich Gebrauch zu machen.»

Nachdem Sören Altena Weissgerber vor der Kaffeeklappe im Hafen abgesetzt hatte, lenkte er den Wagen in Richtung Schaarmarkt. Es war an der Zeit, Hannes Zinken einen Besuch abzustatten. Zinken, der diesen Namen wegen seiner großen Knollennase trug, war so etwas wie der König der Ganoven. Und er war Sören noch einen Gefallen schuldig – einen großen sogar, wenn man es genau betrachtete. Ohne die Hilfe seines Verteidigers wäre Zinken vor dem Scharfrichter gelandet. Das Todesurteil war schon rechtskräftig gewesen, als Sören förmlich in letzter Minute doch noch den Zeugen ausfindig machte, der Zinkens Unschuld beweisen konnte und aufgrund dessen Aussage der wirkliche Täter ermittelt wurde. Mit Mord und Totschlag hatte Hannes Zinken nichts am Hut. Ein Gauner und Dieb war er trotzdem, auch wenn er wohl aufgrund seines Alters nicht mehr selber auf Tour ging. Das überließ er seinen Leuten.

Sören lenkte den Wagen den Stubbenhuk hoch bis über den Brauerknechtgraben hinaus. An der Ecke zum Schaarsteinweg stellte er die Droschke ab und ging den Rest des Weges zu Fuß. Bis zum Lieschengang waren es nur noch wenige Meter. Es gab nur eine Möglichkeit, zu Hannes Zinken zu gelangen. Und auch die setzte voraus, dass man die Spielregeln einhielt. Die Spielregeln eines Viertels, in das sich niemand ohne wichtigen Grund hineingewagt hätte.

Der Junge vor dem kleinen Kolonialwarenladen an der Ecke mochte höchstens sechs sein. Dennoch wusste er sofort, worum es ging. Unter einem Groschen brauchte Sören es gar nicht erst zu versuchen. Dafür war er zu vornehm gekleidet. Den Hafenarbeiter hätte ihm in dieser Gegend so oder so niemand abgenommen, also hatte Sören es gar nicht erst versucht, sich zu kostümieren. Wer hier im Kirchspiel von St. Michaelis zwischen Großem Bäckergang und Teilfeld lebte, war aus einem ganz besonderen Holz geschnitzt. Sören folgte dem Jungen bis zum Großen Bäckergang. Kaum hatten sie den Weg passiert, tauchte ein größerer Junge aus einer Tordurchfahrt auf und winkte sie in einen Hauseingang. Der kleinere Junge blieb draußen vor der Tür und passte auf, ob ihnen jemand gefolgt war. Sören kannte das Spiel schon. Ab hier begann das Labyrinth. Das letzte Mal hatte ihn der Weg zu Hannes Zinken sieben Groschen gekostet. Er kontrollierte, ob er genug Geldstücke dabeihatte, dann steckte er dem Jungen seinen Groschen zu. Der Durchgang zum Hof war niedrig. Als der Junge merkte, dass Sören den Fuß nachzog, drosselte er von sich aus das Tempo, denn wenn der Nächste um seinen Verdienst gebracht wurde, bedeutete das Kloppe. Kurz darauf übergab er den Besucher an ein weiteres Kind, das Sören durch die geheimen Wege des Viertels lotste. Er hatte längst die Orientierung verloren. Das lag vor allem daran, dass nirgendwo der Stand der Sonne zu sehen war, so eng waren die Wege. Außerdem hatten sie mehrere Haken geschlagen, waren durch zwei Keller hindurch in andere Höfe gekommen, hatten sich auf schmalen Stegen zwischen Häuserwänden entlanggetastet und waren durch mehrere Bretterverschläge hindurchgekrochen. Sören war nur froh, dass man ihm nicht wie beim ersten Mal die Augen verbunden hatte. Allerdings waren sie damals schneller am Ziel gewesen. Schon zweimal war es ihm nun so vorgekommen, als ob sie denselben Hof durchquerten, jedoch in entgegengesetzter Richtung.

Nachdem sie über eine schmale Galerie in einen kleinen Hof gelangt waren, bedeutete ihm der Junge zu warten. Nach etwa zwei Minuten kam er atemlos zurück. «Luft ist rein», schnaufte er nur, zeigte auf ein hölzernes Gatter, pfiff zweimal durch die Finger und verduftete. Sören schob das Gatter beiseite und betrat einen kleinen gepflasterten Platz, der immerhin so breit war, dass ein paar Sonnenstrahlen den Weg bis auf den Boden fanden. Vor einem morschen Bretterzaun erblickte er Hannes Zinken, der, wie immer eine Pfeife im Mundwinkel, auf einem alten Holzhocker saß und den Besucher mit listigen Augen aufmerksam musterte.

«Lange nich gesehn.»

«Stimmt, Hannes», antwortete Sören genauso knapp. «Alles gesund?»

Der Alte nickte. «Du humpelst.»

«Nicht der Rede wert», entgegnete Sören. Zinken

war vor dreißig Jahren bei einer seiner nächtlichen Touren durch ein morsches Dach gestürzt und hatte sich beide Beine gebrochen. Seither war sein rechtes Bein steif.

«Setz dich doch.» Hannes Zinken deutete auf den leeren Stuhl neben sich. Er trug ein kurzärmliges Unterhemd. Seine Arme waren bis zu den Schultern dicht behaart, und es sah aus, als würde er ein Hemd mit Ärmeln aus grauer Wolle tragen. Der weiße Bart war in den Mundwinkeln vom Tabak gelblich verfärbt. Als er die Pfeife kurz aus dem Mund nahm, konnte man eine breite Zahnlücke erkennen. Die oberen Schneidezähne hatte Zinken eingebüßt, als er sich seiner letzten Festnahme widersetzen wollte. Mit gutem Grund traute sich seither kein Polizist mehr allein in die Gänge dieses Viertels. «Was führt dich zu mir?», fragte er endlich, nachdem Sören neben ihm Platz genommen hatte.

«Ist 'ne ganze Menge an Fragen.»

«Dacht ich mir schon, dass du dich nich nur zum Tachsagen herbemühst. Schieß los!»

«Ilse Mader.»

«Wat denn? Stiefel-Elli?» Zinken lachte. «Braucht der Herr was Dominantes?»

«Du weißt genau, was ich meine», sagte Sören, ohne mit der Wimper zu zucken.

«Klar. Is schon klar. Schätze mal, die is auf und davon, nachdem man ihren Willy abgestochen hat. Entweder sie war's selber, oder sie hat gesehen, wer's getan hat, und hat sich aus Schiss verkrochen.»

«Was weißt du von dem Mord an Willy Mader?»

«Ist nicht meine Ecke.»

«Die ‹Möwe› steht keine fünfhundert Meter von hier», sagte Sören.

«Ich will damit sagen, ich habe mit solchen Dingen nichts zu tun, Herr Advokat! Ist nicht mein Gebiet, nicht meine Sache. Mord ist 'n mieses Ding. Da kann man nich von leben. Hab höchstens mal einem 'nen Scheitel gezogen, wenn der mich am Arsch gehabt hat, aber sonst? Nee, nee. Da leg ich die Ohr'n an.»

«In Ordnung. Kennst du einen Gustav?»

«Soll das jetzt 'n Witz sein, oder was? Gustav heißt doch jeder Zweite.»

«Nu mach ma 'nen Punkt mit den Sprüchen, Hannes! Die Sache ist ernst. Hängt wohlmöglich das Leben eines Unschuldigen dran. Kennst du doch, so eine Geschichte, nicht?» Er blickte Hannes Zinken scharf an. «Ich bin hier nicht zu meinem Vergnügen! Also nochmal: Der Name ist Gustav, ein Kerl groß wie ein Schapp, Glupschaugen, redet nicht viel. War in Begleitung einer fiesen kleinen Type mit heiserer Piepsstimme. Zwei hässliche Narben im Gesicht. Fällt dir wer dazu ein?»

«Also die Gustavs, die ich kenne, sind alle irgendwie recht bullig. Scheint am Namen zu liegen. Aber mit Glupschaugen? Nee. Keine Ahnung.»

«Und der Kleine?»

«Könnte sich um Ratte handeln. Kommt aus Altona. Verdingt sich als Eintreiber. Irgendwann ist er mal an den Falschen geraten, der ihm den Kehlkopf eingeschlagen hat. Seither spricht er, als wenn er Kreide gefressen hätte. Lange nichts gehört von Ratte.» Er blickte Sören neugierig an. «Nun sag mal, warum suchst du die beiden? Haben die den Willy auf dem Gewissen? Warum fragst du mich nach alledem?»

Sören zuckte mit den Schultern. «Es ist da irgendwas im Anzug … Ein ziemlich krummes Ding.»

«Hier?» Zinken lachte auf. «Davon wüsste ich.»

«Irgendwo in der Stadt. Am 22. August», meinte Sören mit ernster Stimme. «Das ist in fünf Tagen.»

Hannes Zinken schüttelte energisch den Kopf. «Das kann nicht sein. Hier läuft nix, ohne dass ich davon erfahre.»

«Scheint wieder was mit Blut zu sein, Hannes.» Sören erhob sich. «Ach, noch was: Hast du schon mal von einer Inge Bartels gehört?»

«Wer soll denn das nun schon wieder sein?»

«War mal Wirtin in der ‹Roten Rose›.»

«Nie gehört den Namen, und die ‹Rose› gibt's nicht mehr.» Hannes Zinken streckte Sören die Hand entgegen. «Ich mach lange Ohren, ich versprech's dir. Wenn ich was höre, dann erfährst du's.»

Ein kleiner Junge kam auf den Hof gerannt. «Opa Zinken! Opa Zinken!», rief er außer Atem. «Das Mariechen hat sich inne Röcke gemacht. Nu sieht se ganz elend aus!»

Hannes Zinken erhob sich schwerfällig von seinem Hocker. «Na, die kann was erleben. – Meine Nichte», meinte er zu Sören gewandt.

Der Junge zog an der Hand des Alten. «Komm schnell! Ganz blau is die!»

Sören musste nur einen Blick in den Kellerraum werfen, um die Situation richtig einzuschätzen. Das Mädchen auf dem Boden wand sich in Krämpfen und würgte ununterbrochen Galle. Ihre Augen waren eingefallen und ihre Haut bläulich verfärbt. Um sie herum hatte sich eine Lache flüssiger Exkremente ausgebreitet. Es stank erbärmlich. Sören lief hinein, packte das Mädchen vorsichtig unter den Achseln und trug es aus dem Keller. Ihr Körper zitterte, und außer einem würgenden Röcheln gab sie keinen Ton von sich.

«Was ist mit ihr?», fragte Hannes Zinken, der wusste, dass Sören über medizinische Kenntnisse verfügte.

«Sie muss dringend ins Krankenhaus», entgegnete Sören und tupfte dem Mädchen mit einem Taschentuch die Stirn ab. «Ich fahre sie mit meiner Droschke nach Eppendorf.» Zinken wollte etwas einwenden, aber Sören kam seinen Worten zuvor. «Sie stirbt sonst. – Wie komme ich hier am schnellsten raus? Mein Wagen steht am Schaarsteinweg.»

«Bring ihn hin!», schnauzte der Alte den Jungen an. «Und dann zeigst du dem Mann die Hofeinfahrt am Krayenkamp!»

«Sie muss warm gehalten werden», wies Sören den Alten an. «Am besten wickelst du sie in eine Decke ein.»

«Bei der Hitze?»

«Mach, was ich sage, Hannes. Ihr Zustand ist bedenklich. Am besten legst du sie auf ein Türbrett, so können wir sie am einfachsten zum Wagen tragen. Hast du Schnaps im Haus?»

Der Alte blickte Sören entgeistert an und nickte.

«Gut», meinte Sören. «Wasch dir gründlich die Hände mit dem Zeug und spül dir am besten auch den Mund aus. Und rühr um Gottes willen die Sauerei im Keller nicht an. In ihren Ausscheidungen lauert der Tod. Du musst alles mit Chlorkalk bedecken. Besorg dir am besten einen ganzen Sack davon!»

Sören staunte, wie kurz der Weg aus dem Labyrinth des Viertels in Wirklichkeit war. Innerhalb weniger Minuten hatten sie den Schaarhof erreicht, der auf die Große Bäckerstraße mündete. Der Junge kannte eine Abkürzung durch die Höfe zum Herrengraben. Von hier aus waren es nur noch wenige Meter bis zu dem Platz, wo Sören die

Droschke geparkt hatte. In der Nähe von St. Michaelis gab es eine Apotheke. Wenn sich das Mädchen wirklich mit Cholera infiziert hatte, war größte Vorsicht geboten. Sören kaufte eine Flasche Kaliseifenlösung und rieb sich vorsorglich die Hände ab.

Der Wagen passte gerade eben durch die enge Einfahrt. Zu Hannes Zinken hatten sich inzwischen zwei kräftige Männer und eine ältere Frau gesellt. Sie warteten am Ende des Gangs. Wie verabredet, war das Mädchen in Wolldecken eingehüllt und lag auf einem ausgehängten Türbrett. Sie schien in den Minuten seiner Abwesenheit um Jahre gealtert zu sein. In Wirklichkeit mochte sie etwa sechzehn Jahre alt sein, aber jetzt sah sie aus wie eine alte Frau. Das Türbrett passte nicht auf den Wagen. Einer der Männer hielt das Mädchen, das apathisch in den Himmel blickte, während der Fahrt im Arm. Obwohl Sören das Pferd antrieb, brauchten sie zwei Stunden bis nach Eppendorf.

Doktor Rumpel, der die Patientin entgegengenommen und untersucht hatte, machte ein besorgtes Gesicht. Der Arzt war noch sehr jung, etwa dreißig, wie Sören schätzte. «Sie sind nicht der Erste heute.» Er schüttelte den Kopf. «Das ist der sechste oder siebte Fall seit den Morgenstunden.»

«Ist das Cholera?», fragte Sören.

«Den Symptomen nach, ja. Am besten sprechen Sie mit Doktor Rumpf, meinem Chef. Wir haben Proben der Ausscheidungen eines anderen Patienten mit denselben Symptomen unter dem Mikroskop gehabt und kommaförmige Stäbchen ausmachen können. Aber jeder Versuch, die Stäbchen in Petrischalen in Kultur zu nehmen, ist uns bislang misslungen.»

«Wo finde ich Dokter Rumpf?»

Der junge Arzt zeigte auf einen der Pavillons, die auf dem Gelände verteilt standen wie Garnisonszelte römischer Legionäre. Das ganze Krankenhaus bestand eigentlich nur aus diesen frei stehenden Pavillons, die sich glichen wie ein Ei dem anderen. Es waren einfache, hölzerne Baracken, deren Außenwände von einer Vielzahl senkrechter Holzleisten gegliedert wurden. Besonders charakteristisch waren die Lüftungshauben auf den Satteldächern sowie die großen, weiß gestrichenen Sprossenfenster, deren untere Scheiben aus milchigem Glas bestanden. Viele moderne Krankenhäuser wurden neuerdings in dieser Form errichtet; die Bauweise sollte die Ansteckungsgefahr unter den Patienten minimieren. Außerdem bot ein solches System die Möglichkeit, die Anlage nach und nach mit einfachen Mitteln zu erweitern. «Ich glaube, er ist gerade in B7. Das ist die Baracke hinter dem Waschhaus.»

«Wenn das so weitergeht, brauchen wir hier spätestens in einer Woche ein Feldlazarett!» Doktor Rumpf war sichtlich erregt, als Sören ihn nach der Anzahl der Patienten mit ähnlichen Symptomen fragte. «Seit drei Tagen verdoppelt sich die Zahl von Tag zu Tag. Wir haben noch Kapazität für etwa vierzig Kranke, dann müssen wir Notbetten in den Krankenlagern aufstellen. Fragen Sie mich nicht, wo das enden soll.»

«Also eine Epidemie?»

Doktor Rumpf nickte. «Wie sollen wir es sonst nennen? Die Patienten kommen aus allen Stadtteilen, und die Symptome sind identisch. Vor allem die Altstadt, St. Georg und der Billwärder Ausschlag scheinen betroffen zu sein. Die junge Frau, die Sie brachten, ist unser vierter Fall aus der Neustadt heute. Alle aus dem Gebiet um den Großneumarkt. Da geht es also auch los.»

«Es gibt demnach keinen einzelnen lokalen Herd?», fragte Sören.

«Nein», antwortete Rumpf. «Eine Ansteckung zwischen den eingelieferten Personen können wir ausschließen. Hier handelt es sich nicht um einen Erreger, der per Tröpfcheninfektion übertragen wird, wie etwa bei der Tuberkulose. Aus den anderen Krankenhäusern der Stadt hört man ähnliche Vorfälle. Ich habe mit Doktor Kümmell vom Marienkrankenhaus gesprochen. Das gleiche Bild. Auch er sieht die Gefahr einer epidemischen Verbreitung innerhalb der ganzen Stadt. Es ist sehr beunruhigend.»

Sören nickte. «Ihr Kollege Rieder vom Krankenhaus in St. Georg ist der gleichen Ansicht. Was gedenken Sie zu tun?»

«Was ich zu tun gedenke? Mir sind die Hände gebunden!» Doktor Rumpf machte eine Geste der Hilflosigkeit. «Fragen Sie die Oberaufsicht! Fragen Sie Medicinalrat Kraus. Ich habe die Vorfälle natürlich sofort gemeldet und meinen Verdacht geäußert, aber er schüttelt nur den Kopf. Kraus ist der Meinung, es handele sich um eine zufällige Häufung einzelner Fälle von Cholera nostras, so nennt man gemeinhin die unspezifischen Formen choleraähnlicher Erkrankungen des Verdauungstraktes, wie sie während der Sommermonate in der Stadt durchaus vorkommen können. Von einer Epidemie will Kraus nichts wissen. Meine Diagnose glaubt er nicht. Es scheint geradezu, als käme die Cholera asiatica in der Hamburger Medicinal-Ordnung gar nicht vor.»

«Was sagen Ihre Kollegen?»

«Viele trauen sich nicht, ihre Diagnose beim Namen zu nennen. Eine epidemische Ausbreitung der asiatischen Cholera hätte schwerwiegende Folgen für die Stadt. Nicht nur, was die Krankheit an sich betrifft, sondern vor allem in wirtschaftlicher Hinsicht. Da möchte man, wenn es irgend geht, den Deckel auf dem Topf lassen. Die ganze Stadt würde ja mit sofortiger Wirkung unter Quarantäne gestellt. Können Sie sich vorstellen, was da für eine Verantwortung auf den Ärzten ruht, falls sich ihre Diagnose im Nachhinein als falsch herausstellt? Und selbst wenn es jemand wagen sollte … Man kommt an Kraus nicht vorbei. Er hat die Oberaufsicht über die öffentliche Gesundheit der Stadt, die Oberaufsicht über die gesamte Ärzteschaft …»

«Wollen Sie etwa andeuten, dass Medicinalrat Kraus sich weigert, Ihre Meldungen an die entsprechenden Stellen weiterzuleiten?»

«Es ist seine verdammte Pflicht, das zu tun!» Rumpf lächelte Sören gequält an. «Aber nur dann, wenn wir den Erreger isoliert in Kultur genommen haben. Das wäre dann der Beweis.»

«Und wie lange mag das dauern?»

Rumpf zuckte die Achseln. «Es gibt so gut wie keinen Arzt hier in der Stadt, der mit den entsprechenden Methoden und Verfahren vertraut ist. Die Hamburger Ärzte scheinen nicht viel von Robert Koch zu halten.» Er deutete auf den hinteren Teil der Baracke, der offenbar als Labor diente. «Meine Kollegen Gläser und Erman versuchen seit zwei Tagen, die Vibrionen, die wir gefunden haben, in Kultur zu nehmen. Bislang erfolglos. Unser Spezialist für diese Sachen, der Kollege Dr. Fraenkel, befindet sich unglücklicherweise im Urlaub.»

«Das heißt, solange vonseiten der Stadt keine Maßnahmen getroffen werden, kommt Ihre Arbeit hier einem Tropfen auf den heißen Stein gleich?»

«Das klingt bitter, aber so ist es. Wir tun unser Bestes, aber es bleibt nur Flickschusterei.»

«Wie behandeln Sie?», fragte Sören interessiert. Ihm war nicht bekannt, in welcher Form die moderne Medizin einer Infektion mit dem Choleraerreger begegnete.

«Das hängt stark vom Zustand der Patienten ab. Merkwürdigerweise scheint es schlimmere und weniger dramatische Krankheitsbilder zu geben. Am wichtigsten sind natürlich zuerst die lebenserhaltenden Maßnahmen. Da kommt es vor allem darauf an, die lebensgefährliche Dehydrierung zu unterbinden. Da die meisten jegliche Flüssigkeit immer wieder erbrechen, versuchen wir es mit der russischen Methode. Das heißt, wir verabreichen große Mengen einer Kochsalzlösung intravenös. Leider birgt diese Methode die Gefahr einer Embolie. Unsere Infusionsnadeln sind einfach zu groß, sodass immer wieder Luft in den Blutkreislauf gelangt. Außerdem besteht dabei natürlich die Gefahr einer Septikämie, wenn die Bestecke nicht absolut steril sind. Aber was bleibt uns schon anderes übrig? Wenn der Patient so weit stabil ist, gehen wir daran, den Verdauungstrakt zu säubern. Die Bazillen müssen abgetötet werden. Derzeit verabreichen wir eine geringe Dosis von Gerbsäure und Kalomel.»

Sören nickte stumm. Er bedauerte es nicht, dass er die Medizin an den Nagel gehängt hatte. Um nichts in der Welt wollte er in diesem Moment in der Haut von Doktor Rumpf stecken. «Und wo kommt der Erreger her? Wie entsteht er?», fragte er.

«Er entsteht nicht», antwortete der Arzt. «Er verbreitet sich nur und gedeiht und überlebt unter bestimmten Voraussetzungen prächtig.»

«Und wie verbreitet er sich?»

Rumpf wiegte unschlüssig den Kopf hin und her. «Wir sehen eigentlich nur eine Möglichkeit ...»

«Und die wäre?»

«Es schlängeln sich mehr als 400 Kilometer Rohrleitung der Wasserversorgung durch die Stadt. Wenn sich der Bazillus dort eingenistet haben sollte ...»

«Das Trinkwasser also? Das wäre eine Erklärung.»

«Kochen Sie das Wasser ab», sagte Rumpf bloß und reichte Sören ein Fläschchen Lysol. «Sie sollten sich gründlich waschen ... Ich werde alles in meiner Macht Stehende für das Mädchen tun.»

Sören zog die Flasche mit Kaliseifenlösung aus der Rocktasche. «Danke, aber ich habe bereits vorgesorgt.»

«Sie kennen sich aus?»

«Ein wenig», entgegnete Sören. «Nur ein wenig.»

— Nächtliches —

17. August

Sören zog seine Taschenuhr hervor und kontrollierte die Uhrzeit. Es war bereits Viertel nach zehn. Die Vorstellung musste längst beendet sein, denn der Trubel vor dem zur Dammthorstraße gelegenen Haupteingang des Stadttheaters ebbte langsam ab. Das Gros der Besucher hatte das Haus bereits verlassen, nur noch vereinzelt wendeten Droschken vom benachbarten Wartestand auf der anderen Straßenseite, um Fahrgäste vor dem Theater aufzunehmen. Wo blieb sie nur? Sören blickte wie gebannt auf den Bühneneingang an der Großen Theaterstraße, aber dort tat sich nichts. Wahrscheinlich hielten die Mitglieder des Orchesters noch so etwas wie eine Besprechung ab. Lange konnte es eigentlich nicht mehr dauern. Sören war gespannt, wie Fräulein Eschenbach auf seine Anwesenheit reagieren würde. Den Gedanken, dass sie möglicherweise zu müde sein könnte, um mit ihm noch irgendwo einzukehren, verwarf er schnell. Natürlich würde sie sich über diese Überraschung freuen.

Ein Mann schob seinen Handkarren laut rumpelnd an ihm vorbei über das Pflaster der Straße, als sich die Tür zum ersten Mal öffnete. Aber es waren nur drei Männer, die das Haus verließen. Nachdem sie die Colonnaden gekreuzt hatten, verschwanden ihre Umrisse schnell im Dämmerlicht. Sören lehnte sich an einen Mauervorsprung. Wenn er lange stand, schmerzte sein Fußgelenk noch immer. Aber was hatte er erwartet? An den Ratschlag von Hugo Simon hatte er sich zumindest nicht gehalten. Ganz im Gegenteil. Die Hasterei durch die Gänge und

Höfe war mehr als anstrengend gewesen. Da brauchte er sich nicht zu wundern, wenn sich die Genesung hinauszögerte. Allerdings waren die Geschehnisse des Tages so aufregend gewesen, dass er den Fuß überhaupt nicht gespürt hatte. Erst auf dem Weg über die Gänseweide hierher hatte sich der Schmerz im Gelenk zurückgemeldet, und nun bereute er es, dass er nicht mit dem Wagen gekommen war. Wieder trat eine Gruppe von Musikern auf die Straße. Man verabschiedete sich, und zwei Gestalten huschten an ihm vorbei in Richtung Drehbahn, wo sie wahrscheinlich noch bei Sagebiels oder in einer der anderen zahlreichen Localitäten zwischen Drehbahn und Gänsemarkt einkehren wollten.

Auf einmal herrschte überraschend viel Verkehr auf der Straße. Ungewöhnlich viele Leute, Fußgänger, teils in kleineren und größeren Gruppen, schwenkten in die Große Theaterstraße ein, sodass Sören für einen Moment die Sicht auf den Bühneneingang versperrt wurde. In diesem Moment musste sie aus dem Haus gekommen sein. Zuerst hatte Sören gedacht, er hätte sich getäuscht, aber das Gesicht der jungen Frau gehörte eindeutig Mathilda Eschenbach. Sie stand etwa zwanzig Meter von ihm entfernt und unterhielt sich mit einem groß gewachsenen Mann, der genau wie sie einen Instrumentenkoffer unter dem Arm trug. Beide blickten in Richtung Fehlandstraße. Sie konnten ihn nicht sehen.

Sören wollte schon ihren Namen rufen, da durchzuckte es ihn, als wäre er vom Blitz getroffen worden. Der Mann hatte kurz den Arm um Fräulein Eschenbachs Schulter gelegt, dann hakte sie sich bei ihm ein, und gemeinsam schritten sie Richtung Colonnaden. Sörens Herz schlug ihm bis zum Hals. Ob aus Überraschung oder Enttäuschung, vermochte er in diesem Moment nicht zu sagen.

Für einen Augenblick verharrte er, dann setzte er sich in Bewegung und folgte den beiden.

Wider Erwarten schwenkten die beiden aber nicht in die Colonnaden ein, wo Fräulein Eschenbachs Wohnung lag, sondern hielten auf ein großes Gebäude zu, das an der Ecke zur Fehlandtstraße stand. Erst jetzt bemerkte Sören, dass die Mehrzahl der Passanten auf der Straße es ihnen gleichtat. Einige hatten sich zu kleinen Gruppen zusammengefunden, man stand vor dem Gebäude und unterhielt sich angeregt, andere gingen geradewegs zum Eingang, der hinter einer seitlich gelegenen Hofeinfahrt lag. Viele der Leute waren einfache Arbeiter, wie Sören aufgrund der Kleidung und der Kopfbedeckungen erkennen konnte. Er überlegte einen Moment, dann siegte die Neugier, und er reihte sich in die kleine Schlange der Wartenden ein, die sich vor dem Eingang gebildet hatte.

«Parteibuch oder Gewerkschaftsausweis!» Der Mann am Eingang sah zwar nicht wie ein Wachposten aus, aber seine Körpersprache ließ keinen Zweifel an seiner Aufgabe aufkommen. Er stellte sich Sören in den Weg und hielt ihn mit einer von Druckerfarbe geschwärzten Hand auf Abstand.

Sören trat automatisch einen Schritt zurück. «Ich wusste nicht …»

«Lass gut sein, Gabriel.» Der Mann hinter Sören signalisierte dem Hünen am Eingang, Sören durchzulassen. «Das ist doch der Bischop! Den kenn ich!»

Der Mann zögerte einen Augenblick und musterte Sören kritisch, gab aber schließlich den Weg frei. Nachdem sie ein mit weißen Kacheln verkleidetes Treppenhaus durchschritten hatten, wandte sich Sören zu dem Mann um, der für ihn gebürgt hatte. «Woher wissen Sie …»

Der Mann lächelte ihn freundlich an. «Du hast meinem Bruder mal aus der Patsche geholfen. Lothar Gering. Erinnerst du dich nicht?»

«Doch, natürlich.» Sören nickte, auch wenn er sich in diesem Moment an keinen Lothar Gering erinnerte. «Vielen Dank nochmals. Ich wusste nicht, dass hier nur Parteimitglieder Zutritt haben.»

«Genossen und Gleichgesinnte», antwortete der Mann. Er blieb Sören gegenüber bei der vertraulichen Anrede. «Bist du wegen Frohme und Stolten hier, oder interessieren dich die neuesten Nachrichten aus Berlin? Dietz hat sich für heute Abend ja auch angekündigt.»

Langsam begriff Sören, wo er hier gelandet war. Zuerst hatte er geglaubt, es handele sich um irgendein geheimes Treffen, aber die Namen Stolten und Dietz waren ihm natürlich ein Begriff. Beide gehörten zu den führenden Köpfen der Hamburger Sozialdemokraten, deren Parteizentrale hier ganz in der Nähe lag. Schon sein Vater hatte die Artikel, die Otto Stolten früher in der «Bürgerzeitung» geschrieben hatte, immer vortrefflich gefunden. Genau wie die «Gerichtszeitung» war das Blatt dann während der Sozialistengesetze verboten worden. Seit fünf Jahren hatte das «Hamburger Echo» dann die Funktion der Arbeiterbildung übernommen, und Stolten war Chefredakteur dieses sozialdemokratischen Blattes. Seine politischen Kommentare hatten nichts von ihrer Bissigkeit eingebüßt.

Über eine breite eiserne Treppe betraten sie einen Raum von hallenartigen Ausmaßen, und nachdem sich Sören umgeschaut hatte, war ihm auch klar, wo er sich befand. Dies musste das neue Gebäude des Druckhauses von Auer & Co. sein, wie sich die ehemalige Genossenschaftsbuchdruckerei zu Hamburg seit einigen Jahren nannte. Wo er auch hinblickte, standen Druckpressen, moderne Rotationsmaschinen und ganze Batterien von Papierrollen. Ursprünglich hatte die Druckerei ihren Standort an der Amelungstraße gehabt. Das alles erklärte natürlich auch die Anwesenheit von Heinrich Dietz, der die Druckerei während der Sozialistengesetze als Privatdruckerei geführt hatte, da man Privatbesitz nicht so leicht hatte beschlagnahmen können wie Parteieigentum. Ein geschickter Schachzug, er passte zu Dietz, der den zweiten Hamburger Wahlkreis für die Partei gewonnen hatte und die Stadt als sozialdemokratischer Abgeordneter im Reichstag vertrat.

Es mochten ungefähr hundert, vielleicht sogar zweihundert Personen im Raum sein. In der Mehrzahl Männer. Sören suchte die Reihen nach Fräulein Eschenbach ab, konnte sie aber nirgends entdecken. Was hatte sie hier nur zu suchen? Und wer war der Mann, in dessen Begleitung sie gekommen war? Sören nahm auf einer der Stufen, die zu einer seitlichen Galerie hinaufführten, Platz und beobachtete das Geschehen. Die Halle füllte sich zusehends, und nach etwa zwanzig Minuten gab es keine Sitzgelegenheiten mehr, sodass sich die Leute auf dem Fußboden niederlassen oder stehen mussten. Nachdem die eisernen Türen zur Halle geschlossen worden waren, stieg ein Sören nicht bekannter Mann auf den hohen Gittersteg einer der Druckmaschinen und begrüßte alle Anwesenden. Schlagartig kehrte Ruhe ein. Dann begrüßte man den Genossen Frohme, einen Sozialdemokraten aus Schleswig-Holstein, der extra für den heutigen Abend in die Stadt gekommen war. Tosender Applaus setzte ein. Der einführende Redner bat alle Anwesenden, soweit das möglich war, bis zum Schluss der Veranstaltung zu bleiben, da es am Ende noch zu einer Abstimmung kommen sollte. Dann übergab er das Wort an Karl Frohme.

Sören war freilich nur halb bei der Sache. Irgendwo musste Fräulein Eschenbach doch stecken. Soweit er es mitbekam, ging es bei Frohmes Rede vor allem um den Missstand, dass immer noch kein Sozialdemokrat in der Hamburger Bürgerschaft vertreten war, obwohl inzwischen alle drei Reichstagssitze der Stadt mit Abgeordneten aus den Reihen der Sozialdemokraten besetzt waren. Des Weiteren wurde von Frohme auch die seiner Meinung nach undemokratische Zusammensetzung des Hamburger Senats angeprangert, woraufhin es zu lautstarken Zwischenrufen kam.

Der Mann, der neben Sören auf den Stufen saß, packte eine Butterstulle aus und zog eine Flasche Bier aus einem Leinenbeutel, während er irgendetwas vor sich hin brummelte. Als Sören sich umblickte, konnte er erkennen, dass viele es dem Mann gleichtaten. Wahrscheinlich war man direkt von der Arbeit hierher gekommen und hatte noch keine Gelegenheit gehabt, etwas zu essen. Niemand der Anwesenden schien daran Anstoß zu nehmen. Als der Mann ihm die Flasche anbot, lehnte Sören freundlich dankend ab.

Auf Karl Frohmes Rede folgte abermals lang anhaltender Beifall. Danach breitete sich Unruhe im Raum aus. Wie es den Anschein hatte, gab es zwischen mehreren Anwesenden Meinungsverschiedenheiten, die lautstark diskutiert wurden, bis der vormalige Redner sich wieder auf den hohen Gittersteg schwang und erklärte, dass Dietz wohl nicht mehr kommen werde, da er in Berlin aufgehalten worden sei. Er verlas eine kurze telegraphische Nachricht, in der Dietz alle Genossen grüßte und versprach, dass er die nächste Gelegenheit wahrnehmen würde, um in die Stadt zu kommen. Einige Anwesende taten ihre Enttäuschung mit lauten Zwischenrufen kund, andere machten Anstalten, den Raum zu verlassen. Der Sprecher forderte die Leute mehrfach auf, doch zu bleiben, da man sich noch ein Meinungsbild verschaffen wolle, wie groß die Streikbereitschaft innerhalb der nicht gewerkschaftlich organisierten Arbeiterschaft sei, und erneut breitete sich Unruhe aus. Schließlich ergriff ein älterer Mann das Wort und erklärte, dass mindestens fünf Vorarbeiter anwesend wären, von denen er persönlich wüsste, dass sie in keiner Gewerkschaft wären. Er deutete auf einen gedrungenen Kerl, den er Eddie nannte, und forderte ihn auf, dazu Stellung zu nehmen. Von einigen Pfiffen und Buhrufen begleitet, erhob sich der Angesprochene widerwillig und erklärte, er könne nur für die Hafenarbeiter auf Steinwärder sprechen. Dort gebe es seiner Meinung nach zurzeit keinen wirklichen Zusammenhalt, was wohl vor allem daran läge, dass man bei den mehr als dreißig Ausständen während der letzten vier Jahre kaum wirkliche Erfolge hätte verbuchen können. Ein Zwischenrufer erinnerte daran, dass der letzte größere Streik im Hafen mehr als ein Jahr zurücklag und dass einige Forderungen sehr wohl durchgesetzt worden seien. Ein weiterer Anwesender bestritt das, woraufhin von neuem tumultartiger Lärm ausbrach. Alles redete durcheinander, bis erneut jemand das Wort ergriff und an den Streik der Gasarbeiter vor zwei Jahren erinnerte. Damals hatte man zwar viele Forderungen durchsetzen können, aber mit der späteren Übernahme des Betriebes durch die Stadt wären dann ganz andere Rahmenbedingungen geschaffen worden, weshalb die erkämpften Vorteile fast wertlos geworden seien. Gegenstimmen wurden laut. Als jemand meinte, die Situation der Arbeiter in der Gasanstalt habe sich seither gebessert, folgte ein regelrechtes Pfeifkonzert.

Einigkeit schien zwischen allen Anwesenden nur darüber zu herrschen, dass man sich gegenüber der Bildung weiterer Zusammenschlüsse einzelner Betriebe kampfbereit zeigen müsse. Vor allem bei einigen Hafenbetrieben, vorwiegend Reedereien und Werften, sei es in letzter Zeit zu mächtigen Zusammenschlüssen gekommen, und die Rechte der Arbeitnehmer müssten gegenüber diesen Kartellen mit allen Mitteln verteidigt werden.

Als jemand lauthals eine Abstimmung forderte, entdeckte Sören neben dem Rufer endlich Fräulein Eschenbach. Sie saß hinter einer der großen Maschinen am anderen Ende der Halle. Ihre schmächtige Figur war zwischen den kräftigen Arbeitern um sie herum kaum zu erkennen. Auf der anderen Seite neben ihr saß der Mann, mit dem sie gekommen war. Beide hatten ihre Instrumentenkoffer zwischen die Knie geklemmt und verfolgten aufmerksam die Debatte, aber wie es aussah, hatte auch sie ihn in diesem Moment gesehen. Als sich Sören dessen bewusst wurde, versuchte er zuerst, sein Gesicht zu verbergen. Plötzlich war es ihm unangenehm, dass er ihr hinterhergeschnüffelt hatte, aber für den Bruchteil einer Sekunde hatten sich ihre Blicke bereits getroffen, und sie schien keineswegs erbost über seine Anwesenheit zu sein. Ihrem Gesichtsausdruck nach zu urteilen, war sie vielmehr erstaunt. Für einen Augenblick verharrte sie mit offenem Mund, dann winkte sie ihm lächelnd zu und machte auch ihre Begleitung auf Sören aufmerksam. Den weiteren Verlauf der Veranstaltung bekam Sören so gut wie nicht mehr mit. Fräulein

Eschenbach schien es ebenso zu gehen. Zumindest blickte sie fortwährend in seine Richtung.

Während Sören am Ausgang auf sie wartete, überlegte er krampfhaft, wie er seine Anwesenheit bei dieser Veranstaltung begründen konnte, aber eine plausible Erklärung fiel ihm nicht ein. Vielleicht ging es ihr genauso. Er nahm sich vor, sie nicht danach zu fragen.

Fräulein Eschenbach steuerte geradewegs auf ihn zu; immer noch in Begleitung des Mannes, mit dem sie gekommen war. «Alles hätte ich erwartet ...» Sie blickte Sören direkt in die Augen. «Mir fällt ein Stein vom Herzen.» Um ihre Mundwinkel zeichneten sich zwei lustige Grübchen ab, die Sören zuvor noch nicht aufgefallen waren. Es gab anscheinend so einiges an ihr, was er bislang übersehen hatte. «Wie hätte ich es dir sagen sollen?»

Sören zuckte zusammen. Es war das erste Mal, dass sie ihn geduzt hatte. Ihre Stimme war sanft wie immer, und in diesem Moment breitete sich in seinem Körper wieder dieses warme Gefühl aus. Aber da war dieser Mann, der immer noch bei ihr stand. Was sollte er sagen? Mehr als ein verlegenes Grinsen bekam er nicht über die Lippen.

«Ich hatte Angst davor. Wie dumm von mir.» Sie lachte. «Wie sollte ich denn wissen, dass du auch ...»

«Ciao, Tilda», unterbrach sie ihr Begleiter, fasste sie am Arm und gab ihr einen freundschaftlichen Kuss auf die Stirn. «Wie du weißt, ich habe morgen früh wichtige Termin», sagte er mit stark ausländischem Akzent und nickte Sören flüchtig zu. «Buona notte.»

«Bis morgen Abend, Tonio», erwiderte sie und wartete einen Augenblick, bis er um die Ecke gebogen war. «Antonio Rivera», klärte sie Sören auf. «Ein Kollege von mir. Er stammt aus Italien. Wir kennen uns schon aus Berlin. Ein lieber Kerl ...» Sie blickte erwartungsvoll zu ihm hoch.

«Was machen wir jetzt?», fragte Sören. Er überlegte, ob er ihr von seinem ursprünglichen Vorhaben berichten sollte, aber in dieser Situation erschien es ihm besser zu schweigen, denn seine Anwesenheit bei dieser Veranstaltung hatte auf einmal ein ganz anderes Gewicht bekommen.

«Wie unter Genossen üblich, wirst du mich ab sofort bei meinem Vornamen nennen.» Sie lächelte ihn an. «Begleitest du mich noch das Stück nach Hause?»

Wie selbstverständlich hatte sich Mathilda bei ihm eingehakt, und Sören war es sogar so vorgekommen, als hätte sie sich ein wenig an ihn geschmiegt, während sie die Colonnaden entlanggeschritten waren. Es musste bereits nach Mitternacht sein, aber die Luft war immer noch warm. «Es ist spät geworden», sagte Sören, nachdem sie ihr Ziel erreicht hatten.

Mathilda kramte ihren Haustürschlüssel hervor. «Wenn du mit nach oben kommst, kann ich uns noch einen Kaffee aufsetzen», antwortete sie, während sie die Haustür aufschloss.

Das war weit mehr, als Sören erwartet hatte. Es gab so viele offene Fragen.

Mathildas Wohnung lag im Dachgeschoss. Wie auf Samtpfoten waren sie die vier Treppen nach oben geschlichen, und auch als Mathilda die Wohnungstür geschlossen hatte, wagte Sören nur zu flüstern. Herrenbesuch war für eine allein stehende Dame immer ein riskantes Unterfangen – zumal um diese Uhrzeit. Da kam man schnell in Verruf. Aber Mathilda Eschenbach war eine Künstlerin, und die hatten bekanntermaßen lockere Sitten. Sie hatte sich ja sogar von ihrem Kollegen in aller Öffentlichkeit zum Abschied küssen lassen. Was, wenn ein Nachbar sie durch das Guckloch einer Wohnungstür gesehen hatte? Sören hatte auf der Straße nicht darauf geachtet, ob hinter einem der Fenster im Haus noch Licht gebrannt hatte. Allerdings konnte man davon ausgehen, dass jeder halbwegs gesittete Bewohner um diese Uhrzeit schlief. Sören musste über seine eigenen Gedanken schmunzeln. Bislang hätte er sich auch als gesittet bezeichnet.

«Du brauchst nicht zu flüstern», meinte Mathilda, während sie ihre Jacke an einen schmiedeeisernen Garderobenhaken hängte. «Die Wohnung unter mir steht derzeit leer, und gegenüber wohnt eine alte Dame. Sie ist fast taub. Wahrscheinlich könnte ich hier oben sogar meine Partituren üben, aber das habe ich mich bislang noch nicht getraut. Also verlege ich das Üben immer auf die Räume des Conservatoriums, wo ich auch unterrichte.»

«Ich wäre niemals darauf gekommen, dass … dass du …» Sören tat sich immer noch schwer damit, sie zu duzen. Alles war so schnell gegangen, so plötzlich.

«Dass ich was?», entgegnete Mathilda. «Eine Sozialdemokratin bin?»

Sören nickte verlegen.

Mathilda lächelte ihn an. «Ich höre es nicht zum ersten Mal, dass man mir so etwas nicht zugetraut hätte. Viele waren wie vor den Kopf gestoßen, und manche distanzierten sich dann sehr schnell von mir. Vielleicht hatte ich wegen dieser Erfahrungen auch Angst, mit dir darüber zu sprechen. Angst, dass du kein Verständnis dafür haben könntest, wenn sich eine Frau politisch engagiert – und dann noch für die Sozialisten. Wie dumm von mir.»

«Wie bist du dazu gekommen?», fragte Sören interessiert.

«Dazu kommt man nicht», erklärte sie. «Ich glaube, man trägt es in sich. Es ist nur eine Frage, ob man es wagt, zu seinem Gefühl zu stehen. Es gibt so viele Ungerechtigkeiten, so viele Missstände, die es zu ändern gilt. Und die Rolle der Frau in der Gesellschaft betrifft das ganz besonders.» Sie deutete auf ein schmales Sofa in der Ecke des Zimmers, entzündete die Gaslampe an der Decke und zog die Vorhänge zu. «Setz dich doch. Ich mache uns schnell einen Kaffee.»

Während Mathilda in der Küche hantierte, schaute sich Sören neugierig in der Wohnung um. Die zwei kleinen Zimmer waren spärlich möbliert. Auffallend waren nur die vielen Bücher, die auf einfachen Stellagen an den Wänden gestapelt standen. Sören überflog die Buchrücken und staunte. Es waren vor allem Titel, die noch vor wenigen Jahren auf dem Index der staatlichen Zensur gestanden hatten. Sören entdeckte verschiedene Werke von Friedrich Engels, Feuerbach und Eugen Dühring, Abhandlungen von Karl Marx über den Materialismus und die Proletarische Revolution sowie andere Autoren, die er dem Namen nach kannte, aber selbst nie gelesen hatte. Mit Hegel und Kant hätte er dienen können, aber diese Philosophen waren nur Deuter – die Mehrzahl der hier vertretenen Autoren forderte hingegen eine radikale Veränderung der Gesellschaft, so viel war ihm bekannt.

«Nicht dass du glaubst, das seien alles meine.» Mathilda war hereingekommen und stellte zwei Kaffeebecher auf den Tisch vor der Couch. Dann kam sie zu Sören. «Ein großer Teil davon gehört Tonio», erklärte sie. «Ich verwahre sie für ihn, da er zur Untermiete wohnt. Besser, wenn niemand sieht, was er liest.»

«Woher kennst du ihn?», fragte Sören und nahm auf dem Sofa Platz.

«Seine Frau hat mich damals für die ‹Rote Post› angeheuert. So nannten wir während der illegalen Zeit den Schmuggel von Manuskripten und verbotenen Satzvorlagen zwischen Berlin und der Schweiz, wo die Bücher gedruckt wurden», erklärte sie, nachdem Sören unmissverständlich zum Ausdruck gebracht hatte, dass ihm der Begriff nicht bekannt war. Mathilda grinste spitzbübisch. «Als Musiker reist man unauffällig. Da kommt kein Verdacht auf. Ich habe damals sämtliche Druckvorlagen der Manuskripte von August Bebel in die Schweiz gebracht.»

Sören war ein Stein vom Herzen gefallen, als Mathilda erwähnt hatte, dass Antonio Rivera verheiratet war. So vertraut, wie sie miteinander umgegangen waren, hatte er im Stillen schon vermutet, die beiden könnten möglicherweise ein Paar sein. Erst jetzt fiel ihm auf, wie schwer ihn diese Vorstellung belastet hatte. Am liebsten wäre er Mathilda vor Erleichterung um den Hals gefallen.

«Und du?», fragte Mathilda. «Erzähl von dir.»

Sören zögerte, denn womit hätte er aufwarten können? Er war weder Parteimitglied noch bekennender Sozialdemokrat. Natürlich hielt er viele Denkansätze der Sozialisten prinzipiell für richtig, und was die Rolle der Frau in der Gesellschaft betraf, waren seiner Meinung nach tatsächlich große Veränderungen vonnöten. Er selbst war ja in einem Haushalt aufgewachsen, in dem man sehr liberal miteinander umgegangen war, auch wenn natürlich keine völlige Gleichberechtigung zwischen seinen Eltern geherrscht hatte. Sein Vater

Mobiler Desinfektionstrupp der Hamburger Desinfektionsanstalt vor dem Holstenthor.

Die Arbeit in den Desinfektionskolonnen wurde mit einer täglichen Portion Schnaps entlohnt. Vor allem Arbeitslose und Vorbestrafte meldeten sich für diese Arbeit. Die Zahl der angezeigten Eigentumsdelikte durch Mitarbeiter der Desinfektion stieg daraufhin rapide an.

Mitarbeiter der mobilen Desinfektionskolonne auf dem Hof der Desinfektionsanstalt vor dem Holstenthor, Fotografien 1892.

Krankenkutsche des Hamburger Sanitätsdienstes (Stadtambulanz). Der Sanitätstrupp der Hamburger Polizei bestand Anfang August 1892 aus lediglich sechs Sanitätern.

Krankenträger der Stadtambulanz vor einem Vierlieger. Die Anzahl der Krankenwagen wurde im Laufe des Jahres 1892 von ursprünglich 8 auf 30 erhöht. Fotografien nach 1892.

Die später so genannten Cholera-Baracken. Krankenpavillons auf dem Gelände des Allgemeinen Krankenhauses Eppendorf (heute Universitätsklinik Eppendorf), Fotografie 1892.

Feldlazarett mit 500 Betten. Die städtischen Krankenhäuser verfügten 1892 über 3800 Betten. Am 27. August wurden erste Notlazarette in Schulen eingerichtet. Einen Tag später forderte der Senat beim preußischen Heer mehrere Feldlazarette an. Fotografie 1892.

Station Erika auf dem Gelände der heutigen Universitätsklinik Eppendorf. So benannt wegen der Zufahrt über die Erikastraße. Fotografie nach 1892.

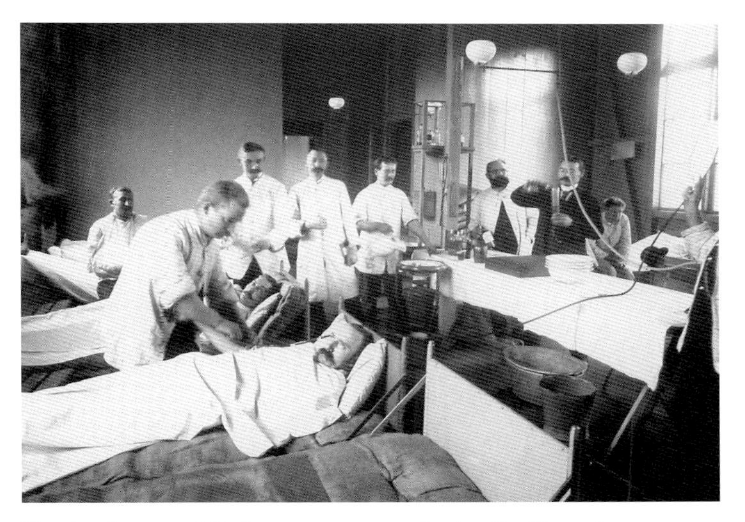

Krankenlager und Patientenversorgung in den Pavillons des Eppendorfer Krankenhauses. Szenen nachgestellt. Fotografien nach 1892.

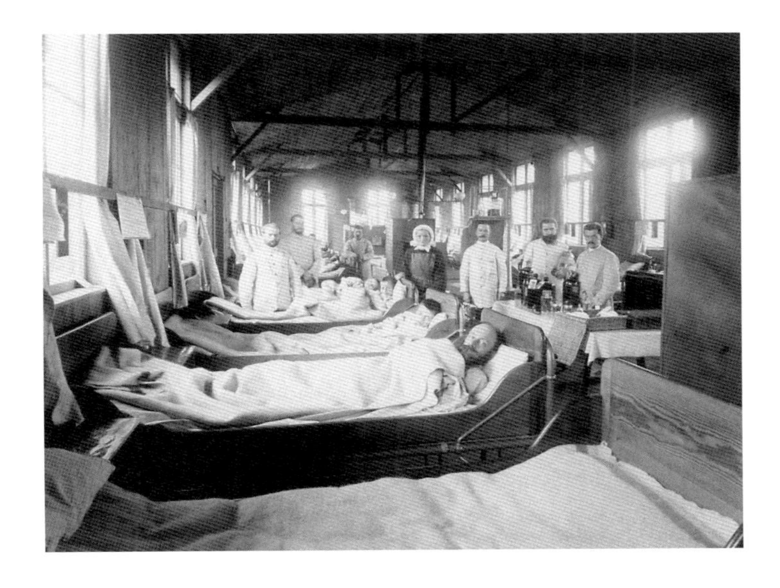

Der Grund allen Übels? Die Filterbecken und Filtrieranlagen der Stadtwasserkunst Kalte Hofe. Während der Epidemie im Bau. Fertigstellung erst 1893. Fotografien 1892.

Wasserausgabestelle am Messberg. Während der Epidemie wurde die innerstädtische Bevölkerung über 68 Wasserwagen und 43 stationäre Stellen mit abgekochtem Wasser versorgt. Fotografie 1892.

hatte ihm gegenüber einmal erwähnt, dass seine Mutter als junge Frau sogar Hosen getragen hätte – nicht in der Öffentlichkeit, sondern natürlich nur im Haus des Großvaters, wie Hendrik Bischop damals mit einem Schmunzeln hinzugefügt hatte. Sören beschloss, bei der Wahrheit zu bleiben. Er erzählte von seinen Mandaten und dass ein Großteil seiner Klientel aus der Arbeiterschaft stammte. Er erzählte von dem, was er die letzten zwei Tage über gesehen hatte, vom Elend und von den Zuständen im Haus am Borstelmannsweg, von seinem Besuch bei Hannes Zinken sowie vom Verdacht, dass sich gerade jetzt möglicherweise die Cholera in der Stadt ausbreitete. So vergingen die Stunden, und als Sören irgendwann auf seine Uhr schaute, war es bereits drei Uhr in der Frühe.

«Erwartet dich jemand?», fragte Mathilda, als Sören Anstalten machte aufzubrechen.

Für einen Moment war Sören völlig konsterniert, bis er verstand, worauf diese Frage abzielte. «Nein», meinte er schließlich. «Habe ich das noch nicht erwähnt, Mathilda?»

«Bislang noch nicht.» Sie schüttelte den Kopf. «Und ich habe mich nicht getraut, danach zu fragen.» Sie deutete auf das große Kanapee, das man durch die geöffnete Schiebetür im anderen Zimmer sehen konnte. «Es ist nicht viel Platz.» Sie strich sich nervös durch die Haare und blickte verlegen zu Boden. «Aber du wirst um diese Uhrzeit keine Droschke finden, und mit deinem Fuß … der weite Weg … Ach, was rede ich. Ich möchte nicht, dass du jetzt gehst.» Mathilda blickte Sören in die Augen, während sie ihre Bluse und ihr Unterhemd abstreifte und mit ein paar raschen Handgriffen ihren Rock öffnete. «Ich möchte, dass du mich Tilda nennst.»

Sören beobachtete, wie der Stoff von Mathildas Hüften zu Boden glitt, dann hob er den Blick und starrte wie gebannt auf ihren nackten Körper. Er glaubte, seinen Augen nicht zu trauen.

«Willst du mich nicht?», fragte sie leise, als er sich nicht rührte.

Sören blickte an sich herab. Es war nicht zu übersehen, dass er erregt war. Seine Hände griffen in ihr Haar. Dann zog er sie zu sich heran und musste lachen, weil er merkte, dass er Tränen des Glücks in den Augen hatte. «Natürlich will ich dich.»

— Überwachung —

18. August

Sören hatte wenig geschlafen – genau genommen gar nicht. Trotzdem verspürte er keinen Hauch von Müdigkeit. Mathilda hatte bis in die Morgenstunden in seinen Armen gelegen. Als er die Droschke am Gänsemarkt bestiegen hatte, war es bereits nach acht gewesen. Während er sich wusch und rasierte, ließ er die Eindrücke der Nacht noch einmal Revue passieren. Er konnte sein Glück immer noch nicht fassen, und sein Herz pochte wild, als er an den Kuss dachte, den Tilda ihm zum Abschied auf die Lippen gedrückt hatte.

Er wusch sich die Seife aus dem Gesicht, kontrollierte das Ergebnis der Rasur im Spiegel und warf seinem Spiegelbild einen kritischen Blick zu. Wie sollte es jetzt weitergehen? Sollte er ihr einen Antrag machen? Bei allem, was in der Nacht geschehen war, war das erforderlich. Er spülte den Rasierpinsel im Waschbecken aus und holte tief Luft. Nein, nicht nur deshalb. Er hatte Tildas Blick vor Augen, als sie ihn gefragt hatte, ob ihn jemand erwarte. Es war ein tastender, ein unsicherer Blick gewesen. Wie schnell war diese Behutsamkeit aus ihren Augen gewichen. Natürlich würde er ihr einen Antrag machen. Die Erinnerung an ihre Nähe erregte ihn, und er hielt den Kopf unter den kalten Wasserstrahl.

An konzentrierte Arbeit war heute überhaupt nicht zu denken. Am liebsten hätte er mit Martin über alles gesprochen, aber nach dessen nächtlichem Geständnis unlängst schluckte er den Gedanken schnell hinunter. Trotzdem hatte er das Bedürfnis, sich jemandem mitzuteilen, jedoch fiel ihm nur noch seine Mutter ein. Diese Idee kam ihm allerdings albern vor, schließlich war er vierundvierzig. Er musste sich irgendwie ablenken.

Es gab heute keine geschäftlichen Termine, das wusste Sören, auch ohne auf den Kalender zu blicken. Erst morgen Vormittag war er mit Senator Hachmann verabredet. Sein Entschluss stand nach wie vor fest. Er suchte nach dem Schlüssel, den Altena Weissgerber ihm gegeben hatte. Es war an der Zeit, die Wohnung von diesem Marten Steen einmal genauer unter die Lupe zu nehmen. Vielleicht ergab sich dort irgendein Hinweis auf dessen Aufenthaltsort.

Sören fuhr über die Ringstraße auf den Holstenwall, ließ Botanischen Garten und Gerichtsgebäude rechter Hand liegen und steuerte auf das Millerntor zu. Nachdem er in die Reeperbahn eingeschert war, musste er das Tempo auf Schrittgeschwindigkeit drosseln, so dicht war hier der Verkehr. Am Spielbudenplatz, dessen Gestalt seit einigen Jahren einer permanenten Baustelle glich, ohne dass sich, von den Namen der unterschiedlichen Localitäten einmal abgesehen, wirklich irgendetwas zu verändern schien, hielt Sören kurz und kaufte sich an einem der offenen Verkaufsstände ein Rundstück warm. Dann lenkte er den Wagen hinter der Polizeiwache in die Davidstraße und bog nach wenigen Metern in die Erichstraße ein.

Steens Wohnung lag in der oberen Etage einer alten Budenreihe, die wohl weit vor der Jahrhundertmitte erbaut worden war. Zumindest machte sie einen ziemlich baufälligen Eindruck. Das Dach war an mehreren Stellen geflickt, und der Putz war fast vollständig abgefallen. Zwischen vielen Backsteinen hatte sich bereits der Mörtel aus den Fugen gelöst, sodass sich mehrere große Risse quer durch die Hauswand gebildet hatten. Der wild wuchernde Wein, dessen Ranken bis zum Giebel emporgekrochen waren, verlieh dem alten Bau ein morbides und gleichzeitig malerisches Gepräge. Sören fühlte sich an die alten Buden auf dem Kehrwieder erinnert, zwischen denen sie als Kinder herumgetobt und Fangen gespielt hatten. Jeder Schlupfwinkel war ihnen bekannt gewesen, jede lose Zaunlatte, durch die man auf die geheimen Pfade in die verwilderten Gärten gelangte.

Auch hier gab es idyllische Gärten und einen breiten Vorplatz, auf dem eine ganze Horde Gören spielte. Zwei Jungens waren dabei, einen Kreusel durch den Sand zu peitschen, eine andere Gruppe spielte Abo-Bibo mit Abbacken, wie Sören an den auf die Hauswand geschriebenen Phantasienamen erkennen konnte. Die Regeln waren ihm noch gegenwärtig, und er musste schmunzeln, als ihm einfiel, dass Martin früher meistens als Erster ausgeschieden war, weil er nicht so schnell rennen konnte. Adi Woermann hatte immer angefangen zu heulen, wenn er abgebackt worden war. Nun war er einer der wichtigsten Reeder in der Stadt. Sie mussten ungefähr im gleichen Alter gewesen sein wie der schmächtige Junge, der sich gerade vor der Häuserwand zum Wurf bereitmachte.

Mit aller Kraft schleuderte er den kleinen Ball gegen das Mal an der Wand und schrie einen der Namen, woraufhin alles auseinander rannte, bis auf den Angesprochenen natürlich, der den Ball, so schnell es möglich war, fangen musste. Hatte er ihn, durfte sich niemand mehr bewegen, und er hatte die Chance, den Nächststehenden abzubacken. Traf er, schied derjenige aus, und er bestimmte den nächsten Werfer mit einem Wurf gegen das Mal. Wer als Letzter übrig blieb, hatte gewonnen. Sören beobachtete die Kinder einige Augenblicke und versuchte, sich zu erinnern, welche Variante sie früher gespielt hatten. Wenn man den Ball beim Versuch des Abbackens gefangen hatte, durfte man nämlich irgendetwas bestimmen, aber wie genau der Spielverlauf dadurch geändert wurde, fiel ihm nicht mehr ein.

Die in der oberen Etage der Bude gelegenen Wohnungen erreichte man über außen liegende hölzerne Treppen. Im Inneren reihten sich die Zimmer beidseitig an einem finsteren Flur. Sören zählte auf jeder Seite fünf Türen. In der Mitte des Flures gab es eine kleine Feuerstelle und einen ausgeriebenen alten Spülstein. Er brauchte nicht lange zu suchen. Steens Name stand mit Kreide an die Tür geschrieben. Er klopfte mehrmals an, aber wie erwartet rührte sich nichts. Vorsichtig steckte er den großen Schlüssel ins Schloss und öffnete die Tür. Die Zarge knarrte verräterisch.

Nachdem Sören den Riegel vorgeschoben hatte, blickte er sich um. Die Wohnung bestand aus zwei schmalen Kammern. Eine Tür gab es nicht. In einer Wandnische zum Flur befand sich eine kleine Kochstelle mit einem eisernen Ofen, der schon seit einiger Zeit nicht mehr benutzt worden war, wie Sören an den Spinnweben vor der Feuerklappe erkennen konnte. Durch eine kleine Dachluke fiel ein Streifen gleißenden Sonnenlichts ins Zimmer. Er wischte mit dem Finger über den Fußboden. Den Spuren im Staub nach zu urteilen, war es noch keine Woche her, dass jemand die Wohnung betreten hatte.

Die hölzernen Dielen knarrten bei jedem Schritt. Steens Einrichtung war auf das Allernotwendigste beschränkt: ein Bett, ein kleiner Schapp, ein Stuhl und ein Tisch. Nirgends gab es Bücher, Unterlagen oder irgendwelche Schreibutensilien. Sören suchte die Zimmer nach möglichen Verstecken ab. Er prüfte die Bretterverschläge an den Wänden und untersuchte den Boden nach losen Dielen. Ergebnislos. Dann nahm er sich die Kleidungsstücke vor, die über der geöffneten Tür des kleinen Schapps hingen. Alle Taschen waren leer. Auch im Schrank selbst fand er nichts Außergewöhnliches. Der muffige Geruch, der ihm schon aufgefallen war, als er die Wohnung betreten hatte, stammte von einem Wäschehaufen in der Zimmerecke. Sören nahm die oberste Hose vom Stapel. Ein öliger Geruch stieg ihm in die Nase. Es war kein Schwer- oder Schmieröl, sondern ein feiner, fast blumenartiger Geruch, der an dem Stoff haftete. Sören überlegte, woher er den Geruch kannte, aber er konnte ihn nicht einordnen. Die anderen Kleidungsstücke rochen ähnlich.

Unter dem Wäschehaufen fand er schließlich zwei Postkarten aus Melnik. Der Absender war jener Albin, Steens Freund, der auf einem Kettenschiff auf der Elbe fuhr. Den Namen hatte Altena Weissgerber ja bereits erwähnt. Sören entzifferte das fast unleserliche Gekritzel, aber Albin hatte nur Belanglosigkeiten geschrieben. War es möglich, dass sich Marten Steen bei ihm einquartiert hatte? Aber das zu überprüfen machte keinen Sinn. Bis zum 22. August waren es nur noch vier Tage, und bis dahin würde Marten Steen wieder in der Stadt sein. Sören überlegte, wie lange man bis Melnik unterwegs war. Er schüttelte den Kopf. Melnik lag kurz vor Prag. Ein Kettenschiff war mit Sicherheit länger als vier Tage unterwegs. Er schob die Karten zurück unter den Stapel. Steen war nicht in Melnik. Er hielt sich bestimmt irgendwo hier in der Stadt versteckt. Es lag nahe, dass ihm dieser Gustav oder der Typ namens Ratte Unterschlupf gewährt hatte. Sören musste unbedingt herausfinden, was die beiden im Schilde führten.

Er wollte schon gehen, da vernahm er ein leises Knirschen unter seinen Füßen. Er bückte sich und inspizierte seine Schuhe. In das Leder der Sohlen hatten sich mehrere Steinchen gedrückt, die bei jedem Schritt auf dem hölzernen Fußboden knirschend zerbröselten. Steinchen? Nein. Bei genauerer Betrachtung erkannte er, dass es sich nicht um Steinchen, sondern um Reiskörner handelte. Er legte sich flach auf den Boden und suchte die Dielen nach weiteren Körnern ab. Dann untersuchte er die Regale neben der Kochstelle. Es gab einen Topf mit ranzigem Griebenschmalz, ein Glas Mehl und eins mit getrockneten Rosinen sowie eine Zigarrenkiste mit Zucker, an der sich wohl schon ein paar Mäuse versucht hatten, wie die Beißspuren verrieten. Ein Reisvorrat war jedoch nirgendwo zu entdecken.

Sören griff sich einen schmutzigen Strumpf vom Wäschestapel und schob ihn beim Verlassen der Wohnung hinter die fast geschlossene Tür. Es war mehr als unwahrscheinlich, dass er selbst den Reis mit in die Wohnung getragen hatte, und den Spuren im Küchenregal nach zu urteilen, gab es hier jede Menge Mäuse, wahrscheinlich auch Feuerwürmer und anderes Ungeziefer. Undenkbar also, dass die Reiskörner hier schon länger auf dem Boden lagen. So, wie es aussah, war hier vor nicht allzu langer Zeit jemand in der Wohnung gewesen. Das hatte Sören schon vermutet, als er die Spuren im Staub gesehen hatte. Er war gespannt, ob der Strumpf noch hinter der Tür lag, wenn er morgen noch einmal vorbeischaute.

Fräulein Paulina reichte Sören mit der restlichen Post auch einen Umschlag, den ein Bote am frühen Vormittag gebracht hatte. Der Junge habe nicht gesagt, wer ihn geschickt habe, erklärte sie auf Sörens Nachfrage, nur, dass Sören die Nachricht dringend erwarte. In dem Couvert steckte ein Brief, der akribisch in Druckbuchstaben verfasst worden war. Er brauchte nicht lange zu lesen, um zu wissen, wer ihn verfasst hatte. Die Nachricht war kurz und voller Schreibfehler. Entweder hatte Hannes Zinken nie eine Schule besucht, oder er hatte den Brief jemandem diktiert, der keine Schreibschrift gelernt hatte.

Zinken schrieb, seine Erkundigungen bezüglich der gesuchten Personen liefen auf Hochtouren, aber mit dem Aufenthaltsort von Ratte könne er bislang noch nicht dienen. Der Mann namens Gustav sei vermutlich ein Österreicher, der eine zweifelhafte Karriere als Söldner für unterschiedliche Armeen hinter sich hatte und sich hier seit einigen Monaten als Geldeintreiber über Wasser hielt. Genaueres würde er, Zinken, aber noch in Erfahrung bringen. Zum Aufenthaltsort von Ilse Mader berichtete er, man habe sie angeblich in einem Etablissement mit Namen «Wollers Stuben» gesehen, er hätte das allerdings noch nicht überprüfen können. Abschließend gab er Sören noch den Tipp, herauszufinden, wem die «Möwe» gehöre. Der Formulierung nach zu schließen hatte Zinken wohl etwas läuten gehört, wollte sich aber, aus welchen Gründen auch immer, nicht konkreter dazu äußern. Vom Zustand seiner Nichte schrieb er nichts.

Sören nahm sich vor, Hannes Zinken nachher noch einen Besuch abzustatten; vielleicht konnte der alte Ganovenhäuptling ihm bei der Überwachung von Steens Wohnung behilflich sein; außerdem war Sören das genannte Etablissement nicht bekannt. Eine Anfrage bei der Gewerbeabteilung der Polizei hätte zwar schnell Abhilfe geschaffen, aber solange man nach Ilse Mader fahndete, galt es, keine schlafenden Hunde zu wecken. Der Weg zu Hannes Zinken war einfacher, und dabei konnte sich Sören auch nach dem Zustand des kleinen Mädchens erkundigen. Zuerst aber wollte er zur «Möwe», um herauszufinden, wem die Spelunke eigentlich gehörte. Fräulein Paulina schüttelte verständnislos mit dem Kopf, als er die Kanzlei wieder einmal als Hafenarbeiter verkleidet verließ.

«Der Chef is nich da. Macht Besorgungen», erklärte die dicke Elsa, als Sören sich nach dem Pächter der Wirtschaft erkundigte. «Was willst'n von dem? Glaubste, der zapft besser?»

Es kam Sören so vor, als hätte die Bedienung der «Möwe» seit seinem letzten Besuch noch ein paar Pfunde zugelegt. Vielleicht lag es aber auch daran, dass in der Spelunke heute nicht so ein Gedränge herrschte und man Elsas ganze Ausmaße erst erkennen konnte, wenn sie frei im Raum stand. Im vorderen Teil der Kaschemme waren nur zwei Tische besetzt. An einem saßen drei ganz in Schwarz gekleidete Nietenklopper und spielten Karten, am Tisch dahinter trank eine Gang von Schauerleuten mit zwei Barkassenführern, wie an den Mützen unschwer zu erkennen war, um die Wette. Im hinteren Teil der Wirtschaft sah es ähnlich aus.

«Warum ist das denn so leer heute?», fragte Sören und orderte ein Bier.

Elsa zuckte mit den Schultern, soweit ihre Leibesfülle diese Bewegung ermöglichte. «Wohl wieder eine von diesen Versammlungen ... Du weißt schon, Gewerkschaft.» Sie deutete auf die Uhr hinter dem Tresen. «Eigentlich war schon längst Schichtwechsel. Hecken wahrscheinlich wieder einen Streik aus, die Jungs. Und dann gibt's Zoff hier, weil der Umsatz nicht stimmt.» Sie schob Sören sein Bier zu. «Außerdem habe ich gehört, dass es einige Fälle von Cholera in der Stadt gibt – der Chef is schon los, um mehr Klare zu ordern. Hehe, Schnaps is gut bei Cholera.»

«Sag mal, warst du eigentlich hier, als man den Willy abgestochen hat?», fragte Sören, nachdem Elsa aus dem hinteren Teil der Wirtschaft zurückgekommen war.

«Nee, hatte schon Feierabend.»

«Und wie ist der Neue?»

«Büschen grantig manchmal – aber schon in Ordnung», erwiderte Elsa. «Willste noch eins?» Sie deutete auf Sörens leeres Glas.

Er nickte. «Ja, mach mir mal noch eins. Was ist eigentlich, wenn hier einer Schulden macht?»

«Musst du doch wissen», antwortete sie. «Dann gibt's Abzüge.»

«Beim Lohn? Bislang hab ich noch nie auf Pump getrunken», erklärte Sören.

«Na, was denkst du denn, wovon.»

Sören nahm das nachgefüllte Glas entgegen. «Hat der Willy das häufiger gemacht? Also Lohn einbehalten?»

«Ist vorgekommen.» Sie blickte Sören musternd an. «Sach mal, bist 'n Spitzel, oder warum willste das wissen?» Sie griff automatisch nach dem Geldschein, den Sören ihr hingehalten hatte.

«Der ist schon echt», erklärte Sören leise, als sie den großen Schein zweimal kontrollierend umgedreht hatte. Zehn Mark waren als Trinkgeld deutlich zu viel. «Wer rechnet denn mit dem Pächter ab? Also, ich meine, wem gehört eigentlich die ‹Möwe›?»

Elsa steckte den Schein blitzschnell in die Schürze. «Wem der Laden gehört, weiß ich nicht. Aber jeden Montag ist Zahltag – so gegen Mittag.»

«Zahltag?»

«Na ja, dann wird die Pacht kassiert. Montags musste der Willy immer abdrücken, und beim Neuen ist es auch nicht anders. Keine Ahnung, wo die Kohle hingeht. Ich horch nicht anner Tür. Damit will ich nix zu tun haben.» Sie gab Sören ein Zeichen, erst einmal keine weiteren Fragen zu stellen, als sich einer der Schauerleute zu ihnen an den Tresen gesellte. «Na, was willste? Noch 'ne Runde?»

«Was bin ich'n schuldig?», lallte der Mann, dessen linke Gesichtshälfte von einem dunklen Muttermal verunstaltet war. Er hatte eine ziemliche Alkoholfahne, und auch sonst machte er einen recht ungepflegten Eindruck. Sören wollte schon auf Abstand gehen, da nahm er neben den Ausdünstungen von Fusel und Schweiß plötzlich den Geruch wahr, den er bei Steen in der Wohnung gerochen hatte.

«Na, was wird das denn?», raunzte der Kerl Sören ungehalten an.

Sören wich augenblicklich zurück. Er war ihm wohl etwas zu nahe gekommen. «Was arbeitest du?», fragte er freundlich.

«Schauermann bin ich!», antwortete der Mann und blickte Sören misstrauisch an.

«Und wonach riechst du?»

«Sach ma, spinnst du!?» Der Mann wandte sich Sören zu und stemmte die Hände in die Hüften. «Na, nach Schweiß, nehm ich ma an», sagte er, nachdem Sören ihn unbeeindruckt freundlich anlächelte. «Ich hab zehn Stunden geschuftet – und das bei der Hitze.»

«Nein, das meine ich nicht», erklärte Sören. «Es riecht irgendwie süßlich. Ich kenne den Geruch genau, aber es will mir verdammt nochmal nicht einfallen, was es ist.»

«Ach das!» Der Mann lachte auf und griff sich in die Jackentasche. «Riecht man das wirklich?», fragte er und hielt Sören ein winzig kleines Stöckchen entgegen. «Nelken! – Ist heute ein Sack am Kran gerissen und alles durch die Luke auf uns runter. Der Kranführer ist an einem Ausleger an Deck hängen geblieben. Arme Sau. Mann, gab das 'nen Ärger … Das Zeug ist schweineteuer. Gibt wohl heftig Abzug, schätze ich, oder er kriegt gar nicht erst wieder was. Dabei landet doch so oder so wieder alles bei denen, die uns bezahlen.»

«Wie soll ich das jetzt verstehen?»

Der Mann hatte inzwischen eine weniger bedrohliche Haltung angenommen und lehnte mit einem Arm auf dem Tresen. «Nun tu nich so», brummte er und versetzte Sören einen kumpelhaften Stoß gegen die Schulter. «Weiß doch jeder, wie das hier funktioniert: Vermittlung nur da, wo gesoffen wird. Und da, wo gesoffen wird, kommt der Lohn auch her, nich, Elsa?» Er warf der Bedienung einen Blick zu. «Denen gehört doch alles: die Schiffe, die Werften, die Waren …» Er stockte für einen Moment. Dann schlug er mit der flachen Hand rhythmisch auf den Tresen, als könne er seinen Worten damit mehr Ausdruck verleihen. «Und die Kaffeeklappen und die Wirtschaften natürlich auch!»

«Na klar.» Sören nickte zustimmend. «Genau wie die ‹Möwe› hier.» Er gab sich Mühe, seinen Worten einen resignierten Klang zu geben, als hätte auch er sich seit langem mit dieser Tatsache abgefunden. «Wem gehört die eigentlich genau?»

«Keine Ahnung. Irgendeinem von denen. Die stecken doch alle unter einer Decke.»

«Natürlich.» Sören wartete, bis der Mann seine Zeche gezahlt hatte. «Sag mal, kennst du zufällig einen Marten?», fragte er beiläufig.

«Nö, wer soll'n das sein?»

«Freund von mir», meinte Sören. «Hab ihn aus den Augen verloren.»

«Nee, tut mir Leid, du. Aber der taucht schon wieder auf.» Er hielt Sören die flache Hand entgegen, auf der einige Nelken lagen. «Willste noch welche? Ich hab genug in den Taschen.»

Sören nahm sich zwei. «Danke. Wo habt ihr denn gelöscht?»

«Auf'm Grasbrook drüben, im Baakenhafen. – So, ich muss jetzt. Mach's man gut.»

Den Weg zu Hannes Zinken legte Sören zu Fuß zurück. Obwohl er ja inzwischen den direkten Weg zu ihm kannte, beschloss er, dennoch am üblichen Spiel festzuhalten. Während er abermals durch die Gänge gelotst wurde, überlegte er, was es mit den Nelken auf sich haben könnte. Es lag nahe, dass Marten Steen genau wie der Hafenarbeiter in der «Möwe» in irgendeiner Form mit Nelken in Berührung gekommen war. Wahrscheinlich reichte es schon aus, wenn man einige mit Nelken gefüllte Jutesäcke vor dem Bauch getragen hatte, um den Geruch anzunehmen. Alle schmutzigen Kleidungsstücke von Steen hatten danach gerochen. Aber es war wenig sinnvoll, sich im Baakenhafen nach Marten Steen zu erkundigen. Nelken wurden wahrscheinlich auch in anderen Häfen gelöscht. Und wenn Steen davon ausging, dass nach ihm gesucht wurde, war es eher unwahrscheinlich, dass er sich in der Öffentlichkeit blicken ließ. Sören dachte an die Reiskörner in der Wohnung. Reis war auch ein Handelsgut aus Übersee. Sicherlich lieferte diese Kombination einen Hinweis auf Steens Aufenthaltsort, aber in einem Gebiet wie dem Hamburger Hafen gab es Dutzende von Möglichkeiten, mit Reis und Nelken in Berührung zu kommen. Erfolgversprechender erschien es Sören da, Steens Aufenthaltsort über Gustav und Ratte in Erfahrung zu bringen. Aber die musste er erst einmal ausfindig machen. Keiner hatte ihm bezüglich der beiden weiterhelfen können, dabei waren sie doch eigentlich ein sehr auffälliges Gespann.

Genau wie bei ihrem Treffen am Vortag saß Hannes Zinken auf dem alten Hocker und rauchte seine Pfeife, aber er blickte nicht einmal auf, als Sören den kleinen Platz zwischen den Fachwerkhäusern betrat, sondern starrte nur apathisch vor sich hin. Sören nahm wortlos neben ihm Platz.

«Wie steht es um deine Nichte?», fragte er, nachdem sie mehrere Minuten schweigend nebeneinander gesessen hatten.

Ohne den Blick zu heben, zuckte Hannes Zinken mit den Schultern. «Der Arzt sagt, es ist noch zu früh für eine Prognose.» Schließlich hob er doch den Kopf und blickte Sören mit traurigen Augen an. «Vielen Dank für alles.»

«Nicht der Rede wert.»

Der Alte paffte ein paar Rauchkringel vor sich hin. «Heute Nacht wieder zwei aus der Nachbarschaft. Das gleiche Bild. – Warum unternimmt man nichts?»

«Ich kann es dir nicht sagen, Hannes.»

«Hast du meine Nachricht erhalten?»

Sören nickte. «Ging ja schnell.»

«Ich hab dir doch versprochen, dass ich mich umhören werde.»

«Wo finde ich ‹Wollers Stuben›?»

«St. Georg», antwortete Zinken und klopfte dabei seine Pfeife am Stuhlbein des Hockers aus. «Die genaue Adresse habe ich nicht parat, aber die Stuben liegen zwischen Böckmannstraße und Pulverteich. Sieht aus wie eine gewöhnliche Restauration und Gaststätte. Im hinteren Teil der Herberge findest du die Damen. Ziemlich schmieriger Schuppen.»

«Die Polizei sucht Ilse Mader. Wird die Herberge nicht kontrolliert?»

Sören konnte erkennen, wie Zinken seine rechte Augenbraue lupfte. Irgendwie schien er trotz seiner trübseligen Verfassung über Sörens Äußerung amüsiert zu sein. «Die Polizei sucht viele», erklärte er. «Hast du herausfinden können, wem die ‹Möwe› gehört?»

«Bislang noch nicht», sagte Sören. «Wie kommst du eigentlich darauf, dass das von Interesse sein könnte?»

Zinken wiegte den Kopf hin und her. Dann zog er einen Tabaksbeutel hervor und begann, seine Pfeife neu zu stopfen. «Es gibt Gerüchte, der Willy hätte Schulden gehabt.»

«Das passt zu dem, was ich gehört habe», sagte Sören. «Ich bin bislang davon ausgegangen, jemand hätte bei Wilhelm Mader in der Kreide gestanden, und der hätte die Zechschulden mit der Lohnauszahlung verrechnet. Daraus ergibt sich zwar nicht zwingend ein Mordmotiv, aber wer weiß schon, wie weit einigen Leuten das Wasser bis zum Halse steht. Wenn aber der Willy Schulden gehabt hat, dann ergibt sich ein ganz anderes Bild. Vor allem, wenn die Lohngelder von demjenigen kommen, der gleichzeitig die Pacht kassiert.»

«So ist es», erklärte Hannes Zinken. «Die Arbeiter verdasseln in den Schänken ihren Lohn, um an neue Arbeit zu kommen, und die Schankwirte zahlen einen Teil ihrer Einnahmen demjenigen, der für die Lohnauszahlungen verantwortlich ist. Da wird die Pacht dann mit den Lohnauszahlungen verrechnet, und so fließt letztendlich ein großer Teil des Lohns zurück in die eigene Tasche.»

«Raffiniert ausgedacht. Aber wie beweist man so etwas? Ich kann mir nicht vorstellen, dass sich die Namen der Eigentümer in den Grundbüchern mit denen, die die Hafenarbeiter bezahlen, decken werden. So dumm ist doch niemand.»

«Keine Ahnung», entgegnete Zinken. «Ich kenn mich mit so 'm juristischen Krams nicht aus. Ist jedenfalls ein mieses Ding, was da läuft. Kann mir nur vorstellen, dass die sich untereinander absprechen. Eine Hand wäscht die andere …»

«Da sollte ich mich beizeiten mal drum kümmern. In der ‹Möwe› ist, was die Pachtgelder betrifft, Montag immer Zahltag. Man braucht sich ja nur auf die Lauer zu legen und den Weg der Gelder zu verfolgen.»

«Das ließe sich durchaus arrangieren. Für so etwas habe ich meine Leute.»

Sören nickte. «Wo du es sagst: Ich könnte zwei von deinen Jungens gebrauchen.»

«Worum geht es?»

«Um die Überwachung einer Wohnung. St. Pauli. In der Erichstraße. Ich muss nur wissen, ob da jemand rein- und rausgeht, und wenn ja, wohin die Person verschwindet.»

«Kein Problem. Ludwig und David können das machen. Is ja nicht das erste Mal.»

Sören hatte sich jeglichen Kommentar dazu verkniffen, warum die beiden Vierzehnjährigen als Beobachtungsposten schon so erfahren waren. Als Lohn für zwei Tage drückte er jedem der Jungen fünf Mark in die Hand, erklärte ihnen, worum es ging, und setzte sie hinter der Davidwache ab. Sie versprachen, sich Tag und Nacht auf die Lauer zu legen. Dann machte er sich auf den Weg zum Stadttheater. Heute würde Mathilda ihn sicher erwarten.

— Gespräche —

19. August

Es fiel Sören schwer, seinen Kopf freizubekommen. Am liebsten hätte er den Termin bei Senator Hachmann kurzfristig abgesagt und den ganzen Tag mit Mathilda verbracht. Aber das Gespräch mit dem obersten Polizeiherrn würde so oder so knapp und förmlich verlaufen. Mathilda hatte ihn sogar in seinem Entschluss bestätigt. Sie hatten den ganzen Abend über die Aufgaben und die Funktion der Politischen Polizei diskutiert und waren übereinstimmend zu dem Ergebnis gekommen, dass man nicht Handlanger politischer Eingriffe sein durfte, die man von seinen Überzeugungen her nicht vertreten konnte. Mathilda hatte das zwar etwas schroffer und kämpferischer formuliert, aber im Prinzip entsprach es genau dem, weshalb Sören schon von sich aus zu dieser Entscheidung gekommen war.

Nachdem Sören sie gestern vom Stadttheater abgeholt hatte, waren sie zuerst in besagter Localität am Botanischen Garten eingekehrt, deren Besuch Sören eigentlich am Abend zuvor geplant hatte, und hatten eine Kleinigkeit gegessen. Dann waren sie zu Sören nach Hause gefahren. Seine Reihenvilla wirkte im Vergleich zu den anderen Bauten in der Feldbrunnenstraße zwar eher bescheiden, aber Mathilda hatte trotzdem über die Ausmaße gestaunt. Vor allem Sörens Bibliothek hatte es ihr angetan. Um eine Erwiderung auf die Frage, warum so viele Zimmer in seinem Haus leer stünden, war er nicht verlegen gewesen. Mit einem Schmunzeln hatte er angedeutet, dass es ja nicht immer so bleiben müsse.

Pünktlich um neun erreichte Sören die Senatskanzlei. Hachmanns Sekretär bat ihn um etwas Geduld, da der Senator überraschend Besuch von Medicinalrat Kraus bekommen habe. Eine überaus dringende Angelegenheit, wie er Sören versicherte. Bis die Unterredung beendet sei, möge der Gast doch bitte im Vorzimmer des Senators Platz nehmen. Nachdem der Sekretär ihm einen Tee gebracht hatte, schloss er die schwere Eichentür. Zuerst wollte sich Sören eine der gehefteten Zeitungen nehmen, doch er wurde abgelenkt durch die Stimmen von Hachmann und Kraus, die deutlich durch die gegenüberliegende Tür zu hören waren. Sören konnte zwar nicht jedes Wort verstehen, aber was er von der lautstarken Unterhaltung mitbekam, war durchaus interessant und entbehrte nicht einer gewissen Brisanz.

«Seit gestern Abend haben auch mehrere private Ärzte bei mir Meldung gemacht. Die können es natürlich nicht nachweisen. Ich frage mich aber dennoch, wie lange das noch gut geht. Es wird nicht mehr lange dauern, bis man den Erreger in den Krankenhäusern isoliert hat. Und dann?»

«Das lassen Sie mal ganz meine Sorge sein, mein lieber Kraus. Mit einer Epidemie hat das jedenfalls nichts zu tun.»

«Ist ja auch mein Reden, verehrter Senator. Dr. Rumpf war zwar sehr ungehalten, aber seine Theorien sind wirklich zu phantastisch. Er ist der Meinung, der Erreger würde sich über die Trinkwasserleitungen verbreiten.»

«Über das Trinkwasser? Das ist ja lachhaft. So etwas habe ich noch nie gehört. Meine Güte, Kraus. Der Mann ist nicht nur unglaubwürdig. Nein, er würde sich und das gesamte Gesundheitswesen schlichtweg lächerlich machen, wenn er das in der Öffentlichkeit behauptet.»

«Ich habe mir erlaubt, eine kleine Statistik zusammenzustellen: Die Personen, die in die Krankenhäuser eingeliefert wurden,

kommen zum überwiegenden Teil aus den Gängevierteln der Alt- und Neustadt. Vereinzelt gibt es auch Fälle in St. Georg, rund um die Baumeisterstraße und Rostockerstraße, einige Verdachtsfälle aus Hamm und Billwärder Ausschlag sowie wenige Fälle aus Barmbeck und Winterhude. Sie kennen die Zustände in allen diesen Gegenden ...»

«Allerdings, die kenne ich. Es wird Zeit, dass man in Hamburg flächendeckend saniert, mein lieber Kraus. Das sind nicht nur die Brutstätten solcher Krankheiten, sondern auch die Kerngebiete sozialer Unruhen. Großer Bäckergang, Springeltwiete und die Viertel jenseits der Steinstraße sowie um den Schaarmarkt. Es ist immer dasselbe: Von dort breitet sich alles aus. Wenn die Stadt nicht ihr ganzes Geld in die Zollanschlussbauten hätte stecken müssen, hätten wir diese Viertel bereits alle niedergelegt. Nun, alles zu seiner Zeit. Wir müssen jetzt einen klaren Kopf behalten. Rumpf hat schon mit Senator Lappenberg gesprochen, dem die Gesamtleitung der Krankenhäuser obliegt. Ich habe das noch gerade rechtzeitig erfahren und konnte Lappenberg beruhigen.»

«Wie schön.»

«Ja. Sorge bereitet mir allerdings die Aufrechterhaltung des Handels. Seit vorgestern sitzt mir die HAPAG im Nacken. Es geht um die Auswandererschiffe. Man hat Angst, dass sie zurückgeschickt werden. Es hat schon einige Zwischenfälle auf den Schiffen gegeben.»

«Cholera?»

«Ach was! Brechdurchfall, Eingeweidekatarrh und die üblichen Seekrankheiten. Ich habe Vizekonsul Burke schon versichert, dass es bestimmt keine asiatische Cholera ist. Die entsprechenden Begleitpapiere wurden ausgestellt.»

«Und wenn der Erreger doch nachgewiesen wird?»

«Mensch, Kraus, nun machen Sie sich doch nicht in die Hose! Ich habe mich mit den Senatoren Schemmann und Wesselhöft

abgesprochen. Auch sie sind der Meinung, man darf auf keinen Fall voreilig handeln. Der Rest des Senats wird das ähnlich sehen.»

«Von Wesselhöft hat mich gestern aufgesucht. Er sagte mir, selbst wenn es tatsächlich die asiatische Cholera wäre, bräuchte man nur etwa drei Tage, um die Sache in den Griff zu bekommen. Eine verhängte Quarantäne würde hingegen immer viel länger dauern als notwendig. Von daher sollte das Interesse der Stadt bei allen Entscheidungen im Vordergrund stehen; eine Meldung nach Berlin dagegen sei ein Garant dafür, dass der städtische Handel über längere Zeit zum Erliegen kommen würde.»

«Sehen Sie, Kraus, wir leben ja nicht mehr im Mittelalter. Ich werde jedenfalls keine Meldung nach Berlin machen, bis wir uns absolut sicher sind. Und Sie unterrichten mich täglich über die weitere Entwicklung, ja?»

Sören zuckte erschrocken zusammen, als sich die Tür plötzlich öffnete und die beiden heraustraten. Aber er hatte ja nicht an der Tür gelauscht und brauchte kein schlechtes Gewissen zu haben. Dennoch war das, was er gerade gehört hatte, nicht für seine Ohren bestimmt gewesen. Man wollte es also aussitzen. Der Senat wollte die Vorkommnisse totschweigen, weil man der Aufrechterhaltung des Handels einen höheren Stellenwert für das Wohl der Stadt beimaß als der Gesundheit der Bevölkerung. Aber war das nicht immer schon so gewesen?

Sören erhob sich und stieß dabei ungeschickt die Teetasse auf dem Tisch um.

Hachmann kam auf ihn zu, nachdem er den Medicinalrat verabschiedet hatte. «Mein lieber Dr. Bischop. Es tut mir ausgesprochen Leid, dass Sie warten mussten ...»

Sören reichte ihm die Hand und deutete auf das Missgeschick auf dem Tisch.

Der Senator winkte ab. «Lassen Sie, darum kümmert sich mein Sekretär. Kommen Sie.» Er zeigte auf die offene Tür zu seinem Arbeitszimmer und legte Sören für einen kurzen Moment die Hand auf den Rücken, um ihn zu führen. Sören hatte diese Geste, mit der hoch gestellte Persönlichkeiten ihren Gästen den Vortritt ließen, schon immer unangenehm und herablassend gefunden, aber er hatte gelernt, damit umzugehen. Momentan schossen ihm andere Dinge durch den Kopf, die ihn viel mehr aufregten.

«Nehmen Sie doch Platz», sagte Hachmann, nachdem er die Tür geschlossen hatte.

Sören wartete einen Augenblick, bis sich Hachmann auf seinem Sessel niedergelassen hatte. «Verehrter Herr Senator», begann er. «Ich hatte um diese Unterredung gebeten, um Ihnen meine Entscheidung bezüglich des Angebots der Leitung der Hamburger Criminalpolizei mitzuteilen. Ich will mich kurz fassen, und ich hoffe, Sie billigen meine Entscheidung. – Obwohl mir der Posten an sich sehr reizvoll erscheint, bin ich nach reiflicher Überlegung zu der Überzeugung gelangt, dass ich nicht der richtige Mann für diese Aufgabe bin.»

Hachmann lehnte sich bequem zurück und schlug die Beine übereinander. «Respekt, Dr. Bischop. Respekt. Ich kenne nicht viele Menschen, die ein solches Angebot ausschlagen würden. Ihre Entscheidung verdient meine Hochachtung.» Er strich sich mit den Fingern durch seinen Bart, dann faltete er seine Hände wie zum Gebet und rieb die Daumen aneinander. «Aber ich will ganz ehrlich zu Ihnen sprechen: Es war nicht mein Vorschlag, sondern der von Senator Versmann.» Für einen Moment fixierte er Sören, dann fuhr er fort: «Ich persönlich favorisiere mehr die Staatsanwälte Romen oder Roscher für den Posten. Beide sind geradezu prädestiniert für die Leitung der Criminalpolizei, insbesondere Romen, der sich mit der Problematik der Sozialisten sehr gut auskennt. Wir müssen ja davon ausgehen, dass sich die Schwierigkeiten mit den Sozialdemokraten in Zukunft verstärken werden. Da müssen wir gerüstet sein.» Hachmann ballte die rechte Hand zur Faust und schlug mehrmals in seine linke Handfläche. «In diesem Sinne ist auch die gleichzeitige Leitung der Politischen Polizei von Vorteil. Kein großes Kompetenzgerangel, sondern Zackzack. Sie verstehen?»

Ja, Sören verstand sehr gut. Genau darin lag der Grund, warum er abgelehnt hatte. Hachmanns Worte hatten es ihm bestätigt. Sören konnte nur hoffen, dass die endgültige Wahl auf Gustav Roscher fiel. Mit Romen war er schon bei mehreren Prozessen aneinander geraten. Das war ein ganz ausgekochtes Schlitzohr. Als Staatsanwalt griff er schon mal zu Methoden, die man durchaus als unsauber bezeichnen konnte. Außerdem war er als Sozialistenhasser bekannt. Allerdings hatte Sören ihre gerichtlichen Wortgefechte bislang immer zugunsten der Verteidigung entscheiden können.

Hachmann räusperte sich. «Wenn es das war?» Er erhob sich. «Ich will nicht unhöflich erscheinen, aber ich habe noch ein wichtiges Gespräch mit dem Vorstand der HAPAG. Sie verstehen?»

Ja, Sören verstand auch das. Er hatte vorhin ja schon vernommen, woran der HAPAG gelegen war. Man wollte Unbedenklichkeitsbescheinigungen, was eine mögliche Ansteckungsgefahr auf und von ihren Schiffen betraf. Er überlegte, ob die Angelegenheit womöglich ein juristisches Nachspiel haben könne. Aber solange keine eindeutigen Beweise vorlagen, dass es sich um die asiatische Cholera handelte, würden sich alle Beteiligten im Ernstfall hinter ihrem guten Glauben verstecken können. Eingeweidekatarrh und Seekrankheit: War der Senator wirklich so naiv, oder wollte er die Wahrheit nicht sehen? Aber das war in diesem Fall auch egal. Erst wenn wissentlich falsche Papiere ausgestellt wurden, lag eine Straftat vor. Und das musste man erst einmal beweisen. Sören verabschiedete sich.

«Wollers Stuben» wirkten zwischen den modernen Zinshäusern, die in St. Georg während der letzten drei Jahre errichtet worden waren, wie ein Überbleibsel aus einer vergangenen Epoche. Hier an der Großen Allee, wo sich der Stadtteil wie ein breiter Korridor bis zum gegenüberliegenden Besenbinderhof öffnete, lag die Hauptzugangsstraße für alle Reisenden, die aus Richtung Osten in die Stadt kamen. Alles wirkte ein wenig schmutzig und schäbig, was wohl auch daran lag, dass sich viele kleine Gewerke, deren Dienstleistungen vor allem im Zusammenhang mit dem Reiseverkehr standen, an der viel befahrenen Straße niedergelassen hatten. Handwerksbetriebe, Hufschmiede und Wagenschlosser waren hier ansässig, und auch wenn ein immer größerer Teil der Reisenden heutzutage lieber mit der Eisenbahn fuhr, verkehrten noch genug Reisekutschen, denn viele Orte waren mit Pferd und Wagen einfacher und vor allem billiger zu erreichen.

Sören kannte das Haus vom Vorbeifahren, aber er hatte nie auf den Namen des Wirtshauses geachtet, dessen verblichene Lettern auf der Fassade kaum zu erkennen waren. Es war ein zweigeschossiger, traufständiger Bau mit einer rotbraun verputzten Fassade. So sah es zumindest aus der Entfernung aus. Wenn man näher kam, konnte man erkennen, dass es sich um ein altes Fachwerkhaus handelte, dessen Ziegelflächen und Ständer einfach mit Farbe übertüncht worden waren. Auf der linken Seite gab es eine große Hofdurchfahrt, die mit einem hölzernen Tor verschlossen war. Hier musste es zu den Hinterhäusern gehen, von denen Hannes Zinken gesprochen hatte. Vor der Eingangstür prangte eine Holztafel mit einem Hinweis auf Gästezimmer.

Nachdem der Stalljunge das Pferd abgespannt und zusammen mit dem Wagen in einer kleinen Remise neben dem Gasthaus untergestellt hatte, drückte Sören ihm drei Groschen in die Hand und sagte, er wisse noch nicht genau, ob er nächtigen würde. Er wäre auf der Durchreise und würde eventuell noch heute spät am Abend weiterreisen. Er hatte für diesen Auftritt eigens seinen besten Gehrock von der Wäscherei abgeholt, trug dazu helle Kniehosen und einen Strohhut mit grünem Samtband. Es sah völlig unmöglich aus, und Tilda hatte einen Lachkrampf bekommen, als sie ihn in der Aufmachung vor dem Spiegel stehen gesehen hatte. Aber als er ihr erzählte, er sei ein Seifenhändler aus dem Märkischen und das erste Mal in Hamburg, hatte sie mit Tränen in den Augen gemeint, auch wenn sie persönlich noch nie einem Seifenhändler begegnet wäre, könne man ihm das durchaus abnehmen.

Sören hatte inzwischen fast Spaß daran, in andere Rollen zu schlüpfen, und der Seifenhändler war ihm recht gut gelungen. Er sah aus wie jemand, der zufällig in die falsche Localität geraten war. Eine leichte Beute für jeden Nepper. Und genau das hatte er auch beabsichtigt.

Während er das Labskaus verspeiste, dachte er an Tilda, die bei ihm zu Hause auf ihn wartete. Und diese Vorstellung war mehr als eine Entschädigung für das schlechte Bier, das man zum Essen serviert hatte. Es schmeckte fade und bitter. Dennoch ließ er sich nichts anmerken und lobte die ausgezeichnete Küche des Hauses, als die Bedienung den Teller abräumte.

«Ich bin auf der Durchreise», erklärte er, als ihn das Mädchen mit keckem Blick fragte, ob er noch Wünsche hätte. «Kann ich hier auch ein Zimmer bekommen?»

Sie nickte. «Ich muss fragen, ob wir eins frei haben.»

«Wenn's geht, mit Service.» Er warf ihr einen Blick von der Seite zu und schlug dann mit gespielter Schüchternheit die Augen nieder.

Nach einigen Minuten kam das Mädchen zurück. «Ja, das geht wohl», erklärte sie. «Für die ganze Nacht kostet das Zimmer fünf Mark und fuffzig Pfennige – Frühstück inklusive.» Sie kicherte. «Den Service müssen Sie aber extra bezahlen. – Hier hinten durch den Gang an den Abtritten vorbei, über den Hof und dann auf der rechten Seite die Tür neben der großen Laterne. Sie werden erwartet.»

«Sie wollten das Zimmer mit Service?» Die Frau, die Sören die Tür geöffnet hatte, lächelte ihn viel sagend an. Nachdem er eingetreten war, schob sie einen schweren Eisenriegel vor die Tür. «Sie sehen, hier sind wir absolut sicher und ungestört.» Sie bat Sören in ein kleines Separee neben der Tür. «Wenn wir vielleicht erst das Geschäftliche hinter uns bringen könnten? Dann ist die Atmosphäre viel entspannter ...»

Sören nickte und zog seine Geldbörse aus der Tasche. Da er nicht beabsichtigte, einen Service, welcher Art auch immer, wirklich in Anspruch zu nehmen, ließ er sich gehen und versuchte, so gut es ging, die Rolle des finanzkräftigen Freiers zu mimen. Genug Phantasie besaß er wohl, nur an Erfahrung mangelte es. Sicher war jedoch, dass man hier mit dem Rock auch jegliche Moral ablegte. Wer ein solches Freudenhaus betrat, behandelte Menschen für gewöhnlich, als wären sie eine Ware – man zahlte schließlich dafür. Wahrscheinlich würde die Frau ihn gleich in eine Art plüschig eingerichteten Salon führen, wo leicht bekleidete Damen mit ungezwungenen Gesten auf ihre Reize und Vorzüge aufmerksam machten. Auch sie spielten nur eine Rolle; manche besser, anderen würde es weniger gut gelingen zu verbergen, dass man dem Gewerbe nur deswegen nachging, weil einem nichts anderes übrig blieb oder weil man es nicht anders gelernt hatte. Jeder Mann, der glaubte, dass die Damen bei ihrer Arbeit so etwas wie Lust empfanden, musste ein vollständiger Narr sein. Wohl auch aus diesem Grund hatte Sören bislang noch nie mit dem Gedanken gespielt, ein solches Etablissement aufzusuchen.

«Das macht dann fünf fünfzig für das Zimmer. Alles Weitere wird oben bezahlt.»

Sören reichte ihr einen Zehner. «Stimmt so.»

«Danke. Sehr großzügig, der Herr.» Nachdem sie den Geldschein in eine Schublade gesteckt hatte, war ihre geschäftsmäßige Miene plötzlich wie weggeblasen. «Was schwebt Ihnen denn so vor?», fragte sie mit nonchalantem Lächeln. «Irgendwelche Wünsche, was Haarfarbe, Körpermaße, Alter oder spezielle Vorlieben betrifft?»

Sören fiel nur Ilse Maders Spitzname ein. Er wusste ja sonst nichts über sie. «Stiefel», meinte er. «Es wäre schön, wenn sie hohe, lederne Stiefel tragen würde.»

«Stiefel», wiederholte die Frau und nickte verständnisvoll. «Aber ja doch. Da haben Sie großes Glück. Elli ist zwar nicht mehr die Jüngste, aber sie ist auf solche Dinge spezialisiert.»

«Das Alter spielt eher eine untergeordnete Rolle», erklärte Sören erleichtert. Ilse Mader arbeitete also immer noch unter diesem Namen.

«Sie werden zufrieden sein. Haben Sie Gepäck?»

Sören deutete auf seine kleine Leinentasche. «Nur die Reisetasche hier.»

Die Frau zeigte auf eine schmale Treppe neben dem Separee. «Zimmer neun, erster Stock. Dann werde ich der Elli mal Bescheid sagen.»

Etwa zehn Minuten nachdem Sören das Zimmer betreten hatte, klopfte es an der Tür. «Na, wen haben wir denn da?», fragte die Frau gekünstelt, nachdem sie eingetreten war.

«Bischop», antwortete Sören knapp.

Sie setzte sich unaufgefordert auf die Bettkante, klappte ein kleines Döschen auf und begann, sich zu pudern. Sören schätzte Ilse Mader auf etwa fünfzig. Sie war von kräftiger Statur, und unter dem spitzenumsäumten Gewand, das sie trug, schimmerten zwei große, schlaffe Brüste hindurch. Ihre Haare waren schwarz gefärbt, und auf ihren Armen zeichneten sich bereits einige Altersflecken ab. Tatsächlich trug sie hochhackige Stiefel, die bis über die Knie geschnürt waren.

«Einer vonner Kirche, na sieh mal einer tau.»

«Sören. Sören Bischop», ergänzte er.

«Der Sören, na gut.» Sie klopfte mit der Hand auffordernd neben sich. «Und? Wollen wir uns das ein wenig gemütlich machen?»

Sören verschränkte die Arme vor der Brust. «An was Gemütliches habe ich eigentlich nicht gedacht.»

«Dann bist du bei mir ganz an der richtigen Adresse.» Sie klopfte erneut auf die Matratze. «Ich mag ausgefallene Wünsche. – Aber das kostet dann auch eine Kleinigkeit!»

«Wie viel?»

«Zwanzig», antwortete sie etwas zu schnell. «Für zwanzig kannste dir aussuchen, was de willst.»

«Alles?», vergewisserte sich Sören und gab sich Mühe, dabei einen ungläubigen Gesichtsausdruck zu machen. Er machte ein paar Schritte auf sie zu.

«Na klar», erklärte sie. «Bislang hat mich noch keiner zum Erröten gebracht.»

«Ohne Rückzieher?», hakte Sören nach.

«Mach es nicht so spannend.» Sie nestelte gelangweilt an ihrem freizügigen Dekolleté.

Sören reichte ihr zwanzig Mark, die sie blitzschnell wegsteckte.

«Na, dann lass mal sehen, was du zu bieten hast.» Sie wollte sich schon an Sörens Beinkleidern zu schaffen machen, aber er konnte sich, bevor sie die Knopfleiste zu fassen bekam, gerade noch rechtzeitig wegdrehen.

«Ich bin nicht dafür gekommen, sondern zum Reden», erklärte Sören.

«Und dabei holst du dir dann einen runter? Wie's beliebt. Was soll ich dir erzählen?»

Ilse Mader war anscheinend etwas begriffsstutzig. Sören stellte sich zwischen sie und die Tür. «Wer deinen Mann umgebracht hat.»

«Ach du Scheiße. Du bist 'n Udl!» Sie sprang auf und wollte sich an ihm vorbeidrängen.

Sören packte sie auf halbem Wege an der Schulter und warf sie mit aller Kraft zurück aufs Bett. «Bezahlt ist bezahlt», meinte er. «Kein Rückzieher. Ich bin kein Polizist, ich bin Rechtsanwalt. Aber ich weiß, dass die Polizei hinter dir her ist. Wenn ich dich erpressen wollte, hätte ich dir kein Geld gegeben. Von mir erfährt niemand was. Also, was ist vorgefallen? Wer hat ihn erstochen?»

Sie kauerte sich ans Kopfende des Bettes. «Ich mach das hier nicht, weil's mir Spaß macht.»

«Das dachte ich mir schon», erwiderte Sören. Er zog den einzigen Stuhl im Zimmer an die Bettseite und setzte sich. «Ich höre.»

«Willy konnt nich mehr bezahlen. Er hatte doch alles verspielt, der Idiot.»

«Was konnte er nicht bezahlen? Die Pacht für die ‹Möwe›?»

Sie nickte.

«Aber deswegen wird man doch nicht gleich umgebracht.»

«Wir waren doch schon über ein Jahr in der Kreide, haben immer nur auf Pump gelebt. Willy konnte machen, was er wollte. Die Schulden wurden immer höher. Zum Schluss waren es mehr als zweitausend Mark, die wir Smitten schuldeten.»

«Gunnar Smitten? Dem Reeder?», fragte Sören nach. Er konnte sich kaum vorstellen, dass Gunnar Smitten es nötig hatte, sein Kapital mit Wucherei aufzustocken. Smitten war ein angesehener Bürger der Stadt und erfolgreicher Kaufmann. Unter seiner Flagge fuhren mehr als zehn Schiffe auf den Weltmeeren.

«Ja, Gunnar Smitten», bestätigte Ilse Mader. «Aber solche Sachen macht er nur noch nebenbei. Das sind noch die Reste vom alten Smitten. Bevor der die Reederei gegründet hat, hatte er viele Locale und Etablissements. Überall in der Stadt.»

«Und Gunnar Smitten hat die Pacht von der ‹Möwe› kassiert?» Sören fragte sich, ob die Polizei diese Hintergründe kannte. Ihm gegenüber hatte Hartmann nichts davon erwähnt. Aber zu dem Zeitpunkt hatte Sören auch noch nicht in diese Richtung recherchiert.

«Natürlich nicht persönlich», erklärte sie. «Da kam immer einer, ich weiß nicht, wie der hieß. Hat sich immer der Willy drum gekümmert. – Aber der Smitten ist schon in Ordnung, schließlich hat er mir doch angeboten, bis die Polizei den Täter gefasst hat, hier unterzukommen. Klar, dass ich die Schulden abarbeite. Aber ich hab ja schon früher hier angeschafft. So hab ich ja auch den Willy …»

«Also Moment mal», unterbrach Sören. «‹Wollers Stuben› hier gehören auch Smitten?»

«Ja, hat der alte Smitten gekauft. Der hatte hier jede Menge Etablissements, wie ich schon gesagt habe. Aber das war zu einer Zeit, als die Bartels hier noch den Laden geschmissen hat.»

«Wie hieß die Bartels mit Vornamen?», fragte Sören erschrocken. «Etwa Inge?»

«Ja, Inge Bartels. Du heiliger Strohsack.» Sie wedelte mit der Hand. «Das war vielleicht eine.»

«Augenblick mal … alles der Reihe nach.» Sören versuchte, seine Gedanken zu ordnen. Gab es etwa eine Verbindung zwischen dem Mord an Wilhelm Mader und seiner Suche nach dem Kostkind, oder war das nur ein Zufall? Er wusste ja bereits, dass die Bartels nicht nur als Landamme ihr Geld verdient, sondern nebenbei auch angeschafft und in mehreren zwielichtigen Localitäten gearbeitet hatte. Kannten sich die Bartels und Ilse Mader also nur, weil sie im gleichen Gewerbe tätig waren, oder verband sie sonst noch etwas? Fragen über Fragen schossen Sören durch den Kopf. «Kennst du einen Marten Steen?»

«Nie gehört, den Namen. Wer soll denn das sein?»

«Egal», antwortete Sören. «Wie ist es mit Ratte? So ein kleiner Typ mit hässlichen Narben im Gesicht und Fistelstimme?»

Ilse Mader schüttelte den Kopf. «Sagt mir nichts.»

«Und ein Gustav? Ziemlicher Bulle von Kerl. Redet nicht viel.»

Sie überlegte einen Augenblick. «Nein, nicht dass ich wüsste.»

«In Ordnung», meinte Sören. «Kommen wir zu besagtem Abend, an dem man deinen Mann erstochen hat. Was hast du gesehen?»

«Nichts», erklärte sie. «Ich war ja gar nicht da. Willy war am Abend allein hinterm Tresen.»

«Wie lange habt ihr denn immer aufgehabt?»

«Na, bis zur Sperrstunde natürlich. – Manchmal etwas drüber», fügte sie hinzu. «Macht doch jeder so.» Sie schlug die Hände vors Gesicht. «Da war die Elsa natürlich nicht mehr da. Es muss einer gewesen sein, dem Willy die Lohnauszahlung unterschlagen hat. Das hat er immer öfter getan, um selbst zahlen zu können. Was anderes kann ich mir nicht vorstellen.»

«Hat er darüber Buch geführt?»

«Ja», sie nickte, dann schüttelte sie den Kopf. «Aber die Liste ist weg. Genau wie alle anderen Unterlagen. Ich hab ihn ja gefunden. Als er um vier noch nicht zu Hause war, bin ich runter in die ‹Möwe›. Da lag er; das Messer in der Brust. Mausetot. Das Zimmer hinter dem Schankraum war völlig durchwühlt. Hat wohl einer nach Geld gesucht …»

«Oder nach der Liste», meinte Sören gedankenversunken. Damit konnte er zumindest ausschließen, dass Marten Steen den Wirt umgebracht hatte. Wenn Steen sich nach der Tat nicht mal mehr alleine auf den Beinen gehalten hatte, konnte man getrost ausschließen, dass er in dem Zustand irgendwelche Geschäftspapiere an sich genommen hatte. Das musste jemand anders getan haben. Wahrscheinlich der wahre Täter. Lag das Tatmotiv nun irgendwo in den Geschäftspapieren verborgen, die verschwunden waren, oder hatte der Täter nur jeden Hinweis auf seine Person beseitigen wollen, weil sein Name auf einer der Lohnlisten stand?

«So weit, so gut. Kommen wir zu Inge Bartels. Du kennst sie also von früher, weil du hier gearbeitet hast. Was hat sie hier gemacht?»

«Die hat den Laden hier geschmissen.»

«Als Beherbergerin für den Vater von Gunnar Smitten?»

«So in etwa.» Ilse Mader zog eine verächtliche Miene. «Die hatte doch schon damals die Bastarde vom alten Smitten unter ihre Fittiche genommen.»

«Uneheliche Kinder von Smitten?»

«Ja. Ist ein ganz schöner Stecher gewesen, der alte Smitten.» Sie lachte dreckig.

«Und die Kinder hat er dann als Kostkinder der Bartels anvertraut.»

«Die hat nur die Mädels bekommen. Rate mal, warum? Anschaffen mussten die, wenn sie alt genug waren. Das war doch eine ganz Abgebrühte.»

«Und wo ist die Bartels jetzt?»

«Keine Ahnung. Man munkelt, sie sei bei den Smittens in Ungnade gefallen, weil sie wohl versucht hat, Gelder zu erpressen. Die kann sich hier nicht mehr sehen lassen.»

«Und die Mädchen von der Bartels? Was ist aus denen geworden?»

«’ne Zeit lang haben die ja auch hier angeschafft. Ist aber keine mehr von da.»

«Sag mal, erinnerst du dich an die Namen der Mädchen? Ich suche nämlich ein Kostkind von Inge Bartels. Sie muss heute etwa einundzwanzig Jahre alt sein.»

Ilse Mader hatte noch alle Namen parat, schließlich hatte man gemeinsam unter einem Dach gearbeitet. Es waren eine ganze Menge. Bei einem Namen fiel Sören jedoch die Kinnlade herunter. Es war unglaublich. Er musste dringend mit Johanna von Wesselhöft sprechen.

— Krankenbesuch —

20. August

Der Junge, der auf der Treppe vor der Kanzlei saß, war Sören schon aufgefallen, als er das erste Mal mit dem Wagen durch die Schauenburger Straße gerollt war. Jetzt machte er schon die dritte Runde, um einen Stellplatz zu finden, und der Bursche hockte noch immer auf den Stufen. Sören wollte nur kurz nach der Post sehen und sich dann direkt auf den Weg zum Stadthaus der Familie von Wesselhöft begeben, sonst wäre er nie auf die Idee gekommen, an einem Sonnabendvormittag mit dem Wagen hierher zu kommen. Es war immer dasselbe Bild. Jeder, der vor dem Wochenende noch etwas zu besorgen hatte, schien unterwegs zu sein. Es war zum Verzweifeln, aber eine vierte Runde würde er nicht drehen.

Nachdem sich Sören davon überzeugt hatte, dass die Durchfahrt für andere Wagen noch möglich war, stellte er die Droschke schließlich an der Ecke zur Kleinen Johannisstraße in zweiter Reihe ab. Auf dem Weg zur Kanzlei dachte er darüber nach, wie Johanna von Wesselhöft wohl reagieren würde, wenn er ihr mitteilte, dass er das Kind ihrer Schwester gefunden hatte; und vor allem, wenn sie erfuhr, *wer* es war. Es gab eine Menge zu besprechen.

Der Junge kauerte noch immer auf den Stufen. Sören wollte ihn schon wegscheuchen, da sah er, dass es Ludwig war, einer der zwei Jungen, die für ihn die Wohnung von Steen beobachten sollten. Der Junge erkannte Sören sofort und sprang auf.

«Gibt es Neuigkeiten?», fragte Sören interessiert. Er

war mit seinen Gedanken noch ganz woanders, aber irgendetwas musste vorgefallen sein, denn Ludwig blickte ihn mit sichtlicher Verstörung an. «Was ist los?», fragte er erneut.

Ludwig blickte beschämt zu Boden. «Sie haben David erwischt», stammelte er.

«Wer, *sie*? War jemand in der Wohnung?»

Ludwig nickte. «Muss wohl.» Er zitterte nun am ganzen Körper. «Was genau passiert ist, weiß ich nicht, aber übel zugerichtet haben sie ihn. Eine Hafenbarkasse hat ihn heute früh aus dem Wasser gefischt. Er liegt im Krankenhaus in der Vorstadt.»

Sören zuckte zusammen. «Verdammt!» Er ärgerte sich maßlos über seine Naivität. Da hatte er zwei Vierzehnjährige damit beauftragt, Kriminelle zu beschatten. Wie war er nur auf eine so verantwortungslose Idee gekommen? Nein, so etwas war eigentlich gar nicht zu verzeihen. «Ich mache mich sofort auf den Weg. Wissen seine Eltern schon Bescheid?»

«Wir haben keine Eltern.»

«Was heißt ...» Er sprach den Satz nicht zu Ende. Wo war er nur mit seinen Gedanken. Es lag auf der Hand, dass sie Waisen waren, die bei Hannes Zinken so etwas wie ein Zuhause gefunden hatten. «Egal. Dann geh zu Hannes und sag ihm, ich würde mich um alles kümmern.»

«Kann ich nicht mitkommen?»

Er schüttelte energisch den Kopf. «Kommt überhaupt nicht infrage. Es reicht schon, was mit David passiert ist.» Dann machte er auf der Hacke kehrt und ging zügigen Schrittes zu seinem Wagen. So wichtige Post erwartete er nicht, und die Angelegenheit mit Johanna von Wesselhöft konnte warten. Unschöne Gedanken schwirrten die ganze Fahrt über durch seinen Kopf. Hoffentlich war der Junge nicht ernsthaft verletzt. Wie konnte er das nur wieder gutmachen?

Sah man ihm sein schlechtes Gewissen an? Die Menschen, die ihm im städtischen Krankenhaus begegneten, blickten Sören jedenfalls alle merkwürdig an. Oder bildete er sich das nur ein?

Dr. Rieder kam ihm auf dem Flur des Hauptgebäudes entgegen. «Herr Dr. Bischop, nicht wahr? Wollen Sie zu mir?» Bevor Sören etwas entgegnen konnte, redete Rieder schon weiter. «Wir hatten anscheinend Recht mit der Vermutung, die Erkrankten könnten mit der asiatischen Cholera infiziert sein. Ich habe mich mit dem Kollegen Rumpel …»

«Deswegen komme ich nicht», fiel Sören ihm ins Wort und fragte sich gleichzeitig, ob es nicht unhöflich war, den Mann einfach so zu unterbrechen. Normalerweise hätte es ihn schon interessiert, ob man den Erreger inzwischen nachgewiesen hatte; vor allem nach dem gestrigen Gespräch zwischen Hachmann und dem Medicinalrat. Aber momentan kreisten seine Gedanken nur um den Zustand des Jungen. «Am frühen Vormittag wurde ein vierzehnjähriges Kind eingeliefert. Man hat den Jungen – David ist sein Name – irgendwo aus dem Wasser gefischt.»

Dr. Rieder lächelte Sören an. «David heißt er also. Er wollte uns seinen Namen nämlich partout nicht verraten.»

Sören fiel ein Stein vom Herzen. So, wie Rieder von seinem Patienten sprach, konnte es ihm nicht wirklich schlecht gehen.

«Ihr Sohn?», fragte der Arzt.

Sören schüttelte den Kopf. «Nein. Wie geht es ihm?»

Die Erleichterung war ihm offenbar anzusehen, denn Rieder legte ihm immer noch lächelnd die Hand auf die Schulter. «Hat ein paar ziemliche Blessuren davongetragen, der Junge. Mehrere Rippen und das Schlüsselbein sind gebrochen, Prellungen am ganzen Körper. Außerdem hat er Würgemale am Hals.» Der Arzt blickte Sören ernst an, als wüsste er, dass sein Gegenüber nicht ganz unschuldig am Zustand des Jungen war. «Den hat jemand ziemlich vermöbelt, wenn Sie mich fragen. – Aber er wird's überleben», fügte er mit einem herben Schmunzeln hinzu.

«Kann ich mit ihm sprechen?»

Der Arzt nickte. «Selbstverständlich. Es ist aber kaum ein Wort aus ihm rauszukriegen. Er wollte uns ja nicht mal seinen Namen verraten. Hat nur gesagt, wen wir verständigen sollen: einen gewissen Hannes Zinken vom Schaarmarkt. Wir haben gleich jemanden losgeschickt, aber bislang hat er sich hier nicht blicken lassen. Kennen Sie den Mann?»

Sören nickte. «Flüchtig.»

Dr. Rieder führte Sören zu einem kleinen Pavillon, der etwas abseits auf dem Gelände stand. «Es wäre mir recht», meinte er, während sie die Krankenstube betraten, «wenn Sie ihn in ein, zwei Tagen zu sich nehmen könnten. Er braucht nur ein Bett und viel Ruhe. Wir haben kaum noch Platz, und die Ansteckungsgefahr wächst hier von Tag zu Tag. Sie machen sich keine Vorstellungen.» Er schloss die Tür des Pavillons. «Selbst Hauptmann Weibezahn hat sich angesteckt.» Der Arzt nickte bedeutungsvoll. «Alle bekannten Symptome. Ich habe die kommissarische Leitung des Krankenhauses übernommen, dennoch weiß ich nicht, wie ich der Sache Herr werden soll. Allein gestern sind zwölf unserer Patienten verstorben.» Er verabschiedete sich, nachdem er Sören zum Bett des jungen Patienten gebracht hatte.

Sören setzte sich auf die Bettkante und fasste Davids Hand. Der Junge sah ziemlich mitgenommen aus. Auf der Stirn hatte er eine kleine Platzwunde, die mit einer Tinktur eingestrichen worden war. Seine Unterlippe war stark geschwollen, an einer Stelle hatte sich eine schorfige Kruste gebildet. Sören war stumm vor Scham. Er machte sich solche Vorwürfe.

«Ich hab nichts verraten, ehrlich», flüsterte David.

«Das ist doch völlig egal», sagte Sören und drückte beruhigend seine Hand. «Hast du Schmerzen?»

«Geht so», entgegnete David tapfer. «Sind alle sehr nett hier zu mir.»

«Willst du mir erzählen, was passiert ist?»

David schaute zur Seite, als wolle er kontrollieren, ob sie jemand hören konnte, aber die benachbarten Betten auf dieser Seite des Pavillons waren alle leer. Nur gegenüber lagen noch zwei Patienten, die allerdings schliefen. «Es hat schon gedämmert», begann David so leise, dass Sören sich vorbeugen musste, um ihn zu verstehen. «Ich lag auf der Lauer, und dann ist ein Typ gekommen, die Treppe rauf. Er hatte ein Bündel unter dem Arm. Ich vorsichtig hinterher, aber nur bis zum Podest. Aber da stand ich nur ganz kurz, denn er kam gleich wieder raus. Immer noch das Bündel unter dem Arm. Ich bin ihm gefolgt. Ganz vorsichtig. Es ging quer durch die halbe Stadt, dann runter zum Hafen.»

«Hast du den Mann erkennen können?», fragte Sören.

David schüttelte den Kopf. «Ich bin ja auf Abstand geblieben. Aber er war eher klein und bewegte sich sehr flink. Dann ist er in einem Schuppen am Baakenhafen verschwunden. Kurze Zeit später kam er wieder raus und ist Richtung Wandrahm zu den großen Speichern am Sandthorquai. Da ist er dann rein.»

«Weißt du den Block noch?»

David schloss die Augen, als überlege er angestrengt. «Nein», meinte er schließlich. «Ich erinnere mich nicht genau. Da war es ja auch schon dunkel. Aber ich würde es wiedererkennen. Ganz bestimmt.»

«Was ist dann passiert?»

«Er muss wohl irgendwie doch gemerkt haben, dass ihm jemand gefolgt ist, obwohl ich mich immer im Schatten gehalten habe», sagte David entschuldigend. «Ich hatte mich in einer Mauernische versteckt, und plötzlich taucht ein riesiger Kerl auf, der mich am Hals packt.»

«Gustav», murmelte Sören tonlos.

«Der hatte Hände wie ein Schraubstock. Er hat auch nicht lange gefackelt, sondern gleich losgeprügelt. Dann hat er mich mit voller Wucht gegen die Mauer gestoßen. Es hat so wehgetan, dass bei mir für einen Augenblick die Lichter ausgegangen sind. Aber er hat nicht aufgehört. Wenn ich nicht über die Quaimauer ins Wasser gesprungen wäre, hätte er mich sicher totgeschlagen.»

«Ich schwöre dir, der Kerl wird seine Strafe bekommen.» Sören holte tief Luft.

«Für einen Moment bin ich weggetaucht», erzählte der Junge weiter, «dann habe ich mich an einem Dalben festgehalten. Er ist aber nicht hinterher.» David grinste schwach. «Dachte wohl, ich bin ertrunken. Aber ich konnte mich kaum noch bewegen, weil meine Brust so wehtat. Bei Sonnenaufgang hat mich dann eine Barkasse aufgefischt.»

Sören strich ihm behutsam durchs Haar. «Du bist sehr tapfer, David.» Er blieb noch über eine Stunde bei dem Jungen sitzen und erzählte ihm, dass er mit dem Arzt abgesprochen hätte, ihn morgen oder übermorgen hier herauszuholen. David war das erst gar nicht recht; das Bett sei so schön bequem. Erst als Sören ihm versprochen hatte, er könne vorerst bei ihm im Haus bleiben und da gäbe es ebenfalls weiche Betten, war der Junge einverstanden.

Sören wanderte tief in Gedanken versunken über das Krankenhausgelände, als er jemanden seinen Namen rufen hörte. Die Stimme kam ihm bekannt vor, und es gab auch nicht allzu viele Menschen, die ihn beim Vornamen riefen, dennoch vermochte er sie im ersten Moment nicht einzuordnen. Erst als die junge Frau näher kam, erkannte er Frieda von Ohlendorff.

«Frieda. Was machst du denn hier? Alles in Ordnung?» Er zögerte kurz, welche Form der Begrüßung nach der langen Zeit, die sie sich nicht gesehen hatten, angemessen war. Schließlich hatten sie sich einmal recht nahe gestanden. Aber da ohnehin niemand in der Nähe war, der sie hätte beobachten können, gab er ihr einen freundschaftlichen Kuss auf die Wange, so wie er es schon früher immer gehalten hatte, wenn sie allein gewesen waren.

«Was ich hier mache? Das Gleiche wollte ich dich auch gerade fragen», entgegnete Frieda. «Kommst du von einem Krankenbesuch?»

Sören nickte und musterte Frieda von Kopf bis Fuß. Das Letzte, was er von ihr mitbekommen hatte, war die Geburtsanzeige ihrer Tochter Camilla gewesen, die sie ihm im November letzten Jahres geschickt hatte. Frieda war jetzt einundzwanzig, aber sie hatte sich kaum verändert. Auch ihre jugendliche, kecke Art hatte sie allem Anschein nach nicht abgelegt. Immer noch umspielte das spitzbübische Grinsen ihre Lippen, mit dem sie ihn früher schon betört hatte.

«Doch hoffentlich nichts Ernsthaftes?»

«Keine Cholera, wenn du das meinst.»

«Ja, das meinte ich. Ich mache mir solche Sorgen …» Frieda deutete auf den Haupteingang des Krankenhauses. «Eine Blumenfrau aus Hamm», erklärte sie. «Sie ist vor meinen Augen zusammengebrochen, als ich ein Arrangement bestellen wollte. Ich habe sie mit der Droschke hergefahren. Niemand wollte wahrhaben, dass sie schnell ins Krankenhaus muss. Gehen wir ein Stück gemeinsam?»

«Gerne. Ich begleite dich zu deinem Wagen.»

«Man hört es ja aus allen Ecken der Stadt. Der Arzt, der sie aufgenommen hat, wusste auch gleich Bescheid.»

«Bist du schon länger in der Stadt?», fragte Sören.

«Ich verbringe gerade ein paar Tage bei meinen Eltern. Zu Hause fällt mir langsam die Decke auf den Kopf. Ich langweile mich auf Klein Tromnau noch zu Tode.» Sie blickte Sören an und schnitt eine Grimasse. «Vielleicht kann ich mich jetzt ja hier etwas nützlich machen. Der Arzt meinte, es gäbe inzwischen so viele Fälle, dass man durchaus mit einer Epidemie rechnen müsse. In Krankenversorgung kenne ich mich ein wenig aus. Und so etwas liegt ja auch in der Tradition unserer Familie, schließlich hat mein Vater im Krieg für die Verwundetenfürsorge extra ein kleines Spital errichten lassen. Ich werde mit ihm sprechen, ob wir nicht …»

«Und was wird dein Gemahl dazu sagen?»

«Nichts», sagte Frieda barsch. «Der weilt doch ständig

in Kiew, sein Regiment ist im Gouvernement stationiert.» Sie zuckte mit den Schultern. «Wir sehen uns kaum», erklärte sie. «Und wenn er mal heimkommt, zieht er gleich mit seinen Kameraden los.»

Sören verkniff sich jeglichen Kommentar zu ihrem Ehemann. Er hatte Andreas von Schoenaich nur einmal gesehen, und das war auf ihrer Hochzeit vor gut zwei Jahren gewesen. Er entsprach genau dem Bild, das man von einem Oberst der Preußischen Armee haben konnte. Sören hatte nie verstanden, warum Frieda dieser Verbindung zugestimmt hatte. Die freche und unternehmungslustige Frieda – mit so einem uniformierten Lackaffen. Sonst hatte sie sich mit ihrem Trotzkopf doch auch immer über die Weisungen ihres Vaters hinweggesetzt. Ehrlich gesagt verstand er immer noch nicht, was in sie gefahren war. Als Frieda ihm damals ihre Zukunftspläne gebeichtet hatte, war das natürlich das Ende ihrer kleinen Liaison gewesen, aus der, wenn es nach ihm gegangen wäre, durchaus mehr hätte werden können. Es war natürlich eine heimliche Affäre gewesen, aber bis auf ein paar innige Küsse und zärtliche Umarmungen war auch nichts geschehen, was irgendwelche Folgen oder Verpflichtungen nach sich gezogen hätte.

Jetzt, als er neben ihr herschritt, kam Sören das alles vor, als läge es Jahrzehnte zurück. Irgendwie fühlte er sich immer noch zu ihr hingezogen, aber das war überhaupt nichts im Vergleich zu dem, was er für Mathilda empfand. Sie gingen noch ein Stück bis zu ihrer Droschke. Sören versprach, sich bei ihr zu melden, aber eigentlich wusste er bereits, dass es nicht dazu kommen würde. Wenn ihre Ehe sie wirklich so unbefriedigt ließ, war es besser, wenn er gar nicht erst in Verlegenheit kam, eventuelle Erwartungen ihrerseits zu enttäuschen. Er blickte ihrer Droschke noch einen Augenblick nach, dann ging er zu seinem Wagen und machte sich auf den Weg zu Johanna von Wesselhöft.

Während Sören den Schwanenwik entlangfuhr, fiel sein Blick auf die Uhlenhorster Badeanstalt, die dem Uferstreifen der Alster wie eine kleine Insel vorgelagert war. Es herrschte Hochbetrieb, wie an den vielen farbigen Punkten auf den Stegen und den weißen Badehauben im Wasser zu erkennen war. Jeder, der es sich erlauben konnte, nutzte den Weg zur Badeanstalt für eine kleine Abkühlung, obwohl die Wassertemperatur aufgrund der lang anhaltenden Hitze bestimmt nicht mehr erfrischend war. Sören überlegte, ob er jemals einen so heißen Sommer in der Stadt erlebt hatte. Der letzte Regen mochte mehr als zwei Monate zurückliegen, und es sah nicht danach aus, als wenn sich die Wetterlage in nächster Zeit ändern würde.

Auch die Uferpromenade an der Schönen Aussicht war belebt. Überall flanierten Fußgänger, die seidenen Sonnenschirme der Damen tanzten gemächlich auf und nieder. Ab und zu wirbelte ein schwacher Windstoß eine kleine Staubwolke über die Böschung. Dann blähten sich die Segel der kleinen Dinghis, die unweit des Ufers vor sich hin dümpelten, für einen kurzen Moment auf, und das Ensemble der Ausflugs- und Ruderboote auf dem Wasser geriet in Bewegung. Der Ausblick auf das Panorama der Stadt machte dem Namen der Straße wirklich alle Ehre. An kaum einer anderen Stelle zeigte sich der innerstädtische See so eindrucksvoll wie hier. Dass die Kirchtürme der Stadt von hier aus wie Miniaturen wirkten, führte einem die Größe der Außenalster wirkungsvoll vor Augen.

Sören drosselte das Tempo auf Schrittgeschwindigkeit, und sein Blick suchte die rechte Seite des Weges nach der gesuchten Hausnummer ab. Die großen Villen, die sich hier hinter halbhohen Bäumen versteckten, bildeten zwar das Pendant zu den Bauten auf der anderen Alsterseite, aber sie waren in der Regel nicht ganz so prunkvoll wie die Villen entlang des Harvestehuder Weges. Den dortigen Bauten konnte man die Selbstliebe ihrer Bewohner nur allzu deutlich ablesen. Es waren Renaissance-Palazzi, die mit ihren Ball- und Festsälen, Treibhäusern und unterirdischen Kegelbahnen wie kleine Herrschersitze das Ufer säumten. Abgesehen vom Uhlenhorster Fährhaus, dessen verspieltes Ensemble aus Türmchen und Arkaden schon fast mediterranes Flair versprühte, waren die großen Stadtvillen auf der Uhlenhorst deutlich schlichter gehalten, was den Gesamteindruck indes nicht schmälerte. Die Villa der Familie von Wesselhöft war eines dieser fast schmucklosen Häuser, die man vergleichsweise bescheiden hätte nennen können, wären sie nicht so groß gewesen. Türme und protzigen Bauschmuck suchte man jedenfalls vergeblich. Hinter den großen Fenstern im Erdgeschoss vermittelten geraffte Vorhänge aus dunkelblauem Samt den zurückhaltenden Eindruck gediegener Eleganz.

Nachdem Sören dem Hausmädchen seine Karte gereicht und sein Anliegen vorgetragen hatte, führte sie ihn in den Salon neben dem Entree und bat ihn, dort zu warten. Der Raum war mit ungewöhnlicher Akkuratesse eingerichtet, es wirkte auf Sören, als hätte man ihn allein für Ausstellungszwecke entworfen. Farblich war alles in Blauweiß aufeinander abgestimmt. Zudem schien die ganze Ausstattung völlig symmetrisch zu sein. An beiden Stirnseiten waren große Kamine in die Wand eingelassen. Bordüren, Kandelaber, Gesimse und halbrunde Nischen, in denen zierliche Gipsfiguren standen, wiederholten sich an jeder Wandseite. Unter der weiß gestrichenen Kassettendecke hing ein filigraner Kronleuchter. Selbst das Arrangement auf dem Tisch in der Mitte des Raumes war sorgfältig auf den Gesamteindruck abgestimmt worden. Blaue Kerzen in weißen Porzellanleuchtern. Daneben blaue Vasen mit weißen Orchideen. Selbst der chinesische Teppich auf dem Boden griff die Farbtöne auf. Einzig das weiße Cembalo, das vor einem der Kamine stand, unterlief das Gesetz der Symmetrie.

Nach einer Weile erschien das Mädchen aufs Neue, machte einen höflichen Knicks und forderte Sören mit einer schlichten Geste auf, ihr zu folgen.

Sie durchquerten die große Halle in der Mitte des Hauses und betraten einen Raum auf der gegenüberliegenden Seite, der, wie Sören überrascht feststellte, fast identisch eingerichtet war, nur dass hier alles in Grün-Weiß gehalten war und anstelle des Cembalos eine große Harfe im Zimmer stand. Offenbar hatte das Mädchen seinen Besuch nicht Johanna von Wesselhöft gemeldet, sondern ihrem Mann. Adolf von Wesselhöft erhob sich, als Sören das Zimmer betrat, aus seinem Stuhl. Sören nahm erstaunt zur Kenntnis, dass der Senator nur unwesentlich älter als er selbst sein mochte. Das letzte Mal hatte er ihn im Mai beim Richtfest des neuen Rathauses gesehen. Ohne Amtstracht wirkte er deutlich jünger.

«Guten Tag, Herr Dr. Bischop. Welches Anliegen führt Sie in mein Haus?» Adolf von Wesselhöft strich einige Falten aus seinem Hausrock. Er war aus grüner Seide, und Sören überlegte kurz, ob das Zufall war oder krankhafte Akribie.

«Herr Senator.» Sören deutete eine Verbeugung an.

«Der Weg führte mich eigentlich zu Ihrer Frau Gemahlin.»

Adolf von Wesselhöft zog die Augenbrauen zusammen und musterte Sören. «Ihrer Karte entnehme ich, dass Sie Advokat sind.»

Sören nickte. «Ihre Frau Gemahlin beauftragte mich wegen einer Erbschaftsangelegenheit», sagte er, da er nicht genau wusste, inwieweit Adolf von Wesselhöft im Bilde war.

«In rechtlichen Fragen konsultiert die Familie traditionell eine andere Kanzlei», entgegnete Adolf von Wesselhöft und zupfte sich einige für Sören unsichtbare Fussel vom Ärmel.

«Es handelt sich um die Schwester Ihrer Frau Gemahlin», antwortete Sören. Adolf von Wesselhöft wusste also von nichts. Wenn Johanna von Wesselhöft nicht im Hause war, musste sich Sören etwas einfallen lassen, wenn er in der heiklen Angelegenheit die nötige Diskretion wahren wollte.

«Viktoria starb vor vier Jahren», erklärte der Senator. «Schwindsucht», fügte er hinzu. «Ich wüsste nicht, was es da noch an offenen Fragen geben könnte. Und um das Erbe ihres Vaters kümmert sich, wie ich annehme, doch ihr Bruder?»

Es war also, wie er von Anfang an vermutet hatte, dachte Sören. Johanna von Wesselhöft hatte ihn angelogen. Ihr panisches Flehen um absolute Diskretion galt nicht dem Ruf ihrer Schwester. Es war ihr eigenes Kind, das Sören ausfindig machen sollte. «Ich komme wegen einiger Papiere Ihrer verstorbenen Frau Schwägerin, die erst jetzt aufgetaucht sind. Darunter befindet sich eine unbezahlte Rechnung», log er. «Es ist ein geringer Betrag, und Ihre Frau Gemahlin wollte Sie wohl nicht mit so einer Petitesse belästigen; also beauftragte sie mich, die Angelegenheit ohne großes Aufsehen ins Reine zu bringen.»

«Ich verstehe.» Adolf von Wesselhöft zwirbelte sich den Schnauzer. «Das sieht meiner Frau ähnlich. Sie weiß ja, dass ich derzeit eine Menge um die Ohren habe ...» Er wandte sich zum Fenster. «Sie ist leider nicht im Hause, sondern bei ihrem Bruder, Herrn Gunnar Smitten. Wenn Sie es also vielleicht morgen noch einmal versuchen könnten? Dann werden Sie meine Frau antreffen. Sie brauchen ja nicht zu erwähnen, dass ich nun von der Sache Kenntnis habe. Ich für mein Teil werde zumindest nichts verlauten lassen.» Er deutete ein Lächeln an und streckte Sören die Hand zur Verabschiedung entgegen. «Auf Wiedersehen, Herr Dr. Bischop.»

«Das klingt ungeheuerlich.» Mathilda schüttelte ungläubig den Kopf, nachdem Sören ihr erzählt hatte, dass Johanna von Wesselhöft nicht nur eine geborene Smitten war, sondern allem Anschein nach auch die Mutter des verschwundenen Kindes. Sie reichte Sören eins von den Broten, die sie geschmiert hatte, und goss Wein in die beiden Gläser. «Aber in welcher Form will sie sich um das Kind kümmern, wenn sie ihrem Mann nichts davon erzählt hat?»

«Ich weiß auch nicht, was ich von der Sache halten soll. Johanna von Wesselhöft dürfte vor gut zwanzig Jahren jedenfalls selbst noch ein halbes Kind gewesen sein. Ich kann mir nicht vorstellen, dass sie mich bezüglich des Alters auch angelogen hat, andernfalls hätte ich das Kind kaum ausfindig machen können. Aus demselben Grund nehme ich ihr auch ab, dass sie nicht weiß, ob es sich um einen Jungen oder ein Mädchen handelt.»

«Und wenn es doch das Kind ihrer Schwester wäre?»

«Auszuschließen ist das nicht», erwiderte Sören, «aber mein Gefühl sagt mir, dass es ihr Kind ist. Ich bin gespannt, was für eine Geschichte dahinter steckt.» Er nahm einen Schluck. «Damals gab es jedenfalls noch keine Reederei Smitten. Ihr Vater, Oscar Smitten, hatte zahlreiche Gastwirtschaften und Herbergen in der Stadt. Darunter wohl auch einige üble Spelunken und Bordelle. Natürlich wird in der Öffentlichkeit nicht erwähnt, womit die Familie zu Geld gekommen ist. Aus der gleichen Quelle habe ich auch erfahren, dass Smitten ziemlich viele Liebschaften gehabt hat.»

«Die Quelle ist diese Hure, bei der du gestern warst?»

«So wie du es aussprichst, könnte man denken …»

«Du weißt, was ich meine», fiel Mathilda ihm ins Wort.

«Ich will dich doch bloß ein bisschen aufziehen.» Sören prostete ihr zu. «Natürlich blieben einige seiner Eskapaden nicht ohne Folgen. Die Früchte seiner Liebschaften schob er als Kostkinder einer Landamme unter, die zeitweilig auch in seinen Häusern als Beherbergerin arbeitete.»

«Inge Bartels.»

«Genau», entgegnete Sören. «Und dasselbe tat er auch mit dem ungewollten Kind seiner eigenen Tochter. Dieser Mann scheint wirklich frei von jedem Skrupel gewesen zu sein; denn er muss gewusst haben, dass die Bartels die Mädchen regelrecht als Prostituierte ausgebildet hat.»

«Seine eigenen Töchter und Enkeltöchter?» Mathilda verzog angewidert ihr Gesicht.

«Aus den Augen – aus dem Sinn.» Sören legte sein

Brot zurück auf den Teller. «Irgendwie ist mir der Appetit vergangen», sagte er entschuldigend und leerte sein Weinglas in einem Zug.

Mathilda fasste nach seiner Hand. «Kein Wunder, bei der Geschichte.»

«Irgendwann hat Smitten dann die Reederei gegründet», fuhr Sören fort. «Wahrscheinlich hatten ihm seine unehrenhaften Geschäfte so viel eingebracht, dass er sich ein seriöses Umfeld schaffen musste, damit sich niemand fragte, wie er seinen opulenten Lebensstil finanziert. Und bei einem erfolgreichen Kaufmann gesellt sich zum Wohlstand ja fast automatisch das Ansehen. Zumindest in dieser Stadt. Tja, und dass er die Familie durch die Heirat seiner Tochter Johanna mit der alteingesessenen Senatorenfamilie von Wesselhöft verschwägerte, war dann das Sahnehäubchen. Nun hatte er alles erreicht, was in Hamburg zählt. Anfang des Jahres ist Oscar Smitten gestorben. Zumindest darin hat Johanna von Wesselhöft mich nicht belogen.»

«Wenn ich an eine Hölle glauben würde, wünschte ich ihm, darin zu schmoren.» Mathilda schenkte Wein nach und nahm sogleich einen kräftigen Schluck. «Er muss ein wahres Ungeheuer gewesen sein.»

«Und in seinem Sohn wird er einen würdigen Nachfolger gefunden haben», spekulierte Sören. «Gunnar Smitten hat nicht nur die Reederei seines Vaters übernommen, sondern anscheinend auch die anderen, immer noch lukrativen Einnahmequellen. ‹Wollers Stuben› gehören Smitten genauso wie weitere Localitäten, Kaffeeklappen und Hafenwirtschaften. Die Reeder und andere Arbeitgeber im Hafen scheinen sich wirklich zu einer Art Kartell zusammengeschlossen zu haben. Diese Vermutung wurde ja neulich Abend auf der Versammlung bei Auer & Co. schon angesprochen. Anscheinend hat man durch die Verpachtung der Hafenschänken, wo ja der Lohn ausgezahlt wird, eine Möglichkeit gefunden, Teile des Geldes in die eigenen Taschen zurückfließen zu lassen. Über Mittelsmänner, versteht sich.»

«Es ist ja allgemein bekannt», sagte Mathilda, «dass die Vermittlung in den Hafenwirtschaften abhängig vom Zechumsatz ist, aber einen solchen Hintergrund hätte ich nicht vermutet.»

«Es wird schwer nachzuweisen sein, aber du kannst sicher sein, dass ich mich der Sache annehmen werde», erwiderte Sören kämpferisch. «Vorerst konzentriert sich mein Interesse jedoch auf den Mord an Willy Mader, den Wirt und Pächter der ‹Möwe›. Dieses Local scheint auch zum Imperium der Smittens zu gehören. Ilse Mader erzählte mir, ihr Mann sei hoch verschuldet gewesen. Aber das allein rechtfertigt noch keinen Mord. Ich kann mir da noch keinen Reim drauf machen. Fest steht jedenfalls, dass man die Tat einem jungen Hafenarbeiter unterschieben will, der in besagter Nacht sturzbetrunken war und sich an nichts erinnert. Als Gegenleistung für das Schweigen zweier angeblicher Zeugen der Tat soll er übermorgen etwas für die beiden erledigen. Was, ist mir nicht bekannt. Der Mann ist untergetaucht. Bislang hatte ich noch keine Gelegenheit, mit ihm zu sprechen. Vielleicht halten ihn die beiden so genannten Zeugen auch versteckt. Ich habe jedenfalls seine Wohnung überwachen lassen ...» Sören warf Mathilda einen langen Blick zu. «Es ist ein Desaster», sagte er schließlich. «Ich habe einen vierzehnjährigen Jungen damit beauftragt ...»

«Und? Was ist ein Desaster?»

«Er liegt im Krankenhaus», sagte Sören leise und

blickte beschämt zu Boden. «Brutal zusammengeschlagen. Wahrscheinlich von einem der beiden Ganoven, die den Hafenarbeiter erpressen.»

«Das ist ja furchtbar.» Mathilda legte Sören teilnahmsvoll eine Hand auf den Arm.

«Ich hole ihn, sobald es möglich ist, hierher. Ich hoffe, du hast Verständnis dafür. Ich habe da etwas gutzumachen.»

«Das ist doch selbstverständlich. Wie geht es dem Jungen denn?»

«Den Umständen entsprechend.» Sören zuckte hilflos mit den Schultern. «Ein gebrochenes Schlüsselbein, Prellungen, Platzwunden. Er sieht erbärmlich aus. Der behandelnde Arzt meinte zu mir, er brauche in erster Linie Ruhe, und am besten wäre es, wenn ich ihn so bald wie möglich holen würde. Im Krankenhaus herrschen Zustände ... du machst dir keine Vorstellungen. Fälle von Cholera, wohin man auch blickt. Es werden täglich mehr.»

Mathilda war aufgestanden und hatte sich hinter Sören gestellt. Jetzt begann sie, zärtlich seine Schultern zu massieren.

«Ich bin vorhin noch runter zum Baakenhafen gefahren», sagte er. Mathildas Liebkosungen waren Balsam für seine Seele. Dennoch mochte er sich nicht so recht entspannen. «Das ist die Gegend, wohin der Junge seinem Peiniger, oder einem Komplizen von ihm, gefolgt ist. Du glaubst nicht, was ich dort entdeckt habe. An vier der Schuppen dort prangt der Name Smitten. Es scheint, als lösche die Reederei ihre Schiffe vornehmlich dort. Smitten! Was ich auch mache, überall stoße ich auf diesen Namen.»

«Vielleicht wartest du erst mal ab, was dein Gespräch

mit Johanna von Wesselhöft ergibt.» Mathilda hatte sich an ihn geschmiegt, und ihre Hände tasteten sich langsam zu seinen Hemdknöpfen vor. «Du fährst doch morgen zu ihr?»

Sören lehnte sich zurück. «Worauf du dich verlassen kannst.»

— Ehrensache —

21. August

Das Hausmädchen, das Sören bereits am Vortag die Tür geöffnet hatte, ließ sich nicht anmerken, dass ihr der Gast eigentlich bekannt sein musste. Wahrscheinlich hatte sie vom Hausherrn entsprechende Anweisungen erhalten, mutmaßte Sören, als sie ihn nach seinem Begehr fragte, ohne eine Miene zu verziehen. Mechanisch nahm sie Sörens Karte entgegen, legte sie auf ein silbernes Tablett und führte ihn in dasselbe Zimmer, in dem er schon gestern gewartet hatte.

Nach einigen Minuten kam sie zurück, deutete genau wie am Tag zuvor einen höflichen Knicks an und blickte inszeniert zu Boden, während sie Sören die Tür aufhielt. «Die gnä' Frau lassen bitten.»

Johanna von Wesselhöft machte eine flatternde Handbewegung, nachdem das Mädchen Sören in den Raum geführt hatte, in dem er gestern bereits von ihrem Mann empfangen worden war. «Lass uns allein, Lisbeth. Wir möchten nicht gestört werden.» Sie wartete einen Augenblick, bis das Mädchen die Tür geschlossen hatte, dann kam sie mit langsamen Schritten auf Sören zu. «Dr. Bischop.» Mit einer lasziven Geste streckte sie Sören ihre schmale Hand zur Begrüßung entgegen. «Haben Sie gefunden, wonach gesucht wird?»

So, wie sie sich ausdrückte, klang es, als hätte sie ihn mit der Suche nach einem verlorenen Ohrring beauftragt. Mit Erstaunen nahm Sören zur Kenntnis, dass Johanna von Wesselhöft völlig unbeteiligt wirkte. Ihre grauen Augen blickten ihn scheinbar desinteressiert an. Für einen Moment zweifelte Sören an seiner These, dass sie in Wirklichkeit die Mutter des gesuchten Kindes war.

«Ich habe einige Erkundigungen eingeholt», begann er behutsam. «Dabei bin ich über Dinge gestolpert, die ich mir nicht erklären kann.» Er deutete auf die Tür. «Können wir …»

Johanna von Wesselhöft nickte. «Mein Mann hat das Haus kurz nach Sonnenaufgang verlassen. Wir sind ungestört.»

«Gut.» Sören verschränkte die Arme hinter dem Rücken und ging einige Schritte im Raum umher. «Es gibt Grund zu der Annahme, dass das Kind Ihrer Schwester tatsächlich am Leben ist.» Er beobachtete sie genau: Ihr Gesicht blieb ohne jede Regung.

«Haben Sie diese Landamme ausfindig machen können?»

«Inge Bartels?», fragte Sören nach und wartete, bis Johanna von Wesselhöft genickt hatte. «Bislang noch nicht», erklärte er. «Aber das ist nur eine Frage der Zeit.» Dass ihre Augenlider bei Nennung des Namens kurz gezuckt hatten, war ihm nicht entgangen. «Nein, meine Fragen beziehen sich auf Ihre Schwester … Viktoria.»

Johanna von Wesselhöft blickte erst verlegen beiseite, dann wandte sie sich der Harfe zu und ließ ihre Hand spielerisch über die Saiten streichen. «Woher wissen Sie …?»

«Sie haben schließlich einen Anwalt konsultiert, und Sie sprachen von einer erbrechtlichen Berücksichtigung.»

«Ich hätte es mir denken können.» Johanna von Wesselhöft vermied es, in Sörens Richtung zu blicken.

«Ihre Schwester ist vor vier Jahren verstorben.» Sören

hatte noch nicht in Erfahrung bringen können, ob die Tote verheiratet gewesen war, von daher umging er den Familiennamen. «Und jetzt frage ich mich natürlich, aus welchem Grund Sie Viktorias Tochter suchen und vor allem, in welcher Form sie erbrechtlich berücksichtigt werden kann. Weiß Ihr Mann von Ihrem Vorhaben?»

«Nein.» Johanna von Wesselhöft erbleichte. «Er darf um Gottes willen nichts davon erfahren.»

Sören nahm zur Kenntnis, dass sich hinter den farblosen Augen mit dem kalten Blick anscheinend doch ein paar Gefühle verbargen. Aber so, wie ihn Johanna von Wesselhöft anschaute, empfand sie momentan eher Angst als Sorge. Und wenn es denn ihr eigenes Kind war, dann hatte dieser Blick nichts von mütterlichem Kummer oder Verzweiflung, sondern war allein von Furcht gezeichnet. Einer Furcht vor etwas, das Sören noch nicht ergründet hatte.

«Sagten Sie eben *Tochter*?», fragte Johanna von Wesselhöft.

«Ja.» Er hatte nicht aufgepasst; aber eigentlich war es längst an der Zeit, das Katz-und-Maus-Spiel zu beenden. Er war gespannt, wie Johanna von Wesselhöft reagieren würde, wenn er ihr erzählte, was ihr Vater den armen Kreaturen angetan hatte. Oder wusste sie gar davon? «So viel habe ich bereits herausfinden können: Das Mädchen hat in einem der Etablissements gearbeitet, die Ihrem Vater gehörten.»

«Meinem Vater? Er ist Anfang des Jahres gestorben.»

«Das erwähnten Sie bereits.»

«Die Reederei führt seither mein Bruder, Gunnar Smitten.»

«Auch das ist mir bekannt», antwortete Sören. «Aber darum geht es hier nicht.»

«Von Etablissements weiß ich nichts.» So, wie sie es aussprach, wusste Johanna von Wesselhöft sehr wohl von der Existenz dieser Immobilien und ihrer Nutzung. Sie schüttelte vehement den Kopf wie jemand, der sich selbst belog.

Aber Sören war das Versteckspiel endgültig leid. Er hatte der Frau jetzt genug Gelegenheit gegeben, den wirklichen Hintergrund ihres Auftrags zu offenbaren. «Inge Bartels war weniger Landamme als vielmehr Beherbergerin in einem der Bordelle, die Ihrem Vater gehörten.» Er registrierte, dass ihre schmalen Lippen nervös zu zucken begannen. «Muss ich, was das von Ihnen gesuchte Mädchen betrifft, noch deutlicher werden?»

«Was Sie insinuieren, ist unerhört», antwortete Johanna von Wesselhöft voller Entrüstung.

Sören nickte. «Ja, da gebe ich Ihnen Recht. Es ist wirklich unerhört.» Er beobachtete, wie ihr Blick hilflos durch den Raum kreiste. «Aber wenn unser Kontrakt bestehen bleiben soll», fuhr er unbeeindruckt fort, «dann wird es Zeit, dass Sie mir jetzt reinen Wein einschenken. Andernfalls …»

Johanna von Wesselhöft unterbrach ihn mit einer heftigen Handbewegung. Dann ging sie zur Tür und kontrollierte, ob jemand vom Personal in Hörweite war. «Wir werden erpresst», sagte sie mit gedämpfter Stimme, nachdem sie die Tür wieder geschlossen hatte.

«Erpresst?», fragte Sören. «Von wem? Womit?»

«Von dieser Bartels», erklärte Johanna von Wesselhöft. «Mein Bruder wird erpresst.»

Sören verstand nicht. «Ihr Bruder?»

Johanna von Wesselhöft hob hilflos die Arme in die Höhe, dann vergrub sie ihr Gesicht zwischen den Händen. «Mein Mann darf keinesfalls davon erfahren. Es ist eine Schande für die ganze Familie. Ich war doch noch ein Kind ...»

«Es ist Ihr Kind?»

Johanna von Wesselhöft nickte nur stumm, dann ging sie zu einem der Fenster, schob den schweren Vorhang ein Stück beiseite und blickte durch die Scheibe nach draußen. Ihre Brust hob und senkte sich schnell.

«Und Sie haben mich eingeschaltet, um an die Adresse der Bartels zu gelangen. Es geht Ihnen gar nicht um das Kind.» Die Schärfe seiner Worte tat Sören fast Leid. Es war nicht zu übersehen, dass Johanna von Wesselhöft mit den Tränen kämpfte.

«Doch. Auch. Aber verstehen Sie mich. Unsere Ehe ist kinderlos geblieben. Ich kann keine weiteren Kinder mehr bekommen. Es ist etwas passiert, damals bei der Niederkunft ...»

«Wer ist der Vater des Kindes?», fragte Sören.

Johanna von Wesselhöft drehte sich abrupt um und sah Sören erschrocken an. «Darauf kann ich Ihnen nicht antworten.»

«Wer ist der Vater?», wiederholte Sören.

Sie begann zu schluchzen. «Ich kann es Ihnen nicht sagen. Ich war doch noch ein Kind. Ich wusste doch nicht ...»

«Ich werde Ihnen den Namen Ihrer Tochter erst verraten, wenn Sie mir sagen, wer der Vater ist, und wenn Sie mir versprechen, mit Ihrem Mann darüber zu reden. Wie wollen Sie sich sonst um Ihre Tochter kümmern?»

«Sie kennen den Namen also?»

Sören nickte. Im gleichen Augenblick wurde die Tür aufgerissen, und ein Hausdiener stürzte in den Raum. «Gnädige Frau!», rief er atemlos und hastete an Sören vorbei. «Gnädige Frau. Es ist so furchtbar. Ein Unglück ist geschehen!»

Der Diener war so aufgewühlt, dass er kaum einen vollständigen Satz über die Lippen brachte. Anfangs hatte es noch so geklungen, als wenn Adolph von Wesselhöft einen Unfall gehabt hatte, dann fiel jedoch das fatale Wort *Duell*, und Sören schwante, was passiert sein musste. Auch wenn der Hausdiener immer noch zusammenhanglos stammelte, ging aus seinen Worten eines ziemlich deutlich hervor: Der Senator war nicht mehr am Leben.

Sören hatte Johanna von Wesselhöft geraten, nicht zu fahren, aber sie hatte darauf bestanden. Sie hatte sich nicht einmal davon abbringen lassen, die Zügel selbst in die Hand zu nehmen. Sören hatte Schwierigkeiten, ihrem Landauer zu folgen. Die Fahrt ging hinauf bis zum Langen Zug, dort folgten sie dem Straßenverlauf, querten die Adolphstraße und fuhren parallel zum Canal der Osterbek weiter, bis die gewaltige Silhouette der Barmbecker Gas-Anstalt vor ihnen auftauchte. Vor den riesigen Gasometern bogen sie rechts in den Weidendamm. Hinter der Gas-Anstalt hörte die Bebauung schlagartig auf. Jenseits der Straße erstreckten sich Wiesen und Weideflächen. In östlicher Richtung konnte man weit dahinter das Dorf Barmbeck erkennen. Sie bogen in einen schmalen Feldweg ein und folgten dem Verlauf der ab hier unbefestigten Osterbek.

Am Ende des Weges konnte Sören mehrere Pferde und zwei Wagen ausmachen. Einer davon, das wusste er, war ein städtischer Leichenwagen. Als sie näher kamen, sah er am anderen Wagen das Wappen der von Wesselhöfts. Die Szenerie war gespenstisch. Unter einer alten

Weide stand eine kleine Gruppe Männer, darunter drei Polizisten. Ein Polizeileutnant von der Berittenen sowie zwei Constabler, wie an ihren Uniformen unschwer zu erkennen war. Vor ihnen auf der Wiese lag ein Körper, den man mit einem hellen Leinentuch abgedeckt hatte. Auf Höhe der Körpermitte zeichnete sich ein roter Fleck auf dem Tuch ab.

Nachdem sie den Landauer aus voller Fahrt zum Stehen gebracht hatte, sprang Johanna von Wesselhöft vom Wagen und rannte auf einen Mann zu, der neben der Kutsche des Senators stand. «Johann! Johann! Warum haben Sie das nicht verhindert? Warum?», schrie sie hysterisch auf den Mann ein und trommelte mit den Fäusten im Takt ihrer Worte gegen seine Brust. Dann fiel sie vor ihm auf die Knie. Einen solchen Gefühlsausbruch hätte Sören Johanna von Wesselhöft, die er bisher für äußerst beherrscht und gefühlskalt gehalten hatte, nicht zugetraut.

Der Mann stand regungslos vor ihr. «Hätte ich mich weigern sollen, ihm zu sekundieren? Er war wie besessen.»

Sören stieg vom Wagen und ging zu den Polizisten. «Was ist hier vorgefallen?», fragte er den Leutnant, der militärisch die Hacken zusammengeschlagen hatte, nachdem Sören erklärt hatte, wer er war.

«Wie wir erfahren haben, hat es ein Duell gegeben. Heute am Morgen. Der Tote dort ist Senator von Wesselhöft.» Der junge Leutnant schluckte und deutete auf den Leichnam. «Ein Schuss ins Herz, wie es aussieht.»

«Mit wem hat er sich duelliert?»

«Das wissen wir nicht», antwortete der Polizist. «Der Fahrer des Senators dort, der wohl auch sein Sekundant gewesen ist, sagt aus, die Person wäre ihm nicht bekannt gewesen.» Er blickte beschämt auf den Boden und trat verlegen mit dem Stiefel auf einem vertrockneten Grasbüschel herum. «Nun ja, Duelle sind verboten.»

«Wie haben Sie von der Sache erfahren?»

«Ein Vorarbeiter von der Gas-Anstalt hat uns verständigt. Wir haben ihn schon vernommen, aber er konnte auch keine Angaben zur Person des Schützen machen.»

«Ist die Criminal-Polizei verständigt?», fragte Sören.

Der Leutnant nickte. «Telegraphisch. Als Dr. Hartmann hörte, dass es sich um Senator von Wesselhöft handelt, meinte er, er käme persönlich. Er muss auf dem Weg hierher sein.» Er blickte zu Johanna von Wesselhöft, die sich anscheinend gefangen hatte. Sie stand mit einem der Constabler beim Leichnam und starrte wie gebannt auf den leblosen Körper ihres Mannes. «Mein Gott. Was mag nur in ihn gefahren sein.» Der Leutnant schüttelte verständnislos den Kopf. «Ich habe noch nie davon gehört, dass sich ein Senator duelliert hat. Die arme Frau ...»

Sören ging zum Wagen des Senators, auf dessen Stufe der Fahrer saß und sich die Haare raufte. «Wie heißen Sie?»

Der Mann blickte auf. «Johann.»

Sören kniete sich neben ihn. «Mein Name ist Bischop. Ich arbeite als Advokat für Ihre Herrschaften.» Er drehte sich den Polizisten zu, um Johann gleichfalls zu signalisieren, dass sie ungestört reden konnten. «Wollen Sie mir erzählen, was vorgefallen ist?»

Johann schaute ihn ängstlich an.

«Keine Sorge», erklärte Sören in sanftem Ton. «Ich bin zur Verschwiegenheit verpflichtet. Mit wem hat sich der Senator duelliert?»

«Es ist so furchtbar», stammelte Johann und fuhr sich erneut mit den Fingern durch die Haare.

«Nun reden Sie schon. Danach wird es Ihnen besser gehen.»

Johann starrte zu Boden. «Wohl kaum», murmelte er. «Es war der Bruder der gnädigen Frau.»

Genau das hatte Sören erwartet. «Gunnar Smitten?», fragte er trotzdem, obwohl es völlig überflüssig war. «Hat er den Senator gefordert?»

«Nein, umgekehrt», sagte Johann leise. «Der Herr Senator war so aufgewühlt ... Die ganze Fahrt über. Er war außer sich vor Zorn ... Sagte immer wieder, dass er seinen Schwager eigentlich hinterrücks erschießen oder am nächstbesten Baum aufknüpfen sollte.»

«Hat er angedeutet, worum es ging?»

Johann reichte ihm wortlos einen Umschlag.

«Was ist damit?», fragte Sören.

«Den hat der Herr Senator gestern Abend von einem Boten erhalten. Er hat mich beauftragt, ihn seiner Frau zu geben, falls er ... falls er ... Nun, Sie wissen schon.»

«Haben Sie das gelesen?»

Johann schüttelte den Kopf.

Sören zögerte kurz und überlegte, ob es ihm zustand, fremde Post zu lesen. Aber wenn der Senator den Brief selbst erhalten hatte, dann gab dessen Inhalt womöglich den Grund für das Duell preis. Außerdem war der Umschlag nicht gesiegelt. Die Neugierde siegte. Er zog den Brief aus dem Couvert und las die Zeilen, die nicht unterschrieben waren:

Sehr geehrter Senater, kennen Sie eigentlich die Tochter ihrer Frau Gemaahlin? Wohl nicht, wie ich annehmen darf. Vielleicht wird es Sie interesieren das der Vater dieses Kindes, welches vor 21 Jahren das Licht der Welt erblikte, den gleichen Familiennamen wie die Mutter trägt.

Polizeisekretär Ernst Hartmann traf etwa zwanzig Minuten später ein. Die Criminal-Polizei war, dem Anlass angemessen, gleich mit drei Wagen angerückt. Amtsmedicus Taubmann untersuchte den Leichnam des Senators, und die in Zivil gekleideten Criminalen verhörten alle Anwesenden. Hartmann ließ sich vom Polizeileutnant der Berittenen unterrichten, was dieser bislang in Erfahrung gebracht hatte.

Danach kam er auf Sören zu. «Was hast du denn hier zu suchen?», fragte er voller Erstaunen.

«Johanna von Wesselhöft ist eine Mandantin von mir», antwortete Sören. «Ich war bei ihr, als wir die Nachricht erhielten.»

«Unschöne Sache, das.»

Sören nickte. «Aber wohl nichts für euch Criminale.»

«Was soll das heißen, Sören?» Ernst Hartmann warf ihm einen fragenden Blick zu. «Weißt du etwa …? Mensch, Sören, wenn du irgendetwas zu der Sache hier zu sagen hast, dann tu das bitte. Senator Hachmann macht mir die Hölle heiß.»

«Allem Anschein nach handelt es sich um ein Familiendrama», erklärte Sören mit gedämpfter Stimme. «Komm, Ernst!», forderte er Hartmann auf, «gehen wir ein Stück über die Wiese. Was ich dir zu erzählen habe, ist nichts für fremde Ohren. Es braucht niemand zu erfahren, was hinter dem Tod des Senators steckt. – Glaub mir, es ist niemandem mit der Wahrheit geholfen», fügte er noch hinzu, als Hartmann ihn entgeistert anblickte.

«Du meine Güte.» Ernst Hartmann schüttelte nur den Kopf, nachdem Sören ihm ausführlich die Hintergründe des Geschehens geschildert hatte. Nur den Brief des Senators hatte er dabei nicht erwähnt. «Und ich habe mich schon gefragt, wie du als Jurist sagen kannst, dass es kein öffentliches Interesse in diesem Fall gibt. Bist du sicher, dass es Smitten war?»

Sören nickte. «Und Smitten ist anscheinend auch der Vater des Kindes.»

«Ihr eigener Bruder?»

«Ja. Aber ich bezweifele, dass dieser Sachverhalt in deinem Bericht auftauchen sollte. So, wie ich die Sache einschätze, wird Johanna von Wesselhöft keinesfalls ihren eigenen Bruder anzeigen.»

«Aber wenn es zu keiner Anzeige kommt, wird er doch unbehelligt bleiben.»

«Das glaube ich kaum.» Sören lächelte Hartmann vielsagend an. «Du kriegst ihn wegen einer anderen Sache dran.»

«Was denn noch?»

«Der Mord an Wilhelm Mader», entgegnete Sören. «Gunnar Smitten scheint da irgendwie mit drinzuhängen.»

«Woher weißt du das?»

«Die ‹Möwe› gehört ihm», erklärte Sören. «Außerdem besitzt die Familie noch andere Localitäten. Darunter auch Bordelle. Ich habe die Frau von Mader ausfindig gemacht.»

«Wo steckt sie?»

«Sie arbeitet in einem von Smittens Freudenhäusern.» Sören wehrte Hartmanns sichtliches Interesse mit einer Handbewegung ab. «Glaub mir, sie hat nichts mit der Sache zu tun. Ilse Mader war mir vielmehr als

Informantin behilflich. Sie hat mir auch von dieser Inge Bartels erzählt, der Frau, die Smitten und seine Schwester erpresst hat. Als frühere Beherbergerin in einem von Smittens Häusern war sie nicht nur über alles im Bilde, nein, sie hat die unehelichen Töchter vom alten Smitten auch gleich als Huren erzogen. Die Tochter von Johanna Smitten wurde ihr auch anvertraut. Ihr solltet die Bartels zur Fahndung ausschreiben.»

«Worauf du dich verlassen kannst, Sören. Das werden wir.» Er blickte zu Johanna von Wesselhöft, die immer noch neben dem Leichnam ihres Mannes stand. Als der tote Körper in den Leichenwagen geschoben wurde, schlug sie die Hände vors Gesicht. «Was ist mit ihrer Tochter?», fragte Hartmann.

«Sie lebt.»

«Weiß sie …?»

Sören schüttelte den Kopf. «Nein. Noch nicht. Nach allem, was geschehen ist, wird es Johanna von Wesselhöft ein bitterer Trost sein.»

Hartmann nickte stumm.

«Da ist noch etwas», sagte Sören, während sie zurückgingen. Dann erzählte er von Marten Steen und von Ratte und Gustav und dass die beiden wahrscheinlich im Auftrag von Smitten arbeiteten. Hartmann fielen bei Steens Namen natürlich gleich die Initialen auf der Mordwaffe ein. Sören bestätigte, dass es sich aller Wahrscheinlichkeit nach um Steens Messer handelte, weshalb Hartmann ihm einen tadelnden Blick zuwarf, schließlich hatte Sören ihm diesen Sachverhalt vorenthalten. Dann kam Sören auf David zu sprechen und den Umstand, dass die Reederei Smitten in der Gegend, wo man ihn zusammengeschlagen hatte, mehrere Schuppen und Lagerflächen unterhielt. Auch seinen Verdacht, dass sich Marten Steen womöglich in einem von diesen Unterkünften versteckt hielt, behielt er nicht für sich.

«Am besten lässt du alle Lagerhäuser und Schuppen von Smitten im Baakenhafen und in den Speichern durchsuchen.»

«Wie stellst du dir das vor?», fragte Hartmann. Sie waren fast wieder an ihrem Ausgangspunkt angekommen. «Das ist Sache des Zolls und der Hafen-Polizei. Ich kann da erst was machen, wenn ich handfeste Beweise gegen Smitten in der Hand halte.»

Sören nickte und reichte ihm die Hand zum Abschied. «Du hörst von mir, Ernst.» Auf dem Weg zu seinem Wagen blieb er kurz neben Johanna von Wesselhöft stehen, blickte sie an und reichte ihr das Couvert. «Sie hätten es mir sagen sollen.» Sie wandte den Blick ab.

Sören bestieg seinen Wagen und fuhr in Richtung Schaarmarkt. Es konnte dauern, bis Hartmann Beweise gefunden hatte, und so viel Zeit blieb Sören nicht. Morgen war Stichtag. Auch wenn er immer noch keine Vorstellung davon hatte, was Marten Steen für die beiden erledigen sollte, war er sicher, dass sich Steen nur bis morgen versteckt hielt. Er wollte so oder so mit Hannes Zinken über David sprechen. Bei dieser Gelegenheit konnte er Hannes auch gleich fragen, ob er Leute für einen verkürzten Amtsweg zur Verfügung stellen würde. So, wie man David zugerichtet hatte, musste sein Vorschlag für Hannes' Leute eigentlich eine Ehrensache sein.

— Hoher Besuch —

22. August

Natürlich hatte Sören sofort an Cholera gedacht, als man ihm am nächsten Morgen bei der Firma Beiersdorf in Eimsbüttel mitteilte, Altena Weissgerber sei auf dem Weg ins Eppendorfer Krankenhaus. Der Schreck war ihm offenbar anzusehen. Zumindest hatte ihm der Pförtner gleich ein Glas Wasser angeboten und gefragt, ob ihm nicht wohl sei. Dann hatte der Mann ihm erklärt, Altena Weissgerber begleite eine Arbeitskollegin, die am Morgen mit dem Arm in ein elektrisches Rührgerät geraten sei. Es sei wahrscheinlich weniger dramatisch, als es sich anhöre, aber der zuständige Abteilungsleiter habe darauf bestanden, dass die Arbeiterin unverzüglich ins Spital müsse.

Auf dem Weg ins Krankenhaus dachte Sören noch einmal darüber nach, worüber er gemeinsam mit Mathilda schon die ganze Nacht gegrübelt hatte. Wenn Smitten tatsächlich hinter dem Mord an Willy Mader steckte, dann konnte es eigentlich kein Zufall sein, dass es gerade der Freund seiner vermeintlichen Tochter war, dem er die Tat zwecks Erpressung in die Schuhe schieben wollte. Aber das setzte voraus, dass Gunnar Smitten wusste, wer Altena Weissgerber war. Und genau das hatte Mathilda bezweifelt. Ihrer Meinung nach schwebte Altena Weissgerber in riesiger Gefahr, und je mehr Sören darüber nachdachte, desto plausibler erschien ihm das. Smitten würde alles daransetzen, sein früheres inzestuöses Verhältnis mit seiner Schwester zu verschleiern. Vor allem musste ihm daran gelegen sein, Inge Bartels aus dem Weg zu schaffen. Sören hatte schon spekuliert, ob Smitten Marten Steen genau dafür gewinnen wollte, aber es ergab keinen Sinn. Wenn Gustav und Ratte tatsächlich im Auftrag von Gunnar Smitten arbeiteten, dann hatte der bereits genug Leute an der Hand, die auch vor einem kaltblütigen Mord nicht zurückschreckten. Nein, es musste einen anderen Hintergrund geben. Aber welchen nur? Gab es ein Verbrechen, für das der Täter ein bisher unbescholtener Arbeiter sein musste und kein Berufskrimineller?

Als Sören etwa zwanzig Minuten später das Eingangstor zum Eppendorfer Krankenhaus passierte, bot sich ihm ein Bild des Grauens. Drei städtische Krankenwagen standen in der Auffahrt, aber offenbar wurden die Träger daran gehindert, die Patienten auf Tragen des Krankenhauses umzubetten, da sie entweder im Sterben lagen oder bereits tot waren. Ein junger Arzt und zwei Krankenschwestern dirigierten die Träger zu einem abseits gelegenen Platz, den man mit hölzernen Planken umfriedet hatte. Sören warf einen Blick hinter den provisorischen Zaun: Auf dem Boden lagen Dutzende von Leichen, die man in Leinentücher gehüllt hatte. Ein erbärmlicher Gestank breitete sich aus, Sören musste sich fast übergeben. Unzählige Fliegen und Brummer schwirrten über den mit Kot und Dreck verunreinigten Leichentüchern. Auf der anderen Seite der Abgrenzung waren Arbeiter mit Tüchern vor dem Gesicht damit beschäftigt, die Toten in einen Möbelwagen zu laden. Aber die Anzahl der Leichen auf dem Platz schien sich nicht zu verringern, da ständig neue Verstorbene auf das Gras gelegt wurden.

Auf den Gängen des Hauptgebäudes herrschten ähnliche Zustände. Zu beiden Seiten des Flurs lagen auf Rollwagen Tote bereit zum Abtransport. Dazwischen waren ein paar Frauen damit beschäftigt, die verunreinigten Böden zu säubern. Sie hatten sich ebenfalls Tücher um Mund und Nase gebunden. Der Gestank war kaum auszuhalten. Hinzu kam die grausige Geräuschkulisse. Fast hinter jeder Tür hörte man Menschen in Krämpfen würgen, schreien und stöhnen, manchmal war nur noch leises Wimmern zu vernehmen.

Der Portier zuckte nur mit den Schultern. Da Sören den Namen der verunglückten Beiersdorf-Arbeiterin nicht kannte, verwies er ihn an die chirurgische Abteilung. Die Patienten, Pfleger und Schwestern, denen Sören auf dem Weg zu den chirurgischen Pavillons begegnete, trugen alle den gleichen Gesichtsausdruck hilfloser Erschöpfung, und auch Sören überkam ein Gefühl der Ohnmacht. Jeder, den er hier sah, tat sein Bestes, gab alles Menschenmögliche, um die Katastrophe zu verhindern, und die Verantwortlichen schlossen die Augen. Es war ein Albtraum. Er beschloss, zuerst die Baracke aufzusuchen, in der er letztens mit Dr. Rumpf gesprochen hatte.

Dr. Rumpf war außer sich. Er stand mit drei Kollegen um einen schmalen Labortisch versammelt und schlug mit der Faust auf die Tischplatte, dass die schmalen Reagenzgläser in den hölzernen Ständern bedrohlich klirrten. «Es ist unerhört! Unerhört!», rief er und schlug noch einmal auf den Tisch. Dann bemerkte er Sören. «Bitte?»

«Dr. Bischop. Sie erinnern sich vielleicht?»

«Sicher erinnere ich mich», antwortete Rumpf. Seine Stimme zitterte immer noch vor Zorn. Er rang sich ein Lächeln ab. «Entschuldigen Sie, wenn ich mich hier wie ein Irrer aufführe, aber es ist schier zum Verzweifeln.»

«Angesichts der Szenen, die ich draußen gesehen habe, kann ich Sie gut verstehen», entgegnete Sören. «Immer noch keine Reaktion vonseiten des Senats?», fragte er vorsichtig.

«Fehlanzeige!», schnarrte Dr. Rumpf höhnisch. «Und das, obwohl wir …» Er deutete auf einen der Männer neben sich. «Obwohl mein Kollege Fraenkel hier den Erreger heute Nacht isolieren konnte. Nun besteht kein Zweifel mehr, dass es sich um die asiatische Cholera handelt. Und wissen Sie, was Kraus sagt?» Wieder schlug er mit der Faust auf den Tisch. «Wir sollen uns noch ein wenig gedulden! Gedulden! Dass ich nicht lache! Wir hatten heute 340 Einlieferungen! 340 Einlieferungen an einem Tag! Und es werden mehr werden, das kann ich Ihnen prophezeien! Aber ich werde heute Berlin informieren! Auch auf die Gefahr hin, dass ich danach entlassen werde. Ich kann es nicht mehr verantworten.»

«Was sagt denn Medicinalrat Kraus genau?», fragte Sören.

«Er druckst weiter herum, er hätte Anweisungen von den Senatoren von Wesselhöft und Hachmann, nichts zu melden, was nicht verlässlich sei. Dabei haben wir den Erreger eindeutig identifiziert!»

Sören verkniff es sich, den Tod von Senator von Wesselhöft zu erwähnen. «Sie wollen es also nach Berlin melden?»

«Ich warte jetzt nur noch auf den Rückruf von Robert Koch aus Berlin. Ich werde ihm schildern, was uns vorliegt, mich kurz mit ihm absprechen und dann die entsprechenden Behörden verständigen. Es bleibt mir nichts anderes übrig.» Auf einmal blickte er Sören an, als würde er ihn jetzt erst richtig wahrnehmen. «Was führt Sie eigentlich hierher?»

Dr. Müller, einer der Ärzte, die bei Rumpf gestanden hatten, begleitete Sören zum entsprechenden Krankenpavillon. Er müsse so oder so nach dem Rechten sehen, hatte er sich bei Rumpf entschuldigt, aber Sören hatte viel mehr den Eindruck, als wenn dem Mediziner jede Gelegenheit recht gewesen wäre, das Labor so schnell wie möglich zu verlassen. Die Stimmung unter den Ärzten war natürlich gereizt.

«Ein komplizierter Bruch der Speiche sowie mehrerer Handwurzelknochen», erklärte er auf Sörens Nachfrage. «Mit ein wenig Glück kann sie aber in sechs bis acht Wochen alles wieder bewegen.» Er erinnerte sich auch sofort an die rothaarige Begleiterin der Patientin, die wahrscheinlich immer noch bei ihr sei.

Altena Weissgerber blickte überrascht auf, als Sören zusammen mit Dr. Müller den Pavillon betrat. «Wollen Sie etwa zu mir?»

Sören nickte. «Ich muss dringend mit Ihnen sprechen.»

Erst als Sören andeutete, es gehe um Marten Steen, erklärte sich Altena Weissgerber bereit, ihre Kollegin im Krankenhaus allein zu lassen. Sie fühlte sich mitschuldig am Arbeitsunfall, weil sie es gewesen war, die die Maschine versehentlich zu früh angeschaltet hatte. Aber die Sorge um ihren Verlobten überwog ihr schlechtes Gewissen darüber deutlich. Sie saß auf dem Wagen und starrte vor sich ins Leere, während Sören vorsichtig zur Sprache brachte, was er bisher hatte herausfinden können. Dass er auch auf Altenas ehemalige Arbeitsstelle in St. Georg zu sprechen kam, ließ sich nicht vermeiden.

«Woher wissen Sie davon?» Sie blickte ihn ängstlich an.

«Das ist nebensächlich», sagte Sören und bremste den

Wagen auf Schrittgeschwindigkeit. «Aber Sie hätten mir sagen sollen, dass Sie Ilse Mader von früher her kannten.»

Stück für Stück erzählte Altena Weissgerber daraufhin von ihrer Vergangenheit, und Sören hatte den Eindruck, dass es ihr nicht einmal schwer fiel. Ganz im Gegenteil: Es klang fast so, als ob sie Erleichterung empfände, darüber sprechen zu können. Je mehr sie berichtete, desto flüssiger sprudelten die Worte aus ihr heraus.

Das Erste, woran sie sich erinnern konnte, war der kleine Garten hinter dem alten Haus in Hamm, wo sie zusammen mit fünf anderen Mädchen gewohnt hatte. Da war sie etwa acht Jahre alt gewesen. Ihr genaues Geburtsjahr kannte sie nicht. Dass Inge Bartels nicht ihre wahre Mutter war, hatte sie erst begriffen, nachdem sie eines der älteren Mädchen, von denen sie bislang angenommen hatte, es wären ihre Schwestern, aufgeklärt hatte. Die kleineren mussten nachts immer alleine sein, da die Bartels mit den älteren Mädchen jeden Abend das Haus verließ, um zu arbeiten. Als Altena etwa zwölf Jahre alt war, hatte Inge Bartels auch sie mitgenommen. Sie müsse bald für sich selbst sorgen können, hatte die Bartels ihr erklärt, und als Frau wäre es die leichteste Arbeit, einfach den Männern gefällig zu sein und die Beine breit zu machen. Sören erschrak über die schonungslosen und derben Worte, mit denen Altena Weissgerber über ihre Vergangenheit sprach, schließlich war er nicht unbedingt ein Vertrauter von ihr. Aber im Grunde hatte sie natürlich Recht, wenn sie die Sachen beim Namen nannte.

Anfangs hatte sie alles widerspruchslos über sich ergehen lassen, erzählte Altena weiter, schließlich hatten ihr alle gesagt, das sei die natürlichste Sache der Welt.

Also hatte sie den Ekel hinuntergeschluckt und sich mit ihrem Schicksal abgefunden. Aber als sie älter wurde und die Männer nicht mehr so freundlich und zuvorkommend zu ihr waren, man von ihr andere Sachen verlangte, hatte sich ihr Widerwille immer stärker ausgebreitet. Vor vier Jahren war sie einfach davongelaufen. Erst hatte sie sich versteckt, von der Hand in den Mund gelebt und auf den Straßen gebettelt, dann hatte sie eine Straßenbekanntschaft mit nach Geesthacht genommen, wo sie schließlich in einer Pulverfabrik Arbeit gefunden hatte. Erst ab diesem Zeitpunkt habe sie eigentlich begriffen, dass es für eine Frau auch andere Möglichkeiten gab, Geld zu verdienen. Sie änderte ihren Namen von Gerber in Weissgerber und kehrte nach einem Jahr in die Stadt zurück, immer darauf bedacht, einen großen Bogen um ihre ehemalige Arbeitsstätte zu machen. An der Kaffeeklappe am Hafen, wo sie abends arbeitete, hatte sie schließlich Marten Steen kennen gelernt. Er war anders als die Männer in ihrem bisherigen Leben. Marten Steen war höflich und freundlich, und er war unerfahren, was die Liebe betraf. Genau wie sie selbst, wie sie sich eingestehen musste, denn was sie zusammen mit den anderen Mädchen und Frauen in besagtem Etablissement getan hatte, hatte mit Liebe nichts zu tun. Aber das wurde ihr natürlich erst jetzt bewusst. Marten Steen sei es auch gewesen, erzählte sie schließlich, der sie zu den Sozialdemokraten gebracht habe. Seit sie die Arbeit bei Beiersdorf habe, sei sie zudem Gewerkschaftsmitglied und kämpfe aktiv um die Rechte der Frauen am Arbeitsplatz.

«Und der Name Mader hat Sie nicht zusammenzucken lassen?», fragte Sören. «Oder kannten Sie Ilse Mader nur unter ihrem … ihrem Künstlernamen?»

«Doch. Als ich den Namen des ermordeten Schankwirtes erfuhr, ahnte ich schon so etwas. Zuerst glaubte ich, man sei hinter mir her … Aber so scheint es gar nicht zu sein. Wieso Marten?»

«Das frage ich mich auch die ganze Zeit.» Sören lenkte den Wagen von der Oderfelder Straße auf den großen Kreisel des Klostersterns und bog in die Eppendorfer Chaussee in Richtung Rotherbaum ein.

«Wohin fahren wir eigentlich?», fragte Altena Weissgerber.

«An einen sicheren Ort», antwortete Sören und blickte sie ernst an. «Haben Sie sich eigentlich nie gefragt, wer Ihre Eltern sind?» Er hatte nicht wirklich vor, Altena Weissgerber in diesem Moment über ihre Herkunft aufzuklären – das würde er bei anderer Gelegenheit nachholen, aber er musste ihr zumindest erklärlich machen, dass sie in Gefahr war.

Sie zuckte mit den Achseln. «Warum sollte ich? Vielleicht sind sie tot, vielleicht wollten sie mich nicht, oder sie konnten sich nicht um mich kümmern …»

«Die Verbindung, der Sie entstammen, war nicht rechtens. Deswegen hat man Sie gleich nach der Geburt als Kostkind zu einer Landamme gegeben. Zu Inge Bartels. Und derjenige, der dafür die Verantwortung trägt, trachtet Ihnen wahrscheinlich nach dem Leben.»

Altena Weissgerber blickte ihn überrascht an. «Aber warum?»

«Ihr rechtmäßiger Familienname ist in der Stadt nicht ganz unbekannt», antwortete Sören.

«Wie lautet er? Wie heiße ich wirklich?»

Sören schüttelte den Kopf. «Es ist besser, wenn Sie das im Moment nicht wissen. Diese Inge Bartels, Ihre Ziehmutter, erpresst Ihren Vater jedenfalls.»

«Er ist verheiratet. Wer ist er?»

«Nein, das ist es nicht. Ich werde es Ihnen erklären, wenn man Inge Bartels gefasst hat. Die Polizei fahndet bereits nach ihr.» Sören überlegte, ob es wirklich schlau war, Altena Weissgerber bei sich zu Hause zu verstecken. Vielleicht hatte Johanna von Wesselhöft ihrem Bruder gegenüber seinen Namen erwähnt. Dann wäre es für Gunnar Smitten ein Leichtes, sein Opfer ausfindig zu machen, Sören konnte schließlich nicht den ganzen Tag auf sie aufpassen. Eine andere Möglichkeit war es, sie Mathilda anzuvertrauen, was allerdings bedeutete, dass sich Mathilda die Zeit über nicht bei ihm aufhalten würde. Und wenn er David morgen in die Feldbrunnenstraße holen würde, musste jemand im Hause sein. Außerdem arbeitete Mathilda heute bis zum späten Abend; da wollte er sie nicht ungefragt vor vollendete Tatsachen stellen. Also musste Martin herhalten. Martins Haus war groß genug, und so, wie Sören seinen Freund kannte, würde er nichts dagegen haben, dass Altena Weissgerber so lange bei ihm blieb, bis die Gefahr gebannt war. Von der Rothenbaum Chaussee bog er in die Johns Allee ein und lenkte den Wagen über den Mittelweg in die Alte Rabenstraße. Altena Weissgerber staunte nicht schlecht, als er in die Auffahrt zu Martins Villa einscherte.

Martin war nicht alleine. Er hatte Besuch von Dr. Johann Julius Reincke, einem befreundeten Arzt. Dennoch bat er die beiden natürlich herein, nachdem ihm Sören zu verstehen gegeben hatte, dass es wichtig sei.

Reincke war etwas älter als Sören. Er kannte ihn flüchtig aus der «Harmonie», wo er ihm ein- oder zweimal in Begleitung von Martin begegnet war. Da Sören in Anwesenheit von Reincke sein Problem nicht erörtern wollte, stellte er Altena Weissgerber als eine Mandantin von sich vor, was ja auch nicht gelogen war.

Überrascht nahm er zur Kenntnis, dass Reincke und Martin sich zuvor anscheinend über das unterhalten hatten, was auch Sören seit Tagen unter den Nägeln brannte: die inzwischen unübersehbare Häufung von Cholerafällen in der Stadt. Zumindest wurde das Thema wieder aufgegriffen, nachdem man sich gesetzt hatte. Reincke hatte als praktizierender Arzt bereits mehrere Erkrankte eingewiesen und machte sich riesengroße Sorgen, wie er bekundete. Umso erstaunter war er, als Sören erklärte, dass man den Erreger in Eppendorf endlich isoliert hätte.

«Woher wissen Sie das?»

«Wir kommen gerade aus dem Krankenhaus. Dort herrschen Zustände ...» Sören suchte nach Worten. «Sie machen sich keine Vorstellungen. Dr. Rumpf sagte mir, allein heute habe man weit über 300 Kranke aufgenommen.»

«Sie haben mit Rumpf gesprochen?»

«Ja. Ein Kollege von ihm, Fraenkel ist sein Name, hat den Bazillus heute Nacht isolieren können. Seiner Meinung nach reicht das als Nachweis der asiatischen Cholera aus. Rumpf steht bereits im Kontakt mit Robert Koch.»

Reincke schüttelte den Kopf. «Das ist unfassbar. Seit Tagen reden wir Ärzte auf Kraus ein ... Aber der Mann ist ein sturer Hund. Von einer Epidemie will er nichts hören. Der Kollege Hagedorn will das Verhalten des Medicinalrates bei der nächsten Bürgerschaftssitzung zur Sprache bringen.»

«Dr. Rumpf ist der Ansicht, der Erreger würde sich über das System der Trinkwasserleitungen verbreiten», erklärte Sören. «Aber davon will Hachmann als zuständiger Senator nichts wissen. Er glaubt nicht an Kochs Theorien.»

«Über das Leitungswasser?» Reincke nickte nachdenklich. «Das würde erklären, warum die Kollegen aus Altona bislang noch keine Probleme haben. Dort hat man für das Trinkwasser eine Sandfilteranlage gebaut. In Hamburg gibt es bisher nur Klärbecken. Eine entsprechende Anlage ist zwar im Bau, aber noch nicht funktionsfähig. Wenn der Erreger tatsächlich von dort ... Nicht auszumalen ... Annähernd jedes zweite Haus wäre betroffen.» Reincke erhob sich. «Martin, ich muss dringend zu Hagedorn.» Er streckte Martin die Hand entgegen und nickte Sören und Altena Weissgerber freundlich zu. «Sie entschuldigen mich bitte, aber nach dem, was Sie erzählen, ist dringender Handlungsbedarf nötig. Ich werde mich mit Hagedorn absprechen, was die Ärzte der Stadt für Maßnahmen ergreifen müssen. Ich selbst habe mich mit den Theorien Kochs nur wenig beschäftigt. Aber wenn er Recht hat, dann steuert die Stadt geradewegs auf eine Katastrophe zu.»

«Das wird kaum möglich sein», meinte Martin entschuldigend, nachdem er von der Haustür zurückgekehrt war und Sören ihm sein Anliegen vorgetragen hatte. «Ich werde für ein paar Tage nicht im Hause sein. Ich habe einem Freund versprochen, ihn heute Abend zu einem Empfang zu begleiten. Danach werden wir für ein paar Tage an die Ostsee fahren.»

Es war das erste Mal, dass Martin Sören gegenüber von einem Freund gesprochen hatte. Nach dem Gespräch, das sie vor kurzem geführt hatten, konnte sich Sören schon ausmalen, um was für eine Art Freund es sich handeln musste. Dennoch fiel es ihm schwer, sich Martin in trauter Zweisamkeit mit einem anderen Mann vorzustellen. Während er darüber nachdachte, welche Möglichkeiten es noch gab, Altena Weissgerber unerkannt unterzubringen, bemerkte er, dass Martin schwarze Lackschuhe trug. An sich war das nicht ungewöhnlich, wenn man von den Temperaturen einmal absah, denn Martin achtete stets auf ein gepflegtes Äußeres. Aber es waren nicht allein die Schuhe. Er hatte auch eine umschlaglose schwarze Hose an, wie man sie normalerweise nur zum Frack trug. Die passende weiße Weste hing ordentlich drapiert über einer Stuhllehne am Esstisch.

Für einen Theater- oder Opernbesuch war Martins Aufmachung eindeutig zu festlich. Außerdem hatte er von einem Empfang gesprochen. Frack und Zylinder trug man hingegen nur bei offiziellen Feierlichkeiten, und eine Eröffnung oder ähnlich opulente Zeremonien standen in der Stadt nicht an, das hatte Sören bei seinen Recherchen zum heutigen Tag bereits eruiert. «Darf ich fragen, wo du heute hingehst?»

«Ein kleiner Empfang», entgegnete Martin und warf Sören ein vielsagendes Lächeln zu.

«Die Garderobe ...»

«Unter den geladenen Gästen befindet sich eine Person, deren Stand eine gewisse Aufmachung rechtfertigt», warf Martin ein, bevor Sören seinen Satz zu Ende gesprochen hatte. Dann wiesen seine Blicke in die Richtung Altena Weissgerber, die etwas abseits stand. Wie es aussah, wollte Martin keine konkreteren Angaben machen, solange sie nicht unter sich waren.

In diesem Moment überkam Sören eine furchtbare Ahnung. Er wagte es kaum, seinen Gedanken zu Ende zu bringen. «Wer?», fragte er, ohne Martins unausgesprochene Bitte zu berücksichtigen.

«Eine hochgestellte Persönlichkeit», antwortete Martin ausweichend. «Aber sie reist völlig inkognito.»

Sören blickte ihn entsetzt an. «Wer?», wiederholte er seine Frage.

Martin blickte Sören vorwurfsvoll an. «Aus Berlin», sagte er schließlich. «Sehr hochgestellt. Kannst du dir nicht denken, von wem ich spreche? Es ist die Eröffnung eines neuen Ballsaals in einem Haus ... zu dem ...» Er lief rot an. «Zu dem nur bestimmte Herren Zutritt haben.» Schließlich formten seine Lippen zwei Silben, die Sören eindeutig als *Wil-helm* identifizieren konnte.

«Der 22. August!» Sören schlug sich mit der flachen Hand gegen die Stirn. «O verdammt! Jetzt geht mir ein Licht auf! Wann erwartet man den Gast aus Berlin?»

«Um acht Uhr ist der Empfang angesetzt», antwortete Martin und schaute Sören verdattert an.

Sören blickte zur Uhr. «Dann bleiben uns nur noch ein paar Stunden. Hast du die Adresse dieses Hauses?»

Martin nickte. «Kannst du mir mal sagen, was los ist?»

«Unterwegs!», zischte Sören. «Wir müssen zu Hartmann. Ernst Hartmann von der Criminal-Polizei. Ich kann nur hoffen, dass er in seinem Büro ist. Kommt! Wir müssen uns beeilen!»

Mit Martins Zweispänner wären sie deutlich bequemer gefahren, bot der Wagen doch mehr als zwei Personen Platz, aber die Droschke stand unangespannt in der Remise, und Sören hatte entschieden darauf verwiesen, dass es auf jede Minute ankäme. Zuerst hatten sie Altena Weissgerber deshalb bei Martin lassen wollen, aber dann war Sören eingefallen, dass sie gemeinsam mit Hartmann wahrscheinlich zu besagtem Haus fahren würden, in dem Marten Steen in Erscheinung treten sollte, und da nur Altena wusste, wie er aussah, war es unvermeidbar, sie mitzunehmen.

Martin klammerte sich an dem eisernen Haltegriff neben der Sitzbank fest. «Wenn du Hartmann gegenüber erwähnst, dass ich ... Willst du mich kompromittieren?»

«Rede keinen Quatsch, Martin.» Sören ließ die Peitsche knallen und trieb das Pferd zu schnellerer Fahrt an. «Wenn tatsächlich ein Attentat auf den Kaiser geplant ist, dann fragt kein Mensch danach, woher du die Information hast. Außerdem bist du doch selbst nur Begleiter eines Freundes, wie du erzählt hast.» Er blickte Martin fragend an. «Was hat der Kaiser eigentlich auf einer solchen Veranstaltung zu suchen? Ist er ... ich meine ...»

«Das fragst du ihn am besten selber», erklärte Martin und blickte starr nach vorne auf die Straße. «Ich werde mich dort jedenfalls nicht blicken lassen, wenn die Polizei eine Razzia durchführt.»

«Wem gehört das Haus eigentlich?»

Martin zögerte. «Es ist die Villa eines stadtbekannten Bankiers», sagte er schließlich. «In den Gesellschaftsräumen finden häufiger solche Amüsements statt.»

«Warten wir erst mal ab, was Hartmann dazu sagt. Jedenfalls ist mir jetzt klar, was man mit Marten Steen vorhat: Er soll ein Attentat ausführen. Er glaubt doch, dass er bereits ein Mörder ist. Wahrscheinlich hat man ihm versprochen, ihn nicht zu verraten und ihm bei der Flucht zu helfen. Dabei ...» Sören bemerkte, wie Altena Weissgerber ihn ängstlich anschaute. «Ich befürchte, dass man ihn nach der Tat liquidieren will. Wahrscheinlich so schnell, dass niemand mehr in Erfahrung bringen kann, wer hinter dem Anschlag steckt. Es sähe dann aus, als wäre es die Tat eines Einzelnen, und zugleich wäre der Mord gesühnt. Das Ganze ist raffiniert eingefädelt.»

«Und wer steckt deiner Meinung nach dahinter?», fragte Martin.

«Keine Ahnung», antwortete Sören, während er den Wagen vor dem Stadthaus abbremste. «Ich weiß nur, dass Gunnar Smitten seine Finger im Spiel hat, aber ob er auch der Drahtzieher ist, das weiß ich nicht.»

Ernst Hartmann ließ Sören gar nicht zu Wort kommen, als die drei sein Büro betraten. Als er Sören erblickte, erhob er sich von seinem Schreibtisch und hielt ihm einen Aktendeckel entgegen. Dass Sören in Begleitung gekommen war, schien ihn nur marginal zu interessieren.

«Wenn du dahinter steckst», rief er ohne jede Begrüßungsworte, «dann ist aber was los, das kann ich dir sagen!»

«Wovon redest du?»

«Wovon ich rede? Hier!» Hartmann reichte ihm den Aktendeckel. «Wir haben eine Leiche gefunden. Im Hafen. Heute Morgen. Sieht ganz so aus, als ob das im Zusammenhang damit stünde, worum du mich gestern gebeten hast.»

«Eine Leiche?», fragte Sören erschrocken. «Ich verstehe nicht …»

«Der Mann ist aus dem dritten Stock eines Speichers gestürzt. Der Speicher wird von der Reederei Smitten genutzt. Anscheinend wollte er ins Fleet springen. Dummerweise war gerade Niedrigwasser, und er ist auf den Treppenstufen der Quaianlage gelandet. Der dritte Boden des Speichers ist total verwüstet. Der Quartiersmann von Smitten meint, es könne sich nur um jemanden handeln, der es auf die kostbaren Gewürze abgesehen hatte, die dort gelagert werden.» Er warf Sören einen fragenden Blick zu. «Willst du mir jetzt etwa erzählen, dass das ein Zufall ist?»

«Ein Einbrecher also. Kennt ihr die Identität des Toten?» Insgeheim rechnete Sören schon mit einem Zusammenbruch von Altena Weissgerber.

Hartmann nickte. «Den Papieren nach, die er bei sich trug, handelt es sich um einen gewissen Gustav Müller aus Salzburg, und mir ist so, als hättest du gestern auch diesen Namen erwähnt!»

«Du musst dich täuschen», entgegnete Sören mit Unschuldsmiene. Ihm fiel ein Stein vom Herzen, dass es sich bei dem Toten nicht um Marten Steen handelte. Was vorgefallen war, konnte er nur ahnen. Wahrscheinlich war dieser Gustav auf der Flucht aus der Luke gesprungen. Natürlich steckten Zinkens Leute dahinter – den Rest würde er beizeiten von Hannes erfahren. Oder auch nicht. Im Moment gab es ohnehin Wichtigeres. «Wir kommen wegen einer anderen Sache», erklärte er und stellte Hartmann seine Begleiter vor.

«Du meine Güte, Sören. Wenn es stimmt, was du erzählst, dann bleiben uns nur noch knapp zwei Stunden.» Hartmann war kreidebleich geworden. «Bist du dir absolut sicher, dass Seine Majestät auf dem Weg in die Stadt ist?»

«Es gibt unzweifelhafte Hinweise dafür», erklärte Martin.

Ernst Hartmann hatte sich vor eine große Karte gestellt, die an einem Ständer in der Ecke des Raumes hing, und suchte nach der Adresse, die Sören ihm genannt hatte. «Das ist schon seltsam», murmelte er. «Ich habe heute Morgen eine Nachricht von Staatsanwalt Romen erhalten. Er hat einen Tipp bekommen, die Sozialdemokraten planten am heutigen Abend in der Gegend irgendetwas, und er bat mich darum, dort vorsorglich ein paar Beamte patrouillieren zu lassen.»

«Sozialdemokraten?», wiederholte Sören nachdenklich. Wie wollte Romen an diese Information gelangt sein? Es war allgemein bekannt, dass Sozialisten für ihn im wahrsten Sinne des Wortes ein rotes Tuch darstellten. Plötzlich erhellte sich Sörens Miene. «Das ist es!», rief er und blickte Altena Weissgerber an. «Sie erwähnten doch Marten Steens Parteizugehörigkeit. Man will es den Sozialdemokraten in die Schuhe schieben. Und ich habe mich die ganze Zeit über gefragt: Warum gerade er? Jetzt geht mir ein Licht auf. Wahrscheinlich soll man hinterher nicht nur seinen Parteiausweis, sondern auch noch ein gefälschtes Bekennerschreiben in seiner Rocktasche finden.»

«Wir machen uns sofort auf den Weg», erklärte Ernst Hartmann und griff nach seinem Rock. «Hier sind noch zwei Leutnants, ein Bezirkskommissar und ein Oberwachtmeister in Bereitschaft. Mit den Beamten vor Ort wird das fürs Erste reichen. Ich werde die zuständige Wache telegraphisch verständigen.»

Zehn Minuten später setzten sich drei Polizeidroschken vom Stadthaus Richtung Winterhude in Bewegung. Nach einer guten Stunde Fahrt erreichten sie die Blumenstraße, wo die Beamten der zuständigen Wache wie vereinbart Posten bezogen hatten. Die Villa selbst lag am Rondeel, einer schmalen Straße, die kreisförmig um ein teichförmiges Bassin führte. Dieser Teich war eine Ausbuchtung an einem Seitenarm der oberen Alsterkanäle, und die anliegenden Villen hatten über ihre Gärten einen direkten Zugang zum Wasser. Die ganze Gegend war noch spärlich bebaut, die Grundstücke dafür umso weitläufiger.

Kommissar Muschek und Leutnant Ockelmann wiesen die Beamten der örtlichen Polizeiwache an, sich in unmittelbarer Nähe des Hauses in Bereitschaft zu halten. Zuerst wollten die Criminalen in Erfahrung bringen, ob sich der Ehrengast bereits im Hause befand. Anhand der prächtigen Droschken, die in der Auffahrt der Villa geparkt waren, konnte man das nicht ohne weiteres erkennen, zumal Martin darauf hingewiesen hatte, dass der Kaiser inkognito reise.

Sören hatte ein mulmiges Gefühl. Seine rechte Hand tastete in der Rocktasche nach dem Griff des Revolvers, den Ernst Hartmann ihm gegeben hatte. Es war lange her, dass er eine Waffe in der Hand gehalten hatte. Martin war zusammen mit Oberwachtmeister Bertram und zwei uniformierten Gendarmen zur Ecke Rondeel und Sierichstraße gegangen. Wenn der Kaiser noch nicht eingetroffen sei, dann werde er wohl über die Sierichstraße kommen und man könne seinen Wagen dort abfangen. Natürlich war Martins Vorschlag in erster Linie ein Vorwand, das Haus nicht zeitgleich mit der Polizei betreten zu müssen, weil er wahrscheinlich den einen oder anderen Gast näher kannte, aber Hartmann fand die Idee dennoch ausgezeichnet. Altena Weissgerber stand bei Polizeileutnant Ockelmann, dem nach Hartmann ranghöchsten Criminalen, und gemeinsam beratschlagte man, ob es sinnvoll sei, sie mit ins Haus zu nehmen, um Marten Steen möglichst schnell identifizieren zu können.

Dann ging mit einem Mal alles ganz schnell. Hartmann und Kommissar Muschek liefen zügigen Schritts auf das Eingangsportal zu. Sören und Altena Weissgerber folgten ihnen mit den criminalen Leutnants im Abstand von wenigen Metern. Der Hausdiener, der ihnen die Tür geöffnet hatte, erfasste die Situation sofort. Noch bevor Hartmann und Muschek sich ausgewiesen hatten, versuchte er, die Tür wieder zu schließen, aber Muschek hatte bereits seinen Fuß in den Türspalt gestellt. Mit einem schnellen Griff packte der Kommissar den Diener am Livree, bog ihm den Arm auf den Rücken und zerrte ihn zu Boden. Mit der linken Hand hielt er den Hals des Mannes umfasst, die Rechte hielt ihm einen Revolver an die Stirn. «Einen Mucks, und du bist hin», drohte er im Flüsterton. «Ist Seine Majestät bereits im Haus?»

Der Diener schaute ihn panisch an und schüttelte stumm den Kopf. Hartmann gab den anderen ein Zeichen, ihm zu folgen. Auf der Straße hörte man einen kurzen Pfeifton, dann bezogen die uniformierten Beamten der örtlichen Wache vor den Droschken auf der Einfahrt Stellung.

Im vorderen Teil des Hauses wies absolut nichts auf bevorstehende Festlichkeiten oder einen Empfang hin. Die große Eingangshalle war menschenleer, und hätten nicht die zahlreichen Gefährte in der Auffahrt gestanden, so hätte man durchaus den Eindruck haben können, niemand halte sich in der Villa auf. Erst nachdem Hartmann eine der zweiflügeligen Türen geöffnet hatte, konnte man entfernt Stimmen und Gelächter hören. Vorsichtig schlichen sie den breiten Gang entlang, der zu einem Festsaal auf der Gartenseite des Hauses führen musste. Je näher sie den Türen am anderen Ende des Ganges kamen, umso deutlicher konnten sie die Stimmen vernehmen. Hartmann hielt inne und flüsterte Muschek etwas zu. Dann zogen beide Männer ihre Pistolen, und der Kommissar gab den Leutnants hinter ihnen ein Zeichen, woraufhin auch diese ihre Waffen zur Hand nahmen. Sören hielt den Griff des Revolvers umklammert.

Mit einem beherzten Tritt trat Muschek die Türflügel auf, und die Polizisten stürmten, die Pistolen vor sich im Anschlag, in den Raum. Schreckensrufe ertönten, dann rannte alles durcheinander. Es befanden sich etwa vierzig bis fünfzig Personen in dem Saal, an dessen Ende eine Art Bühne aufgebaut war. Hartmann feuerte einen Warnschuss in die Luft, worauf schlagartig Ruhe einkehrte. Alle Augen waren auf ihn gerichtet. Bis auf das leise Klirren des Kristallleuchters, den der Schuss anscheinend getroffen hatte, herrschte Totenstille.

«Polizei!», rief Hartmann. «Niemand rührt sich von der Stelle!» Selbst das zaghafte Glockenspiel des Kronleuchters erstummte bei seinen Worten.

Die jungen Männer, die auf der Bühne offenbar gerade eine Posse aufgeführt hatten, trugen lediglich Unterhosen und Husarenmützen. Auch sie standen wie angewurzelt da und wagten nicht, sich zu bewegen.

Als Sören mit Altena Weissgerber den Saal betrat, setzte Gemurmel ein. Sören konnte mehrere ihm bekannte Gesichter unter den Anwesenden ausmachen. Von einigen wusste er, dass sie verheiratet waren, und er fragte sich, was die Betreffenden auf einer solchen Veranstaltung zu suchen hatten. Entweder führten sie ein Doppelleben, oder der angekündigte Besuch des Monarchen hatte unter der Hand für ein paar artfremde Zaungäste gesorgt. «Sehen Sie ihn irgendwo?», fragte Sören leise.

Altena Weissgerber blickte sich um. «Dort!», rief sie

schließlich und deutete auf einen der Kellner, der dicht neben der Bühne stand. «Marten!»

«Marten Steen!», rief Hartmann. «Im Namen des Gesetzes! Sie sind hiermit verhaftet!»

Marten Steen schaute sich hilflos um. Seine Blicke kreisten suchend durch die Menge, aber anscheinend entdeckte er unter den Anwesenden nicht, wonach er suchte. Plötzlich zog er einen Revolver aus der Innentasche seines weißen Fracks und richtete den Lauf auf Muschek und Hartmann, die auf ihn zugestürmt waren.

«Marten! Nein!», schrie Altena Weissgerber. «Tu's nicht!» Man merkte, wie Steen bei diesen Worten zusammenzuckte.

«Machen Sie keinen Scheiß, Steen! Lassen Sie die Waffe fallen!», rief Hartmann, aber seine Worte schienen an Marten Steen abzuprallen.

Sören ging einige Schritte auf die Bühne zu. «Sie haben den Gastwirt nicht ermordet!», rief er Steen zu, der den Lauf der Waffe sofort verunsichert auf ihn richtete. «Das waren die zwei Kerls von Smitten», redete Sören weiter, obwohl ihn in diesem Moment Todesangst befiel. «Man wollte Sie nur erpressen, damit Sie hier ...» Er hielt inne, da ein lautes Raunen durch die Menge ging. Sören wagte nicht, den Blick von Steen abzuwenden. Er registrierte, dass er den Lauf der Waffe etwas gesenkt hatte, dennoch schien die Gefahr nicht gebannt zu sein. Plötzlich registrierte er einen kleinen Mann, der sich aus der Menge gelöst hatte und sich langsam auf Marten Steen zubewegte. Sören erkannte die Narben im Gesicht des Mannes, im gleichen Augenblick blitzte die Klinge eines Messers auf.

«Vorsicht!», schrie er Steen zu, der sich daraufhin überrascht zur Seite drehte. Das Messer verfehlte sein ursprüngliches Ziel und bohrte sich in Steens linken Arm. Steen schrie kurz auf, dann richtete er die Waffe gegen den Angreifer.

In diesem Augenblick warfen sich einige der Anwesenden zu Sörens Linker Schutz suchend auf den Boden. Im ersten Moment glaubte Sören, seinen Augen nicht zu trauen, aber der Mann, der noch bis eben von Menschen umringt gewesen war und nun, eine Pistole in der Hand, fast allein auf dem Parkett stand, war Gunnar Smitten. Was um alles in der Welt hatte der Reeder hier zu suchen, und warum war er bewaffnet? Noch bevor Sören sich diese Fragen beantworten konnte, hob Smitten den rechten Arm und zielte in Richtung Bühne. «Ihr verdammten Trottel!», rief er. Dann krachte ein Schuss.

Alles im Saal geriet in Bewegung, sodass man nicht erkennen konnte, ob und wen Smitten getroffen hatte. Altena Weissgerber war auf die Bühne geeilt. Nun strömten mehrere uniformierte Polizisten in den Saal, und einige Gäste versuchten panisch, sich an ihnen vorbeizudrängen.

«Festnehmen!», befahl Hartmann und zeigte auf Smitten, der seine Waffe daraufhin auf Leutnant Ockelmann richtete. Sören zögerte nur den Bruchteil einer Sekunde. Dann zog er den Revolver aus dem Rock. Er hatte noch nie auf einen Menschen geschossen, aber der Ausdruck in Gunnar Smittens Augen sagte ihm, dass es in diesem Moment unvermeidlich war. Der Polizei-Leutnant hatte noch gar nicht registriert, dass eine Waffe auf ihn gerichtet war. Sören spannte den Hahn und zielte, aber der Schuss, der fiel, stammte nicht aus seiner Waffe. Kommissar Muschek war ihm zuvorgekommen. Gunnar Smitten sackte zu Boden. Die Anwesenden schrien auf. Ein Blutfleck breitete sich auf Smittens weißem Hemd aus. Für einen Moment schien es, als zeichne sich ein Grinsen auf seinen Lippen ab. Dann lief ein rotes Rinnsal aus seinem Mundwinkel, und sein Kopf klappte zur Seite.

«Und der Kaiser?», fragte Sören, nachdem er Martin erzählt hatte, was drinnen vorgefallen war.

Martin setzte sich auf die Stufen des Eingangs und zündete sich eine Zigarette an. «Kommt nicht mehr», erklärte er und nahm einen tiefen Zug. «Wir haben seine Kutsche vorne an der Kreuzung gestoppt.»

«Was habt ihr ihm gesagt?»

«Ich habe ihm erzählt, wir hätten die Cholera in der Stadt, und es wäre besser, wenn er Hamburg so schnell wie möglich verließe.»

— Anträge —

Zwei Wochen später

Wie geht es David?», fragte Sören, wie er es jeden Abend tat, wenn er aus der Kanzlei nach Hause kam.

«Besser», antwortete Mathilda und gab ihm einen Begrüßungskuss. «Er hat heute beinahe den ganzen Tag über geschlafen, aber die Schmerzen sind fast fort.»

«Sehr gut», antwortete Sören und hängte den Rock an die Garderobe.

«Hannes Zinken war heute hier.»

«Wirklich?», fragte Sören erstaunt.

«Ja. Für eine kurze Visite, so hat er sich ausgedrückt. Er war richtig fein herausgeputzt. David war gar nicht begeistert, weil er natürlich glaubt, dass er demnächst zurück zu ihm ins Viertel muss.»

«Und?»

«Hannes Zinken meinte zu mir, er habe sich die Sache durch den Kopf gehen lassen. Er findet deinen Vorschlag, dass David erst einmal hier bleiben kann, wenn er will, sehr gut. Wir müssten ihn dann aber auch zur Schule schicken.»

Sören lächelte. «Der alte Schlawiner. Dachte ich mir doch, dass er einverstanden ist. Hat er noch etwas zu dem Toten am Hafen gesagt?»

«Nein, kein Wort. Was gibt es bei dir Neues?»

«Sie haben die Bartels gefasst. Hartmann hat mich heute Vormittag verständigt. Sie schweigt beharrlich zu allen Vorwürfen, genau wie dieser Ratte. Aber das wird sich ändern, wenn man erst mal Anklage gegen sie erhoben hat. Sonst dreht sich natürlich alles um die

Cholera. Seit die Stadt unter Quarantäne steht, ist nicht nur der Handel zum Stillstand gekommen. Auch in der Kanzlei war es sehr ruhig heute. Man hat übrigens alle öffentlichen Einrichtungen vorübergehend geschlossen. In vielen Schulen werden Notlazarette eingerichtet, und es soll auch bis auf weiteres keine Konzerte mehr im Stadttheater geben. Du wirst also fürs Erste nicht vermisst.» Sören strich ihr liebevoll durchs Haar. «Du solltest, wenn es sich vermeiden lässt, das Haus sowieso nicht verlassen. Das Desinfektionsprogramm, das man auf Anraten Robert Kochs beschlossen hat, läuft jetzt langsam an. Die ganze Stadt stinkt nach Chlorkalk. Desinfektionskolonnen, wohin man schaut. In den Gängevierteln ist alles voller Ratten, alle aus den Häusern und Kellern geflüchtet. Unglaublich, wie viele es sind. Dafür sieht man kaum Menschen. Viele Straßen wirken fast verlassen. Niemand traut sich hinaus. Nur vor den Apotheken stehen lange Schlangen.»

«Was ist mit Marten Steen? Hast du etwas erreichen können?»

«Ich hatte heute Mittag ein ausführliches Gespräch mit Senator Versmann – unter vier Augen. Wie es aussieht, wird man die ganze Angelegenheit verschleiern wollen. Und einen privaten Besuch des Kaisers in Hamburg hat es natürlich nie gegeben.»

«Unglaublich.»

«In der Tat. Aber ich habe Versmann eindringlich gebeten, er möge Staatsanwalt Romen doch nahe legen, die Anklage gegen Marten Steen fallen zu lassen. Sollte das nicht geschehen, würde ich die Verteidigung übernehmen und ich könne nicht garantieren, dass bei dem Prozess nicht einige überaus heikle Details zur Sprache kämen.»

«Raffiniert.»

«Ich habe weiterhin angedeutet, dass ich einen deutlichen Zusammenhang zwischen dem geplanten Attentat und der Verzögerungstaktik einiger Senatoren vermute, den Ausbruch der asiatischen Cholera in der Stadt nach Berlin zu melden, denn andernfalls wäre der Kaiser bestimmt nicht in die Stadt gekommen. Du kannst dir vorstellen, dass Versmann ziemlich erschrocken war, als ich ihm von dem Gespräch zwischen Hachmann und Kraus erzählte.» Sören grinste. «Heute ist im Senat übrigens das erste Mal der Rücktritt des Medicinalrates gefordert worden. Wie Versmann mir sagte, versucht Hachmann zwar, Kraus zu decken, aber Bürgermeister Mönckeberg hat ziemlich deutlich zu verstehen gegeben, dass man das Versagen der städtischen Medicinalpolitik gegenüber Berlin wohl kaum entschuldigen könne. Nachdem Versmann über die Hintergründe im Bilde war, versprach er mir sofort, Mönckeberg zukünftig in der Sache zu unterstützen. Alles in allem kann man also davon ausgehen, dass Marten Steen wohl in den nächsten Tagen aus der Untersuchungshaft entlassen wird. Er hat sich ja auch nicht wirklich etwas zuschulden kommen lassen. Tja, und an besagtem Abend waren so viele einflussreiche Bürger mit Rang und Namen unter den Anwesenden der denkwürdigen Festivität, dass niemand daran Interesse haben wird, die Geschichte an die große Glocke zu hängen. Wenn ich die ehrbaren Herren als Zeugen vor Gericht laden würde, wäre es natürlich nicht vermeidbar, dass Sinn und Zweck der kleinen Veranstaltung genauer hinterfragt würden. Soweit mir inzwischen bekannt ist, finden solche Amüsements in diesem Haus nämlich in schöner Regelmäßigkeit statt.»

«Könntest du dich denn mit einem solchen Verlauf arrangieren?»

«Es wird mir wohl nichts anderes übrig bleiben. Wie ich inzwischen herausgefunden habe, stand übrigens auch Senator von Wesselhöft auf der ursprünglichen Gästeliste. Wahrscheinlich hat er das Attentat auf Kaiser Wilhelm sogar mit Smitten zusammen geplant.»

«Meinst du, es war Smittens Idee, den Kaiser zu ermorden?»

Sören wiegte unschlüssig den Kopf hin und her. «Zumindest hat er eine zentrale Rolle bei der Durchführung gespielt. Aber ganz alleine kann er das nicht ausgeheckt haben. Dass Senator von Wesselhöft mit im Boot saß, steht für mich so gut wie fest. Beide sind auf Empfehlung derselben Person eingeladen gewesen. Außerdem fällt von Wesselhöft als Senator eine entscheidende Rolle bei der Vertuschung und Verschleierung der Cholera in der Stadt zu. Dies Verhalten würde auch zu meiner Vermutung passen, dass es da einen Zusammenhang gibt.»

«Dann müssten doch auch andere Senatoren …»

«Wer noch dahinter steckt, wird wohl nicht mehr in Erfahrung zu bringen sein, aber so ganz abwegig ist diese Vorstellung nicht.»

Mathilda sah Sören an. «Aber warum nur? Aus welchem Grund?»

«Wahrscheinlich aus dem gleichen Grund, aus dem man auch bereit war, das Leben Tausender Menschen aufs Spiel zu setzen, nur um einer drohenden Quarantäne vorzubeugen. Die wirtschaftlichen Interessen der Kaufleute haben diese Stadt schon immer regiert, Mathilda. Und diese Interessen sind sehr vielschichtig. Ich kann mir durchaus denken, dass es so eine Art Verschwörung gegeben hat. Die politischen Bestrebungen Wilhelms laufen nicht unbedingt konform mit den liberalen Handelsvorstellungen hanseatischer Kaufleute. Die Politik der Schutzzölle lässt sich mit der Idee des weltweiten freien Handels nun mal nicht vereinbaren. Smitten war schließlich Reeder. Er handelte vorwiegend mit Waren aus Übersee. Seit Jahren schon hört man nicht nur von diesen Kaufleuten den Ruf nach einer konsequenteren Kolonialpolitik. Man fordert vom Staat eine Flotte, welche die Handelsschiffe auf den Weltmeeren beschützt. Aber Berlin unternimmt nichts. Also kreiden einige Leute diesen Mangel der Reichsführung an. Dass Wilhelm die Sozialistengesetze aufgehoben hat, schmeckt diesen Kreisen auch nicht. Mit Marten Steen sollte der Verdacht auf die Sozialdemokraten fallen. Bestimmt wäre auch noch ein gefälschtes Bekennerschreiben aufgetaucht, das den Verdacht auf die Partei gelenkt hätte.» Sören holte tief Luft. «Wer auch immer sich das Ganze ausgedacht hat, es war raffiniert eingefädelt.»

«Die Bartels wird ins Zuchthaus wandern?», fragte Mathilda, deren Interesse an politischen Erörterungen offenbar fürs Erste gestillt war.

Sören nickte. «Und gegen Ratte wird man Anklage wegen Mordes an Willy Mader erheben. Alle anderen Verantwortlichen sind tot, der Gerechtigkeit ist also halbwegs Genüge getan. Aber nach Feiern ist mir trotzdem nicht zumute. Die Sache hat einen bitteren Beigeschmack.»

«Und was geschieht mit Altena Weissgerber?»

«Ich hatte neulich eine lange Unterhaltung mit Johanna von Wesselhöft. Sie denkt darüber nach, eine barmherzige Stiftung ins Leben zu rufen, die sich um Kostkinder und gefallene Mädchen kümmern wird. Außerdem ist sie einverstanden, Altena Weissgerber rechtmäßig als Tochter anzuerkennen.»

«Altena weiß also inzwischen, wer sie in Wirklichkeit ist?»

Sören lächelte. «Nicht ganz. Wir haben uns darauf geeinigt, dass Johanna von Wesselhöft sie als Kind einer illegitimen Beziehung ihres verstorbenen Gatten aufnimmt. Ich glaube, mit dieser kleinen Lüge ist allen am meisten geholfen. Altena will Marten Steen übrigens noch im Laufe des Jahres heiraten.»

«Das ist zumindest mal eine schöne Nachricht.»

«Ich würde es übrigens auch gerne», murmelte Sören und bekam einen roten Kopf.

«Was würdest du gerne?»

«Heiraten.»

«Wie bitte?»

«Das ist ein Antrag, Tilda.» Er lächelte verlegen. «Mathilda, ich möchte dich bitten, meine Frau zu werden. Ich hatte längst vor, dir das zu sagen, aber irgendwie ist immer etwas dazwischengekommen. Du kannst natürlich weiterarbeiten, wenn du willst. Ich meine, als Musikerin im Orchester und natürlich auch am Conservatorium, wenn du möchtest ... Ich meine, wenn es dir recht ist. Also, du musst dich ja nicht jetzt sofort entscheiden, ich wollte nur ...»

Weiter kam er nicht, da Mathilda seinen Mund mit ihren Lippen verschloss.

«Du musst mir auch Gelegenheit geben, auf deinen Antrag antworten zu können», sagte sie, nachdem sie sich nach beträchtlicher Zeit wieder voneinander gelöst hatten. «Da brauche ich nicht lange drüber nachzudenken.» Sie wischte sich eine Träne der Rührung aus den Augen. «Ja, ich nehme dich sofort.»

— Epilog —

Für diejenigen Leser, denen meine bisherigen historischen Kriminalromane unbekannt sind, sei gesagt, dass in ihnen allen wie auch im vorliegenden Buch Dichtung und Wahrheit sehr eng miteinander verknüpft sind, wobei ich wie gewohnt an dieser Stelle im Detail darüber aufklären möchte, was meiner Phantasie entsprungen und was historische Realität ist.

Wie schon in «Der Tote im Fleet», «Der eiserne Wal» und «Die rote Stadt» ist die Hauptfigur mitsamt ihrem persönlichen Umfeld frei erfunden. Einen Sören Bischop, einen Martin Hellwege und eine Mathilda Eschenbach hat es niemals gegeben. Ausgedacht habe ich mir auch die Gauner und Ganoven. Inge Bartels, Altena Weissgerber und Ilse Mader entspringen ebenso meiner Phantasie wie Wilhelm Mader, Hannes Zinken, Marten Steen oder die Familien von Wesselhöft und Smitten. Dass ein geplantes Attentat auf Kaiser Wilhelm II. der Hintergrund für die eigentlich unerklärlichen Geschehnisse im Sommer 1892 gewesen sei, lässt sich nicht beweisen; der Leser kann hier getrost in «gewesen sein könnte» korrigieren. Abgesehen von diesen kleinen Schummeleien habe ich natürlich versucht, das städtische Umfeld und die Geschehnisse im schlimmen Sommer 1892 so realistisch wie möglich zu schildern. Die meisten Personen, denen Sören Bischop im vorliegenden Roman begegnet, haben tatsächlich gelebt, weswegen man es mir nachsehen möge, wenn ich bezüglich der einzelnen Biographien hier und dort ein wenig hinzugedichtet habe.

So ist etwa die Frieda von Ohlendorff (1871–1937) unterstellte Liaison mit Sören Bischop einzig und allein meiner Phantasie entsprungen.

Die Neustrukturierung der Hamburger Polizeibehörde, die mit dem Gesetz vom 25. Oktober 1892 in Kraft trat, war das Ergebnis der bereits seit 1889 vonseiten des Senats angestrebten Umorganisation der Polizei nach preußischem Vorbild. Die Leitung der Kriminalpolizei übernahm, zuerst kommissarisch bis zum offiziellen Dienstbeginn im Januar 1893, Dr. Gustav Roscher (1852–1915). Roscher war ausgebildeter Jurist und hatte zuvor am Landgericht gearbeitet, wo er zum Vertreter des Oberstaatsanwalts aufgestiegen war. Bevor das bisherige Konstablerkorps unter Roscher zur militärisch ausgerichteten Schutzmannschaft umstrukturiert wurde, leitete Polizeisekretär Dr. Ernst Paul Heinrich Hartmann (1861–1939) die Hamburger Kriminalpolizei.

Ihren Sitz hatte die Hamburger Polizeiverwaltung an der Stadthausbrücke/Ecke Neuer Wall. Das dortige Verwaltungsgebäude ist noch heute in Rudimenten erhalten und wird von der Hamburger Baubehörde genutzt. Den Entwurf des ehemals prächtigen Neorenaissancegebäudes hatte Baudirektor Carl Johann Christian Zimmermann (1831–1911) geliefert. Zimmermann war von 1872 bis 1908 Leiter des Hochbauamtes der Hamburger Baudeputation und damit verantwortlich für den Großteil der öffentlichen Gebäude in der Stadt. Neben den Gerichtsbauten am Justizforum, dem Museum für Kunst und Gewerbe am Steintorplatz sowie dem Zentralgefängnis in Fuhlsbüttel und vielen anderen Verwaltungsbauten waren es vor allem die im letzten Viertel des 19. Jahrhunderts in allen Stadtteilen errichteten Volksschulhäuser, die unter seiner Gestalt gebenden Regie entstanden.

Der Zusammenschluss der Kriminalpolizei mit der Politischen Polizei, der mit dem Gesetz von 1892 vollzogen wurde, findet in der jüngeren Geschichte der Stadt seine grausame Fortsetzung. Es ist kein Zufall, dass die Gestapo von 1933 bis 1943 ihren Sitz ebenfalls im Gebäude an der Stadthausbrücke hatte. An diesem Ort wurde gefoltert und gemordet. Im ausgehenden 19. Jahrhundert war die Verbindung von Kriminalpolizei und Politischer Partei in erster Linie die Antwort auf die Bedrohung von links gewesen, welche die bürgerlichen Schichten empfunden hatten. Einerseits verdächtigte man die Sozialdemokraten, in der Arbeiterschaft Unruhe zu schüren und damit die Unternehmergewinne zu gefährden, andererseits fühlte man sich in seiner Autorität durch die Forderungen der unteren Volksklassen nach politischer Partizipation bedroht. Denn inzwischen waren alle drei Hamburg zustehenden Reichstagssitze mit Sozialdemokraten besetzt, die in der Stadt selbst aber nach wie vor kein politisches Mitspracherecht hatten.

Auch nach Aufhebung der Sozialistengesetze gab es kein offizielles Gremium in der Stadt, in dem sozialdemokratisch geprägte Politik möglich gewesen wäre. Die führenden Sozialdemokraten August Bebel (1840–1913), Carl Legien (1861–1920), Friedrich Wilhelm Metzger (1848–1904), der Schleswig-Holsteiner Karl Frohme (1850–1933) sowie der spätere Bürgermeister Johannes Ernst Otto Stolten (1853–1928) fanden ihre politische Bühne in Hamburg vor allem in den Räumlichkeiten des Druckhauses Auer & Co. Die von Johann Heinrich Wilhelm Dietz (1843–1922) geführte Druckerei wurde damit nicht nur aufgrund der hier gedruckten sozialdemokratischen Presse, sondern auch räumlich zum Treffpunkt der organisierten Arbeiterschaft und damit zur Keimzelle der Hamburger Streikbewegung. Grund zum Streik gab es allemal. Ein Hafenarbeiter musste 1892 mit einem Jahreslohn von etwa 900 Mark auskommen. Nicht der niedrige Lohn an sich wurde dabei als Hauptübel angesehen, sondern vor allem die Tatsache, dass man bei der Arbeitsvermittlung von Hafenkneipen und korrupten Wirten abhängig war. Trotz aller Bestrebungen in jenen Jahren wurden ordentliche Lohnbüros erst im Jahre 1897 eingeführt.

Zu den Teilnehmern der anfangs konspirativen Treffen bei Auer & Co. gehörte auch eine bescheidene Anzahl von Musikern aus dem Orchester der Hamburger Oper. Der damalige Direktor, Bernhard Pollini (1838–1897), hatte 1891 Gustav Mahler (1860–1911) als Dirigenten des Orchesters verpflichtet. Während seiner Hamburger Jahre komponierte Mahler unter anderem seine 2. und 3. Sinfonie, aber seine Werke trafen beim konservativen Hamburger Publikum eher auf Unverständnis.

Auch mit der zeitgenössischen Malerei tat sich das Hamburger Publikum zunächst schwer. Vor allem dem kunsterzieherischen Wirken des Direktors der Hamburger Kunsthalle, Alfred Lichtwark (1852–1914), ist es zu verdanken, dass das Verständnis für Kunst und Malerei in immer größeren Kreisen der Bevölkerung Fuß fassen konnte. Unter anderem kaufte und förderte Lichtwark seit 1886 neben den Norddeutschen Romantikern wie etwa Philipp Otto Runge (1777–1810) und Caspar David Friedrich (1774–1840) gezielt zeitgenössische Künstler wie Kalckreuth, Slevogt, Corinth, Illies und Liebermann. Mit welchem Unverständnis er bei seinen Bemühungen zu kämpfen hatte, mag das Entsetzen der Familie Petersen über das bei Max Liebermann in Auftrag gegebene Porträt von Carl Friedrich Petersen (1809–1892) bezeugen. Liebermann hatte den Bürgermeister, der schwer erkrankt noch im gleichen Jahr verstarb, realistisch als greisen Mann dargestellt. Erst Jahre später durfte das Bildnis der Öffentlichkeit zugänglich gemacht werden.

Mit großem Eifer war man bemüht, Unerwünschtes auszublenden. Sosehr es unter hanseatischen Kaufmannsfamilien auch üblich war, für karitative und mildtätige Zwecke zu spenden und Stiftungen ins Leben zu rufen – wenn Rufschädigung drohte, war die Unterdrückung eines nicht genehmen Kunstwerkes noch das Geringste: Welche heuchlerische Verlogenheit in weiten Kreisen bürgerlicher Schichten dabei wirksam wurde, bezeugt nichts mehr als die bis weit ins 20. Jahrhundert hinein geübte Praxis, unwillkommenen Nachwuchs als Kostkinder bei so genannten Landammen fern der Stadt abzuschieben. Aus nahe liegenden Gründen gibt es bis heute kaum Quellen, die eine wissenschaftlich fundierte Aufarbeitung dieses traurigen Themas ermöglichen.

Nachdem das Gebiet des Hammerbrook bereits wenige Jahre vor dem großen Hamburger Brand auf mysteriöse Art und Weise (siehe «Der Tote im Fleet») unter Bodenspekulanten aufgeteilt worden war, entstand vor allem in den Jahren 1881 bis 1890 dort eines der engsten Etagenhaus- und Terrassenquartiere der Stadt. Die immer stärkere Ausnutzung von Grund und Boden ließ die einzelnen Baukörper so in die Höhe wachsen, dass zumindest in die Hinterhöfe kaum mehr ein Lichtstrahl fiel. Vor allem der durch die Zollerweiterungsbauten (Speicherstadt) vertriebenen Bevölkerung des innerstädtischen Kehrwieder- und Wandrahmviertels bot das Quartier, das aufgrund seiner Wohnqualitäten unter der

Bevölkerung schnell den Namen *Jammerbrook* erhalten hatte, hafennahen und bezahlbaren Wohnraum. Der Feuersturm der Bombennächte 1943 hat dieses Viertel bis auf wenige Gewerbebauten vollständig zerstört.

Höhere Wohnqualität für die unteren Bevölkerungsschichten versprachen die Falkenried-Terrassen zwischen Eppendorf und Hoheluft. Von 1890 bis 1903 wurden die dortigen Bauten für die Arbeiter des benachbarten Betriebsbahnhofs und der Wagenbauanstalten errichtet. Obwohl vornehmlich Kleinwohnungen, wurden die Zeilen der in Neorenaissanceformen dekorierten Hinterhofterrassen in großem Abstand zueinander erbaut. Heute ist dieses größte zusammenhängende Terrassenensemble der Stadt ein begehrtes Wohnquartier.

Die damaligen Zustände in den Häusern am Borstelmannsweg in Hamm dagegen waren wahrscheinlich noch viel schlimmer als von mir geschildert. Nicht von ungefähr war der gesamte Straßenzug eines der am schlimmsten von der Cholera betroffenen Gebiete außerhalb der berüchtigten innerstädtischen Gängeviertel.

Als der in Altona ansässige Arzt Dr. Hugo Simon am 14. August 1892 bei einem seiner Patienten Cholera diagnostizierte, wäre wohl niemand auf die Idee gekommen, dass dies der Anfang einer der schlimmsten Epidemien war, welche die Hansestadt Hamburg jemals heimsuchen sollte. Simons Vorgesetzter, der geheime Sanitätsrat Dr. Wallichs, wollte die Diagnose ohne Nachweis des Erregers jedenfalls nicht anerkennen. Einen Tag später wurden die ersten Fälle von *Brechdurchfall* auch im benachbarten Hamburg gemeldet, und auch hier wollte man die Diagnose der behandelnden Ärzte nicht wahrhaben.

Was in diesem Roman mit einem verbrecherischen Hintergrund erklärt wird, stellt sich dem Historiker als eine Verkettung äußerst mysteriöser Umstände dar, wobei bis heute ungeklärt ist, warum die zuständigen Behörden erst so spät informiert und Gegenmaßnahmen ebenfalls erst so spät getroffen wurden. Unbestritten ist jedoch, dass der Cholera-Erreger, der höchstwahrscheinlich über den Hafen in die Stadt gelangt war, in Hamburg auf denkbar günstigen Nährboden für eine schnelle Verbreitung traf. Neben den klimatischen Bedingungen jener Tage waren dafür in erster Linie zwei Umstände verantwortlich. Erstens die Trinkwasserversorgung und zweitens eine in Sachen Seuchenprävention unaufgeklärte Ärzteschaft in der Stadt.

Auch wenn im Jahre 1892 mehr als 400 Kilometer Wasserleitungen in Hamburg verlegt worden waren und inzwischen fast jedes Haus über einen eigenen Wasseranschluss verfügte, war die Qualität des Wassers katastrophal. Im Gegensatz zu Altona, wo man bereits 1859 eine Sandfilteranlage zur Reinigung des Elbwassers erbaut hatte, gab es in Hamburg nur gewöhnliche Klärbecken. Eine modernere Anlage befand sich zwar im Bau, aber die Fertigstellung dieser Einrichtung verzögerte sich ständig. Vor allem aus Kostengründen, denn einerseits sah man ihre Notwendigkeit im Vergleich zum Hafenausbau als zweitrangig an, und andererseits versprach eine solche Investition keinen Profit abzuwerfen.

Auch Robert Koch (1843–1910) war es 1884 nur mit Mühe gelungen, eine Reinkultur der Choleravibrionen zu erzeugen und damit den Nachweis zu erbringen, dass es sich beim Erreger der Cholera asiatica um einen Bazillus handelte. Unter den Teilnehmern der in den Folgejahren von Koch abgehaltenen Einführungskurse zur

Diagnose der Cholera befand sich nicht ein in Hamburg ansässiger Arzt. Hier hielt man Kochs Theorie schlichtweg für Unfug und glaubte weiterhin an die von Max von Pettenkofer (1818–1901) vertretene Miasmalehre, der zufolge Cholera durch unhygienische Verhältnisse in Form belebter Sumpfluft entstand (Malaria animata).

Einzig Dr. Theodor Rumpf (1851–1923), seit Anfang des Jahres 1892 Leiter des Neuen Allgemeinen Krankenhauses Eppendorf, galt als überzeugter Anhänger Kochs. Der zuständige Medizinalrat der Stadt, Johann Caspar Theodor Kraus, der mit der Oberaufsicht über die öffentliche Gesundheit und die Ärzteschaft betraut war, bat Rumpf jedoch schon bei dessen Einstellung, aus vereinzelten Fällen von Darmerkrankungen mit verdächtigen Symptomen nur keine echte Cholera zu melden oder gar eine Epidemie zu diagnostizieren.

Dr. Carl August Theodor Rumpel (1862–1923), Assistent von Rumpf und späterer Leiter des Krankenhauses Barmbek, der im weiteren Verlauf der Choleraepidemie für die Aufnahme und Versorgung der Kranken zuständige Arzt in Eppendorf, war zwar bemüht, einen wissenschaftlichen Nachweis zu erbringen, aber sein Versuch, die bei der Autopsie der ersten Todesfälle am 17. August gefundenen Mikroorganismen in Kultur zu nehmen, misslang vorerst.

Bis zum 20. August häuften sich die Verdachtsmomente nicht nur in den Mitteilungen privater Ärzte, sondern auch bei den Einlieferungen im städtischen Krankenhaus St. Georg (Dr. Rieder) und im Marienkrankenhaus (Dr. Kümmell). Aber selbst als der in Altona ansässige Stabsarzt Dr. Weisser, der zudem über Erfahrungen mit der bakteriellen Untersuchung der Cholera verfügte, dem Hamburger Medizinalrat Verdacht und Diagnose mitteilte, gab Kraus die ihm vorliegenden Informationen nicht an seinen Dienstherrn, Senator Gerhard Hachmann (1838–1904), seit 1886 Polizeiherr und Präses des Medizinal-Kollegiums, weiter.

Am 22. August gelang schließlich Dr. Eugen Fraenkel (1873–1925), Arzt am Eppendorfer Krankenhaus, die Isolierung der Bakterienkultur und damit der wissenschaftliche Nachweis der Cholera. Anders als zu erwarten, informierte Kraus Senator Hachmann jedoch nur über einen Verdacht, nicht aber über den isolierten Erreger. Noch am selben Tag versicherte Senator Hachmann dem überaus besorgten amerikanischen Vizekonsul, Charles Burke, in Hamburg gebe es keine Cholera. Mit von Burke ausgestellten Unbedenklichkeitsbescheinigungen liefen Auswandererschiffe der Hapag mit Cholerainfizierten an Bord noch bis zum 26. August in Richtung New York aus.

Als am 23. August die Epidemie endlich dem kaiserlichen Gesundheitsamt in Berlin gemeldet wurde, war es bereits zu spät. Trotz aller ergriffenen Maßnahmen fielen bis Ende Oktober mehr als 10 000 Menschen der Seuche zum Opfer. Die Zustände, die während dieser Zeit in der Stadt geherrscht haben müssen, sind aus heutigem Blickwinkel völlig unvorstellbar. Robert Kochs Worte, nachdem er die Gängeviertel der Stadt während der Epidemie besichtigt hatte, geben uns zumindest eine vage Vorstellung: «Meine Herren, ich vergesse, dass ich in Europa bin!»

Das in diesem Roman angestellte Gedankenspiel, ein krimineller Hintergrund sei verantwortlich für die Verschleppungsstrategie des Senats, würde einige Ungereimtheiten erklären. Die um eine Woche hinausgezögerte Meldung der Epidemie fügte der Stadt auch wirtschaftlich einen viel größeren Schaden zu, als wenn man sofort reagiert hätte. Vor allem der Umstand, dass Senator Hachmann als Arztsohn die Folgen seiner Unterlassung zumindest aus medizinischer Sicht bewusst gewesen sein müssen, lässt sein Handeln völlig unverständlich erscheinen. Mehr noch: Wie eine Trotzreaktion erscheint der Umstand, dass Hachmann in den folgenden Krisensitzungen des Senats und der Cholerakommission bis zuletzt versuchte, Medizinalrat Kraus zu decken …

Ein Krimi für sich: Was zu heutiger Zeit (wahrscheinlich in Verbindung mit einer Abfindung) die sofortige Entlassung aus Amt und Würden zur Folge haben würde, daran scheint sich im 19. Jahrhundert niemand so recht gestört zu haben. Zumindest politisch überstanden alle Verantwortlichen die Katastrophe mehr oder weniger unbeschadet. Einzig Medizinalrat Kraus stirbt nach seiner Entlassung unter ungeklärten Umständen noch im selben Jahr. Sein Nachfolger wird Dr. Johann Julius Reincke (1842–1906).

Tödliches aus der Provinz

Leenders/Bay/Leenders
Die Burg

Eine englische Historiengruppe stellt in Kleve eine Schlacht aus dem 80-jährigen Krieg nach. Unter Kanonendonner wird die Schwanenburg gestürmt. Hunderte von Zuschauern verfolgen begeistert das Spektakel – bis unter der Tribüne eine echte Bombe detoniert. Die Soko vom Klever KK 11 steht vor einem Rätsel ... rororo 24199

Madeleine Giese
Die Antiquitätenhändlerin

Von Möbeln und Mördern versteht Marie Weller, Antiquitätenhändlerin, gezwungenermaßen einiges. Denn ihr Freund ist vor einer saarländischen Schlossruine tot aufgefunden worden. Auf der Suche nach Antworten stochert Marie in der blutigen Geschichte des alten Gemäuers ... rororo 24243

Boris Meyn
Tod im Labyrinth

Eine Leiche schwimmt im Elbe-Lübeck-Kanal. Und Landwirt Thor Hansen, der in seinem Dorf als Versager gilt, meldet das Verschwinden seiner Frau. Kurze Zeit später findet sich ein weiterer Toter im Sonnenblumenlabyrinth von Fredeburg. rororo 24351

rororo

BW 146/1

Weitere Informationen in der Rowohlt Revue *oder unter* www.rororo.de